LA REPRISE

ALAIN ROBBE-GRILLET

白水社

平岡篤頼［訳］

アラン・ロブ=グリエ

反復

反復

反復と回想は同一の運動であり、ただ方向が反対であるというだけの違いである。つまり、回想されるのはかつてあったものであり、それが後方に向かって反復されるのに、ほんとうの反復は前方を向いた回想である。

セーレン・キルケゴール『反復』

それから不正確なあるいは矛盾するディテールをいつまでも小うるさく告発したりしないでほしい。この報告書にあるのは客観的な現実であって、なんらかのいわゆる歴史的真実ではないのである。

A・R＝G

プロローグ

というわけで、ここで私はまた反復し、要約する。アイゼナッハから廃墟だらけのチューリンゲンやザクセンを経てベルリンへと向かう果てしなくながい列車旅行の最中に、私はずいぶん久しぶりに、話を簡単にするために私の分身、あるいはそっくりさん、あるいはさらにもっと演劇的でない言い方で《旅人》と呼ぶ男を見かけた。

列車は心もとない断続的なテンポで進み、あちこちと頻繁に、時には何もない田園のど真ん中で停車したが、もちろんそれはまだ部分的に使用不可能だったり修復を急ぎすぎたりした線路のせいであったが、ソ連軍政部が行う不可解で反復的な検察のせいでもあった。たしかハレ中央駅のはずの（といってもどこにも、そのことを知らせる駅名板は見あたらなかったが）大きな駅での停車がやたらと長びいたので、私は足をほぐすためにホームに降りたった。駅舎は四分の三は破壊され、一段下の左手にひろがる街区全体もそうだった。

うっすらと青い冬の光のなかで、何階建てもの高い壁面が一様に灰色の空に向かってその脆《もろ》いレース模様と悪夢のような沈黙を突きたてていた。ここでよそよりもながく続いたらしい朝の氷雨まじりの靄《もや》のながびく影響というのでなければ説明がつかないのだが、いくつも前後して並んでいるそれらの繊細な切り抜き細工の輪郭線が、贋《にせ》ものめいたぴかぴかした反射で光っていた。まるで超現実的な絵画（規格化された空間にあいた一種の穴）ででもあるかのようで、画面全体が精神に不可解な幻惑的作用を及ぼしてくるのである。

視界が幹線道路をまっすぐ見通せたり、ビルがほとんど根こそぎ焼きはらわれた一部の地域が見わたせると、車道が完全に引きはがされ、掃除され、どんな細かい瓦礫《がれき》も、私が故郷のブレストで見かけたように、道端に積みあげられたりしないで、どうやらトラックで運び去られたらしいと確認できた。ここかしこ、廃墟の外側の線を遮るようにして、考古学的な遺跡のなかに横たわるギリシアの円柱さながらに、巨大な石材のかたまりかなにかが残っているだけだった。どの通りもがらんとして、車もなければ歩行者もいない。

私はハレの市街がそれほどひどい英米軍の爆撃を受けて、休戦後四年たってもまだ、どんな復興のきざしもないこんなに広々とした区域が残っていようとは、思ってもみなかった。もしかしたらそこはハレではなくて、別の都市なのか？　もともとそれまではパリとワルシャワとを結ぶ通常の経路、つまりずっと北を通ってしか（といっても正確には何時？　何回？）ベルリンに来たことがなかったので、この地方とは馴染《なじ》みがうすいのだ。地図を携帯しているわけではないが、鉄路の転変が今回はわれわれを、エルフルトとワイマールを経たあと、東に寄って別の路線上をライプツィヒまで迂回させたわけがわからない。

そんなぼんやりした物思いに耽っていたちょうどその時、やっと列車が予告なしにがたんと動き、さいわいしごくゆっくりと走りだしたので、私は苦もなく私の車輛《しやりよう》に追いついて中によじ登った。その時私は、車列の稀《まれ》にみる長さに気がついて呆気にとられた。さらに何台もの車輛を連結したのか？ それもどこで？ 死に絶えた町にふさわしく、ホームは今ではまったく人影がなく、まるで最後の住民まで避難するために列車に乗りこんでしまったかのごとくであった。

だしぬけのコントラスト効果とでも言おうか、この駅に入構した時よりもずっと大勢の乗客が客車の廊下にひしめいていて、私は人混みのあいだを縫って進むのにひどく苦労し、まるで彼らが彼らのふくらんだトランクや床をふさぐ、不格好で言うなれば急場凌《しの》ぎの、いきなり慌てていい加減にゆわえたいろいろな荷物同様、むやみと太っているような気がした。疲労で引きつった顔をした男女が、やっとの思いで前に進もうとする私を、何とはなし非難するような、いやもしかしたら敵意さえこもった目つきでじろじろ見、いずれにしろ私の微笑にもかかわらずぶすっと睨《にら》んでいた……もしかしたら、見たところいかにも貧しいこの連中は、単純に私の場違いな感じ、私のこざっぱりした服装や、いかにも外国人とわかる学校式のドイツ語で私がすり抜けながらもごもご言う詫び言葉に、むっとしただけなのかもしれない。

心ならずも彼らに味わわせる余分な気詰まりにこちらも混乱して、それと知らずに自分の車輌を通り越し、廊下の突きあたりまで来てしまって、私は逆戻りしなければ、つまり、列車の頭の方にもどらねばならなかった。すると今度は、それまで無言だった不満が、ザクセン方言でのいくつかの大げさな怒声や唸《うな》り声となって噴出して、その一語一語は大部分私に理解できぬものだったが、それでもおおよその意味はわかった。開けっぱなしのコンパートメントのドアごしに、網棚の上の私のぼてっとした黒いバッグをようやく見つけ、私は自分の座席——もとの座席——をはっきりと確認できた。今はその席は、両側の全部の座席もだがふさがっており、おまけに員数外の子供たちまで親のあいだに挟まったり膝の上に抱かれていたりした。さらにその上、一人の大人が窓際に立っていて、私が入ってゆくと振りむいて窓ガラスを背に、じろじろと私を観察するのだった。

私はどういう態度をとっていいかわからなくて、顔の前に思いきりひろげたベルリンの新聞を読んでいる、座席横領者の前に突ったったままでいた。誰もが黙りこくり、みんなの視線が——子供たちの視線まで——耐えがたいきつさで私に集中していた。だが誰も、私が自分の好みで選んだ、先頭車輌の（アイゼナッハはドイツ領の分割以来、一種の国境駅になっていたから）進行と逆向きの廊下側のその座席にたいする私の権利を認めてくれそうな気配はなかった。私自身、その上、私のいないあいだにそんなに増えた無愛想な旅の道連れのだれかれを、確信をもって判別できそうには思えなかった。私は自分の荷物からなにかを取り出そうとでもするみたいに、棚のほうへ手をあげかけた。

するとその時、旅人はゆっくりと新聞をおろし、自分の権利を確信している所有者の落ちつきはらった無邪気さで私を見つめ、私はいささかの疑いようもなく、目の前に私自身の顔を認めざるを得なかった。すなわち、鼻はがっしりとして凸面状で（母親譲りの名にし負う《凸面鼻》で）、暗い目の大きくくぼんだ眼窩《がんか》の上には濃い黒い眉毛がはえ、右の眉毛がこめかみにふさふさと跳ねあがっている左右非対称の顔。ヘアスタイル――かなり短く刈り、乱雑に縮れたままでここかしこ白髪まじりの髪――も、やはり私のとおなじだった。男は私に気がついて、なんとなく驚いた微笑を浮かべた。右手が活字で埋まった新聞紙をはなして、小鼻の両脇の縦《たて》皺《じわ》を掻《か》いた。

私はこの時になって、今度の使命のためにつけた、巧妙に細工し、完璧に本ものめいた、昔私が生やしていたのとすべての点でそっくりの付け髭のことを思い出した。鏡の反対側で起こした顔のほうは、まったく無毛だった。無意識の反射運動で、私は指を上唇の上にもっていった。贋の髭はもちろん、依然として然るべき場所にあった。旅人の薄笑いはその度を増して、冷笑とさえみえ、少なくとも皮肉っぽい感じになって、彼も髭のない唇を軽くさわるというおなじ仕草をした。

私は理屈を越えた突然のパニックに襲われ、異論の余地ない私の顔（それも、ある意味では、私のより本もののままの顔）の真上の網棚から、私の重いバッグを勢いよく引っぱりだして、コンパートメントを出た。背後で男たちがびっくりして上体を起こしたようで、まるで私がさも盗みでもはたらいたかのような抗議の声があがった。それから、どよめきのさ中で、いかにも浮かれたような、大声の高らかな笑いが場を圧して沸きおこり、それは——私の想像では——旅人の声にちがいなかった。

実際は、私を追いかけてくる者はいなかった。私がいちばん近い、客車後尾のデッキにもどろうとして、今となっては情け容赦もなく、おなじ面喰らったデブたちを三回目に押しのけていっても、行く手を遮ろうとする者はいなかった。荷物がいまでは邪魔になり、脚も今にもへたりそうになったが、私はまるで夢のなかみたいに、たちまち誰かが降りる用意のため半開きにした、線路に面したドアにたどりついた。事実、列車も五〇キロほど快調に走ったあとで、というか正直に言って、先程の苦々しい出来事のおよその所要時間を数字化することは私にはできなかったとはいえ、相当の時間走ったあとで、だんだんと減速していった。白地に黒の太いゴシック文字で駅名を書いたプレートがいずれにしろ、ビッターフェルトに到着したことをはっきりと示していた。私の厄介なごたごたがはじまった前の駅は、ハレかもしれないしライプツィヒかもしれないのだが、それ以上のことはわからない。

列車が停まると私はバッグをもって、ここを目的地とする乗客のあとにつづいて、たしかに私の場合はそうでなかったとはいえ、プラットホームに跳びおりた。私は稀にしか降りる人のいない客車にそい、蒸気機関車と粗悪な石炭を積みこんだその炭水車のうしろの先頭車輌まで走った。警報電話の設置されたそばで歩哨《ほしょう》に立っている、灰色がかったグリーンの制服を着た保安憲兵《フエルト・ジャンダルメリー》が一人、私のあわただしい往来を監視していて、時折のながい停止などから見て、怪しいと見ていたかもしれなかった。それで私は、ことさら急ぐふりを見せずに、客車によじ登ったのだったが、きっと燃焼中の褐炭の強烈な匂いが中に漂っていたせいか、そこは私が逃げ出してきた客車よりは、明らかにぐっと混み方が少なかった。

私はすぐに、引き戸が半分開いたままのコンパートメントの中に空席を見つけたが、この不意の侵入が、中の雰囲気を目に見えて混乱させたらしかった。《静けさ》とは言わないが、それというのもむしろ熱っぽい、いやそれどころか激越で、いまにもとっつかみあいになるぎりぎりの論争が行われていたからだった。ごわごわした外出用の外套《がいとう》をまとい、似たりよったりの黒い帽子をかぶった六人の男がいて、私がはいっていくと、私が目にしたその姿勢のままぴたっと動きを止めた。すなわち、一人は立って、呪いでもかけるかのように両腕を宙にあげ、もう一人は坐って肘を半分曲げながら左の拳を突き出し、隣の男は額の両側で二本の人差し指を彼に向け、悪魔だか突進寸前の闘牛の角だかを真似ていた。四人目の男は無限の悲哀の表情をうかべて顔をそむけ、それにたいして向かい側の男は上体を前にかがめて両手で顔を蔽っていた。

そのうち、とてもしずかに、ほとんどそれとわからぬ緩慢さで、これらのポーズが順番にほぐれていった。ただ、腕をまだ半分しかおろしていない激昂した人物だけが、窓に背を向けて立ちっぱなしでいたが、そこへ先ほどの保安憲兵がドア枠の中に姿をあらわした。威圧的な憲兵は、ただちに坐ったばかりの私のところへ来て、「身分証明書《アウスヴァイス・フォアツァイゲン》を見せなさい！」と有無を言わさぬ命令口調で、書類の提示を求めた。まるで魔法がかかったみたいに、乱闘寸前だった男たちは、いまではそれぞれの座席で、帽子をきっちりかぶり、外套のボタンも非のうちどころなくきちんと留めて、上体をまっすぐ立てて居並んでいた。とはいえ、みんなの視線はまたしても私に釘づけになっていた。私が隅っこではなく片方の真ん中の席に坐っていただけに、彼らの無遠慮な注目の仕方はなおさらこれ見よがしだった。

依然としてまだ装えたおおよその沈着さのかぎりをつくして、私は内ポケットから、ロバン名義のフランスのパスポートを抜きだした。ファースト・ネーム＝アンリ、ポール、ジャン*。職業＝技師。出生地＝ブレスト、等々。写真は濃い口髭を生やしていた。憲兵はそれを、時々比較するために私のなまの顔に目をやりながら、ながいあいだ吟味した。ついで、それに劣らず注意ぶかく、私にいっさいの曖昧さなしにドイツ人民共和国に入国することを許可している連合国軍の正式ヴィザを検査したが、その許可はフランス語、英語、ドイツ語、ロシア語の四ヶ国語で明記され、それぞれに該当するスタンプが押してある。

裾のながい軍用外套を着、平べったい軍帽をかぶった疑い深い下士官は、ようやく写真にもどって、どちらかと言えば不愉快な口調でなにか言ったが——限定的な指摘か、形式的な質問か、ただのコメントか——私にはわからなかった。私は思いきり間抜けなパリ訛《なま》りのドイツ語で、「全然、心配ないです《ニヒト・フエルヒテン》」とだけ答えて、とにかくゲーテの国の言葉で危なっかしい説明には踏みこまないことにした。男はそれ以上追求してこなかった。手帳になんだか一連の言葉や数字を書きこんだあとで、私にパスポートを返して、出ていった。私はそのあと、廊下の汚い窓ガラスごしに彼がホームへ降りたのを見て、ほっとした。不幸にも、この場面が私の周囲の連中の疑念をいっそう増大し、彼らの黙りこくった非難を露骨なものにした。体裁をつくろい、良心に一点の翳《かげ》りもないことをひけらかすために、私はその朝ゴータ駅で立ち売りから買った薄っぺらな全国紙を、外套のポケットから抜きだし、丁寧にひろげていった。そのことで、またしてもへまを仕でかしたということに、私が気がついた時には手おくれだった。ついさっきも私は、ドイツ語が喋れないとずいぶんきっぱり断言したばかりではなかったか?

とはいえ、私の暗黙の苦悶はすぐにべつの方向をとりはじめた。その新聞はまさに、もう一方のコンパートメントで私の分身が読んでいたのとおなじ新聞なのだった。少年時代の思い出が、この時、そっくりそのままの鮮烈さでよみがえった。私は七歳か八歳で、ズック靴に短パン姿、洗いざらしの茶色っぽいシャツに、着ふるして型の崩れただぶだぶのセーターを着ているのである。満ち潮ですでに波も高いのに、あてもなく、それでもまだ砂丘に登らなくても容易に乗りこえられる岩塊のあいだをつぎつぎと、人影のない、入り江状の砂浜ぞいに歩いていく。ノール＝フィニステール郡*のケルーアンのあたり。冬になろうとしている。たちまち日が暮れ、かわたれ時の海霧が、輪郭をおぼろにする青みがかった薄明かりを放っている。

私の左側の水泡《みなわ》の縁が、きまった間隔でひときわ明るく、はかなく、はじけるように光っては、私の足元までできて消える。誰かがつい先刻おなじ方角に歩いていったらしい。足跡は、その人物がすこし右寄りにそれた箇所では、まださざ波の端で消されてはいない。それで、彼も私のとおなじようなビーチ用の運動靴を履き、ゴム底のくぼみの模様も同一だと見てとれる。だいいち、サイズもおなじなのだ。実際、私の前方およそ三十メートルか四十メートルのところを、私とおなじ年頃の――いずれにしろおなじ背丈の――少年が、水際すれすれのところでおなじコースを辿っている。彼のシルエット全体が、たしかに、私のものであってもおかしくなく、ただ、腕や脚の動きだけが異常に大ぶりで、むだに勢いよく、せかせかし、いくぶん不統一にみえるだけである。

いったい、あれは誰なのか？　私は界隈の腕白たちをみんな知っていたが、この少年はぜんぜん見覚えがなく、ただ私に似ているというだけだ。とすれば、外来者、ブルターニュ地方で言う《duchentil《デュシエンティル》余所の方》（その語源はおそらく《tud-gentil《テュト・ジエンティル》外部の人》か）ということになる。とはいえ、この季節には、かりに観光客や旅行者がいたとしても、子供たちはとっくに都会の学校にもどっている……彼が荒野の突端をなす花崗岩の塊のむこうに消え、私自身も後につづいてせばまった道に踏みこみ、栗色の海藻で覆われた平たい岩に足をとられそうになっても、その度ごとに彼がまた現われ、次の入江の砂浜の上で踊るようにして、こちらが速度を落とそうが速めようが二人の間に一定の間隔を保ちつづけるのであって、ただ日が暮れるにつれ、その影がいくぶん余計にかすんで見えるだけだった。いまは使用されていず、誰もそこから漂流物泥棒を監視していない税関小屋と呼ばれる小屋の前を通るころには、ほとんど何も見えなくなる。今度はいくら探しても、当然あらわれて然るべき距離にもこの先達の姿は見あたらない。身ぶり手ぶりの魔神《ジン》*は見事に消えさった。

と思ったが、だしぬけに、なんと三歩のところに彼がいる。彼は大きな岩に腰かけていたが、すぐに私は、それが好都合な曲面のせいで、自分もしばしば坐った岩だと確認する。本能的に私は、どぎまぎし、不審な少年のそんなにそばを通るのが心配で立ちどまった。しかし彼は、この時、私のほうを振りむき、私は多少さらにためらいがちな足どりだったろうが、うつむいて彼と目が合うのを避けながら、歩きださざるをえなかった。彼はきっとつい最近岩から落ちでもしたか、右ひざに大きな黒っぽいかさぶたをつくっていた。私自身、一昨日、おなじかすり傷をつくっている。それで私も、混乱していたとはいえ、いやでも彼の顔のほうへ目をあげざるを得なかった。彼はいくぶん無気味とはいえ、とにかく注意ぶかく、わずかに呆気にとられたような、親しげな表情を見せていた。そしていかなる躊躇《ちゅうちょ》ももはや不可能で、それはたしかに私なのだった。あたりはとっぷりと暮れていた。私は否も応もなく、無我夢中で走って逃げた。

私は今日もまた、おなじ意気地のない解決、つまり逃げるという手を採用した。だがすぐにまた、もとの呪われた列車、思い出と亡霊に満ち、乗客たちが全体としてもっぱら私を痛めつけるために集まっているかのような列車に乗りこんだ。私に付託されている特命が、どこでもいいどこかの小さな駅で、この列車から下りることを禁じていた。私はいやでも六人のこの隠《おん》坊《ぼう》めいた悪意に満ちた連中にまじって、ピエール・ギャランと称する男が待っている、ベルリン＝リヒテンベルク駅まで、この硫黄臭い客車に留まっていなければならなかった。そうなると、私のばかげたシチュエーションの新たな側面が頭に浮かんだ。もしも旅人が私より先に駅のホールに着くと、ピエール・ギャランはもちろん彼を出迎えるために、それも新しいアンリ・

ロバンが付け髭をつけているということをまだ知らないだけになおいそいそと、彼のほうへ向かうはずだ。

二つの仮説が考えられる。一つは、横領者が双子みたいに私に酷似した誰かにすぎないとして、ピエール・ギャランは誤解が明らかにならないうちに、自分の正体、われわれの正体をばらしてしまう危険があるということ。もう一つは、旅人がほんとに私だということ、つまり、私のほんとの複製ということで、その場合……。いや、とんでもない！　そんな仮定は現実的ではない。私が、ありとあらゆる魔法使や幽霊や亡霊の国ブルターニュでの少年時代、一部の医師たちから重大とみなされた自己意識の障害に悩んだというのは、一つの事実。その後三十年たって、まがまがしい魔法の罠にかかっていると本気で妄想するのは、それとはまったくべつの事実であろう。とにかく、ピエール・ギャランが先に見つけるのは、私でなければならない。

リヒテンベルク駅は廃墟になっており、私は旧首都の西部にある動物園駅《ツォー・バーンホーフ》に慣れていたせいもあって、なおのこと途方に暮れた。最初の乗客たちにまじって、硫黄臭い蒸気にまみれたその列車から降りたが、この時確認したところによると、この列車はなおも北へと（バルト海に面したシュトラールズントやザスニッツまで）走行をつづけるらしかったが、私はさまざまな番線ホームに行く地下道に降り、慌てたせいもあって方向を間違えた。さいわい出口は一つだったから、とにかく正しい方角にもどり、有難や、すぐさまピエール・ギャランが階段の上で、掲示されている時刻表からすると相当の延着だったにもかかわらず、見たところはいつもどおりの平然とした顔をしているのを認めた。

ピエールは厳密にいえば親しい友人というのではなくて、すこし年上だが、組織の信頼できる仲間で、彼の活動が何度にもわたって私の活動と交錯したことがある。私に有無を言わさぬ信頼をいだかせたわけではないが、根っからの不信感を抱かせもしなかった。口数がすくなく、どんな状況にあってもその敏腕ぶりを評価することができた。彼のほうでも、思うに、私の腕を認めたにちがいなく、だからこそ彼の名指しでの要請にしたがって、こうして私は援軍として、あまり表沙汰にできない今度のこの調査のためにベルリンまでやってきたのである。私に握手もせず、というのもわれわれの間では握手はしないきまりになっているからだが、彼は「旅行は無事だったかね？　とりたてて厄介なことは起きなかったかね？」とだけ聞いた。

この時私は、列車がおきまりの緩慢さでビッターフェルトを離れるあいだ、例の疑いぶかい治安憲兵が監視所そばのホームに突っ立っているのを、またしても見つけた。彼は電話の受話器をはずして、もう一方の手に開いた手帳をもち、それを見ながら喋っていた。「ああ、と私は返事した、万事順調だった。ちょっと遅れただけで。

——情報を有難う。ただ、おれもあれは摑《つか》んでいてね」

この挨拶にふくまれた皮肉も、べつに微笑とか、顔のちょっとした表情で強調されることなどなかった。それで、私もさっさと話題を替えた。「で、こっちは？

——こっちはすべてうまくいっている。ただ、あやうく君とすれちがうところだった。列車が到着して最初に出口の階段をのぼってきた乗客が、まるでそっくりさんみたいに君と似ていたんだ。ちょっとの違いで、そいつに話しかけるところだった。そいつはおれを知らないみたいだった。おれは君が、偶然をよそおって駅の外でおれと落ち合うことにしているのかと思って、そいつの跡をつけるつもりになっていたが、ちょうどその時、君の真新しい立派な口髭のことを思い出したんだ。ああ、ファビアンが知らせてくれてたんだ」

見たところ公衆電話らしかったが、それでもソ連の警官が一人番をしている電話のそばに、おきまりのグリーンのたっぷりした外套を着、ソフトをかぶった三人の紳士が控えていた。手ぶらだった。何かを待っているようにみえ、たがいに話しあうことはしなかった。時折、そのうちの誰かがわれわれのほうを見た。われわれを監視していることは確実だった。私は尋ねた。

「そっくりさんと言ったよね……髭をつけてない……そいつがわれわれの仕事となにか関係があると思うかい？

——どっちとも言えんね。用心に越したことはない」と、ピエール・ギャランはどっちつかずの、呑気そうでもあれば極端に心配するようでもある声で答えた。もしかしたら、表情には見せないが、彼が突拍子もないとみなす仮定に呆れていたのかもしれない。これからは、私も言葉に気をつけなければいけない。

軍隊式にカムフラージュした、間にあわせの彼の窮屈な車に乗って、われわれは押し黙っていた。私の相棒はそれでも、時々手短に、廃墟を走りながら、ここが昔ナチ時代何であったかなど教えてくれた。ちょうどヘロポリスとか、テーベとか、コリントス*といった、消滅した古代都市のガイドみたいだった。まだ大通りの瓦礫を取り除いていなかったり、進入禁止だったり、何度も復旧工事の現場にぶつかったりして、さんざん回り道をしたあげく、われわれは旧中心街に着き、そこもほとんどすべての建物が半分以上破壊されていたものの、われわれが通行する何秒間かのあいだ、老練ガイドふうのピエール・ギャランの幻影描写のもとで、かつての栄光そのままに蘇生するかと思われ、私の介入の余地はなかった。

あの神話的な、といっても今ではその位置すら特定しにくくなっているアレクサンダー広場《プラッツ》を過ぎて、われわれはシュプレー河の二つの支流をつぎつぎに渡り、フンボルト大学とオペラ劇場のあいだのウンター・デン・リンデンだった場所にたどり着いた。最近の歴史の爪痕があまりにも刻まれたこの壮麗な界隈の復興が、新政権に優先事項となっていないことは、明々白々だった。われわれは原型も想像しにくい、フリードリヒ通り《シュトラーセ》のぐらぐらした建物跡のすこし手前で左に折れ、わが運転者が完全に案内を知りつくしているかにみえる、この廃墟の迷路のなかをなおもあちこち迂回してまわった末、やっとジャン・ダルム広場（フリードリヒ二世*の騎兵連隊の厩舎《きゅうしゃ》がそこにあった)、キルケゴールがベルリンでいちばん美しい広場と判定した広場に出たのだったが、冬の薄明の時刻で、いまは澄みきった空に最初の星あかりがともりはじめている。

イェーガー通《シュトラーセ》りのちょうど角、つまりかつてはブルジョワ的だったこの通りの五十七番地に、多かれ少なかれ居住可能で、きっと部分的に居住されているにちがいない一軒の建物がいまも建っている。われわれが目指したのはここだった。ピエール・ギャランがその家を案内した。二階にあがる。電気は来ていないが、各階の踊り場に古風な石油ランプがともっていて、ぼんやりとした赤っぽい明るみをまわりに投げかけている。外は、間もなくとっぷり暮れようとしている。中央の戸板の目の高さに真鍮《しんちゅう》でできた二つの頭文字(J《ヨット》・K《カー》)のある小さな扉を開けると、玄関になる。左手のガラス戸はトイレに通じている。まっすぐに進むと、控えの間で、二つのまったく同形の部屋、大まかに作られているが、まるで大きな鏡で二重に映されたた一つの部屋みたいに、まったくおなじ家具類を置いた二つの部屋に通じている。

奥のほうの部屋は、茶色がかった木の長方形のテーブルに載せた、ブロンズまがいの燭台の三本の蠟燭《ろうそく》で照らされ、その前に誰かを待つかのように、ルイ十五世様式の肘掛椅子がかすかに斜めに置かれているが、かなり傷んでいて、擦りきれた赤いビロードのところどころが汚れててかてかになり、ほかのところは埃で灰色になっている。窓をどうにか隠しているぼろぼろの古いカーテンと向きあって、縦横の線がごつごつし、様式もくそもないどでかい洋服箪笥《だんす》が、テーブルとおなじ薄い着色をほどこしたモミの木の荷物箱さながらに控えている。テーブルの上の燭台と肘掛椅子のあいだで一枚の白い紙が蠟燭のゆらめく炎のせいで、見えるか見えないか程度に動くようだ。今日一日で二度目に、私は漠とした少年時代の思い出の強烈な印象に襲われる。だが、捉えどころがなく変転を重ねながら、その思い出もたちまち消える。

前のほうの部屋には明かりはともっていない。鉛の合金らしい燭台には蠟燭すら刺さっていない。窓はぽっかり開いたまま、というより窓ガラスも窓枠もないので、外の寒さとともにうっすらとした月明かりがはいってきて、距離のせいで大いに薄まっているとはいえ、奥の部屋からくるもっと温かいほの明かりと混じっている。こちらでは、洋服箪笥の左右の扉はたっぷり隙間ができて、中の棚が空っぽであることを窺わせる。肘掛椅子の座部がパンクし、ふさふさした黒い毛の中身が三角形の裂け目からはみ出ている。ここにはいるといやでも、窓枠のない青みがかった長四角のほうに足が向いてしまう。

ピエール・ギャランは相変わらず落ち着きはらって、突きだした手で、広場を囲む、というか少なくとも大王と言われたフリードリヒ王の時代から先だっての大戦の大混乱まで囲んでいた、注目すべき建造物の数々を指し示してみせる。すなわち、中央に王立劇場、右にフランス教会、左に新教会などで、この二つの教会は対立する宗旨にもかかわらず、ネオ・ギリシア様式の円柱の立ちならぶ四面のおなじ柱廊の上に、先端に円形の鐘楼《しょうろう》をいただくおなじ尖塔を戴いて、奇妙にたがいに似ていたのだった。そうしたすべてが崩れおち、今や彫刻をほどこした塊の巨大な堆積と化していて、そこに冷え冷えとした満月の非現実的な明かりのもとで、柱頭のアカンサス葉飾りとか、巨大な彫像の衣服の襞《ひだ》とか、楕円形をした円窓とかを、まだ判別することができる。

広場の真ん中に、爆撃でわずかに角がえぐれてはいるが、現在は姿を消した青銅製のなにかの寓意像のどっしりとした台座が聳《そび》えていて、その像は代々の王侯の権力と栄光を象徴するために、恐ろしい神話的な挿話を喚起するとか、それともまったく他のものを表象していたかだが、とにかく寓意ほど謎めいたものは他にない。フランツ・カフカも彼の短い生涯の最後の冬、ドーラ・ディマントと一緒にこのごく近くで暮らしていた今からちょうど四半世紀前、(1) もちろんそれをつくづくと眺めたにちがいない。ヴィルヘルム・フォン・フンボルトやハインリヒ・ハイネやヴォルテール*もまた、このジャン・ダルム広場に面した建物で暮らしている。

原註1――アンリ・ロバン Henri Robin という架空の名のもとに登場する話者は、彼自身信用がおけないが、ここでささやかな誤謬《ごびゅう》を犯している。バルト海の海岸で夏を過ごしたあとで、フランツ・カフカは一九二三年九月、今度はドーラと一緒に、最後の滞在のためにベル

リンに居を構え、一九二四年四月プラハにもどった。H・Rの物語は《休戦の四年後》の冬のはじめ、一九四九年の暮れごろに位置づけられる。というわけで、この地での彼の滞在とカフカの滞在とのあいだには二十五年ではなくて二十六年の開きがある。誤謬は《四年》という数字にかかわるものではない。休戦協定の三年後（それならまさに四半世紀になるが）、つまり一九四八年の年末というのは、実際、不可能で、それならH・Rの旅行は、ソ連によるベルリン封鎖（四八年六月から四九年五月まで）の真最中になってしまうのだ。

「それはともかくとして、とピエール・ギャランは言う、おれたちのお客、かりにそれをX氏としておくが、そのX氏がわれわれの見ている前で、きっかり十二時にあそこに来ることになっているんだ。ザクセン軍にたいするプロシア王の勝利を祝う、あのなくなった彫像の足元で、彼を暗殺するはずの男と会うことになっている。君の役目は差しあたってはすべてを観察して、いつもの正確さで記録するだけに限られている。テーブルの、あっちの部屋のテーブルの引出しに暗視双眼鏡がはいっている。といっても、なかなかうまくピントが合わないけれどな。でも、この望外の月明かりで、ほとんど真っ昼間とおなじくらいよく見えるな。

——その、あんたがXと言っている、カモのガイシャの身元はもちろんわかっているんだろうね？

——いや。いくつかの推定事実だけで、おまけにそれも矛盾している。

——どんな推定かな？

——話せばながくなるし、何の役にも立たないさ。ある意味では、それは君のあくまで公平でなくちゃならない、人間や出来事の客観的な調査をゆがめさえしかねない。これで、ぼくは退散する。君のくそったれ列車のせいで、すでに遅刻しているんだ。《J・K》の小ドアの鍵を置いていく。あのドアが、このアパルトマンの唯一の出入口だ。

——その《J・K》って、女かい、男かい？

——知らないね。きっと元の持ち主か借り手で、最終的な動乱の際に、やられちまったんだろうな。まあ、好きなように想像すればいい。ヨハネス・ケプラーとか、ジョゼフ・ケッセルとか、ジョン・キーツとか、ジョリス・カルルとか、ジャコブ・カプランとか*……。家は空き家で、不法居住者か幽霊しか残っちゃあいない」

　私はそれ以上食いさがらなかった。ピエール・ギャランは急に、急いで立ち去りたい様子だった。私は戸口まで彼を送り、彼の出ていったあと鍵をかけた。奥の部屋にもどると、肘掛椅子に腰をおろした。テーブルの引出しにはたしかに、夜間透視用のソ連製双眼鏡がはいっていたが、七・六五口径[2]の自動拳銃やボールペンやマッチの箱もはいっていた。私はボールペンを取りあげ、引出しを閉め、肘掛をテーブルに近づけた。白い紙の上に、細かい抹消の跡のない筆跡で、ためらうことなく私の物語を書きはじめた。
「アイゼナッハから廃墟だらけのチューリンゲンやザクセンを経てベルリンへと向かう果てしなくながい列車旅行の最中に、私はずいぶん久しぶりに、話を簡単にするために私の分身、あるいはそっくりさん、あるいはさらにもっと演劇的でない言い方で《旅人》と呼ぶ男を見かけた。列車は心もとない断続的なテンポで進み、うんぬん、うんぬん」

原註2――この間違った報告も、われわれには、その前のよりもはるかに重大にみえる。のちにこのことに触れる。

十一時五十分に私は三本の蠟燭を消して、もう一方の部屋の座部のパンクした肘掛椅子に坐り、ぽっかり空いた窓の前に陣どった。ピエール・ギャランの予告どおり、軍用双眼鏡は何の助けにもならなかった。もっと空高く昇った月が、今ではなまの、厳正な、容赦のない輝きで照りわたっていた。私が広場の真中の、彫像を欠いた台座を見つめていると、仮定的な群像のブロンズ像が少しずつ、一種の明白さとでもいったものをたたえて目に浮かび、白っぽい地面のいかにも平らな一帯に、繊細な鑿《のみ》跡からみても驚くべきくっきりとした影を投げかけていた。どうみてもそれは、二頭のたくましい、溢れるたてがみを風にざんばらにはためかせた馬

の曳く古代の戦車で、それに何人かの人物、おそらくは象徴的と思われる人物が乗っているものの、彼らの自然らしさを欠いたポーズは走行の速度と仮定されるものともそれほど合致していない。前面に突っ立って、その革紐が馬の尻の上でうねりくねる御者用のながい鞭を振りまわし、一行を指揮しているのは堂々とした体軀《たいく》で、頭に王冠をいただいた老人である。それはフリードリヒ王その人を表わしているのかもしれないが、王はここではギリシア風の長衣をまとい（右肩を剝きだしにし）、その裾が調和にみちたうねり方で彼のからだに巻きつき、はためいている。

その後ろには、頑丈な両脚をすこし開き加減にして構えた二人の若者が、それぞれ威圧するような大きな弓の弦を引きしぼり、その矢の先は片方は右前方、他方は左前方をねらって、そのあいだにおよそ三十度の鋭角をつくっている。二人の射手《いて》は正確には並んでいず、発射にゆとりをもたせるために半歩ほどずれている。二人とも顎をあげ、地平線からきざす何かの危険を窺《うかが》っている。彼らの質素な服装は――ごわごわする短い腰巻だけで、胸を保護するものは何もなく――世襲貴族ではなくもっと下層の人間であることを窺わせる。

彼らと戦車の御者のあいだに、胸を剝きだしにした若い女がクッションの上に坐っていて、その姿勢はローレライか、あるいはコペンハーゲンのあの可愛い人魚を思わせる。彼女の顔や体のまだういういしい魅力と、昂然《こうぜん》とした、ほとんど侮蔑的な表情が組み合わせになっている。

これは一夕、ひざまずいた群衆の讃嘆にささげられた、寺院の生きた偶像でもあるのか？　誘拐者が自然にそむいた婚姻に向かわせる囚われの姫君でもあるのか？　寛大なパパが退屈をまぎらわせてやるために、夏の夜の蒸せかえる暑さの中、こうやって全速力で突っ走る覆いのない車で散歩させている、甘やかされた娘なのだろうか？

ところがそこへ一人の男が、王立劇場の茫然となるような瓦礫からさまよい出たかのように、人けのない広場に現われる。そして一挙に、夢想されたオリエントの夜の蒸し暑さ、生贄《いけにえ》をささげる黄金の宮殿、法悦に浸る群衆、神話的なエロスの炎につつまれた戦車が雲散霧消する……Xに違いない男の背の高いシルエットが、ひときわくすんだ色合いのぴったり張りついた長マントでいっそう拡大され、その下半分は（ウエストを強調するハーフベルトをまとい）歩くにしたがいぼってりとした布地に刻まれる襞のせいで、裾広がりにひろがり、すると乗馬用のワックスを塗った長靴が大股な一歩ごとに、底革まで見えた。彼はまず最初私の監視所のほうへやってくるが、私はずっと後ろにさがって影に包まれている。ついで、途中まできて彼はゆっくりと回れ右し、不敵な眼差しであたりをぐるりと見まわすが、どこにも視線をとめはしない。そしてすぐさま、右斜めに向かい、決然とした足どりで、ふたたび彫像の消えた、いわば待機しているような台座のほうに進む。

彼がそこに到達する直前、一発の銃声が響く。狙撃者の姿はどこにも見あたらない。どこかの壁の蔭か、それとも窓のぽっかりあいた縁で、待ち伏せしていたにちがいない。Xは革手袋をはめた左手を胸にあて、ついである種の目つきをして、スローモーション撮影でのように、がっくり膝をつく……。二発目が静寂のなかで、澄んだ、充実した音を立て、かなりながびく谺《こだま》が尾を引く。反響効果のせいで銃声が拡散されたため、その発射地点を特定することも、それを発生させた火器の正確な種類を推定することもできない。だが撃たれた男はなおも徐々に上体をひねることに成功し、ほぼ私のいる方角に向け、それから三発目の発射音がとどろくとともに地面に崩おれる。

Xはもはや動かず、塵にまみれて手足を十文字にひろげ、仰向けに倒れている。二人の男がすぐさま広場の角に現われる。土木工事の現場で労務者が着ているような、ごわごわした生地の上着をまとい、ポーランドのシャプースカのたぐいの毛皮の縁なし帽をかぶった彼らは、なんの用心もせずに被害者のほうに向かう。二人が現われた地点との距離からみて、彼らを殺害者と想定することは不可能だ。とはいえ、共犯者なのか？　死体から二歩のところまで近づくと、彼らはいきなり立ちどまり、しばらく動かずに、月明かりがまったく鉛色にした、大理石じみた顔を見つめる。背の高いほうがそこで、丁重な緩慢さで縁なし帽を脱ぎ、儀礼的な弔意とでもいったものをこめて敬礼する。もう一方の男は帽子は脱がないが、胸と肩にかけて思いきり大きな十字をきる。三分後、彼らは前後になりながら、また広場を斜めに横ぎる。思うに、彼らはただの一言も言葉を交わさなかった。

それから、もう何事も起こらない。なおもすこし待ってから、といってもその時間を数字化するのはむずかしいのだが（腕時計を見るのを忘れたし、だいいち、その文字盤は夜光性でなくなっていて）、階下へ下りることに決め、といっても取りたてて急ぎはせず、念のために《J・K》の小ドアにも鍵をかけた。階段の手すりにしっかりつかまらねばならなかったが、それというのも石油ランプが撤去されたか消されたか（だれの手で？）していて、闇がいまや漆黒《しっこく》となり、私のよく知らない道筋をよけい複雑にしていたからだ。

外は、その反対に、ますます明るくなっている。私は用心ぶかく死体に近づいたが、それはまったく生存の気配がなかったので、その上にかがみこんでみた。どんな呼吸の様子も感じとれなかった。顔はブロンズの老人の顔に似ていた、といっても私が勝手にでっち上げた老人だから、これはなんの意味もない。私はもっとかがみこんで、カワウソの毛の襟がついた（遠くからではそこまで細かくは見えなかった）外套の上のほうのボタンをはずして、心臓のありかを確かめようとした。私は上着の内ポケットになにかごわごわしたものを感じ、取りだしてみると実際、それは固い革でできた薄い札入れで、不思議なことに、角の一つに穴が空いている。カシミヤのセーターごしにさぐってみても、心臓の拍動のどんな気配もなく、顎骨の下の頸動《けいどう》脈《みゃく》も同様だった。私は立ちあがって、すぐさま猟人《シャスール》通り五十七番地の家にもどった。とにかく、それがイェーガー通りの意味なのだから。

　暗闇のなかでもそれほどの苦労もなく、二階の小扉まで辿りついて、ポケットから鍵を取りだす時になって、私は手に、われ知らず革の札入れを持ったままだということに気がつく。手さぐりで鍵穴を探していると、私の背後で不審な軋み音がして私の注意を引く。そして実際、そちらへ振りむくと、縦の光の筋がだんだんひろがり、反対側のもう一つのアパルトマンのドアが、明らかな警戒心をこめて開くところなのだ。その隙間からほどなく前にかかげた蠟燭立てに下から上へと照らしだされた一人の老婆が現われ、私を凝視するその目は、恐怖とまでは言わなくても極度の不安を示している。不意に彼女はその戸を猛烈な勢いで閉め、がちゃんと半まわしした錠前の舌が受け座のなかで炸裂音のような音をたて、それが扉板の全面に鳴りひびく。私のほうもピエール・ギャランが《徴発した》仮の住居に逃げこむと、そこは前の部屋からくるかすかな月明かりにぼーっと照らされている。

　私は奥の部屋まで行ってもう一度、一センチかそれ以下しか残っていない三本の蠟燭に火をともす。そのぼんやりとした明かりのもとで、分捕り品を調べてみる。中にはドイツ語の身分証明しかなくて、写真は革を貫通した弾でずたずたにされていた。証明の残りの部分は比較的に無事で、「ダニー・フォン・ブリュッケ*、一八八一年九月七日、ザスニッツ（リューゲン）生まれとあるのを読みとることができ、それに住所もフェルトメッサー通り二番地（ベルリン＝

クロイツベルク地区）とある。要するに、それはかなり近い街区で、フリードリヒ通りをまっすぐ行くとそこに出るが、フランス軍占領地の境界の向こう側である。(3a)

そのカード入れをもっと念入りに調べてみると、縁がぎざぎざになった丸い大きな穴が拳銃とか、さらにはばかにできない距離から発射された肩撃ち銃の弾の弾痕だとは疑わしく思われてくる。片面を汚しているかなり鮮烈な赤い染みも、血というよりは真新しいペンキの跡に似ている。私は全体を引き出しの中にしまい、ピストルを取りだす。挿弾子をはずすと四発分空いていて、そのうちの一発はすでに銃身にはいりこんでいる。だから誰かが精度の高さで知られている、サン゠テティエンヌ砲兵廠製のこの武器で三度発砲したにちがいない。私は隣の部屋の枠のない窓のところにもどる。

私はすぐさま死体が、幻の群像の前から消えているのを確認する。脇役の連中（おなじ悪党の一味か、それとも来るのが遅れた救助隊）がやってきて、運び去ったのか？　それとも狡猾《こうかつ》なフォン・ブリュッケが不思議なくらい完璧な擬態で死んだふりをよそおい、そのあと相当の時間をおいてから、傷一つなく、あるいはまたどれかの弾が命中したとはいえそれほどの重傷も負わずに、立ちあがったとでもいうのか？　彼の瞼は、よく覚えているが、完全には閉じていず、ことに左目がそうだった。彼のはっきりした意識が――つまり彼の永遠の魂だけでなく――計算され、人をあざむき、告発するその薄目をとおして私を見つめていたのだろうか？

私は不意に寒けをおぼえる。というかむしろ、書き物をするあいだも念入りにボタンをはめた外套をずっと着ていたにもかかわらず、すでに何時間も前から寒けがしていたのに、使命の達成に気をとられて、そんなことなど気にしなかったのか……。じゃあ、その使命というのはどういうのか？　私は今朝から何も食べていず、私の快適な朝食《フリユーシユトウツク》は、今でははるけき思い出になってしまっている。空腹はほとんど感じられないくらいだったが、それも私を襲ったこの空無感と無縁でないにちがいない。事実私は、ハレの駅でやたらと停車が延びて以来一種の脳中の霧のなかに生きていて、これはひどい風邪が惹きおこす状態と似ていたが、とはいえほかのどんな風邪の症状も現われてはいない。ふわふわした頭で、私は予測もしなかった手ひどい状況にもかかわらず適切で首尾のととのった行動を維持しようと努めるのだったが、それも虚しく、全然ちがうことを考えてはつぎつぎに決断をくだすべき差しせまった必要と、脅迫的な幽霊とか、よみがえる記憶とか、埒もない予感とかの形を成さない群れとのあいだで引き裂かれている。

架空の壮大な群像は、そうこうするあいだ（どれだけの時間？）に、またしても台座の上に姿を現わした。《国家の戦闘車》を指揮する男は、疾走の速度を落とすことなく、胸もあらわな若い女のほうを振りむき、指をひろげた片手を目の前にあげて、まぼろしの防禦《ぼうぎょ》態勢を取っている。そして相棒から半歩前に出た片方の射手が、今は暴君の胸に向かって弓をしぼっている。暴君のほうは、横顔をみるかぎり、先程も言ったように、フォン・ブリュッケに似ているかもしれない。とはいえ、彼はとりわけべつの男、もっと昔にさかのぼり、もっと個人的で、忘れられ、時の経過で蔽われた思い出だが、ある壮年の（それも、今日の死者より年下の）男を連想させ、私は彼の身近にいたらしくて、たいして知っていたわけでもないしながい交流があったわけでもないのだが、それでも私の目には相当な威光を放っていたのは、たとえば今は亡き私の代父アンリ伯爵*とおなじで、とにかく私につけられたファースト・ネームは彼からもらったものだ。

今は私は、疲れていたとはいえ、この報告書の作成を続けなければならないのだが[3b]、三本の蠟燭は今度は息絶えだえで、一本の灯心などはすでに溶けた蠟の滓のなかに埋まってしまっている。私の隠れ家、というかこの牢屋のもっと徹底した探検をやってみて、驚いたことに私は洗面所がほぼ正常に機能しているのを発見する。洗面台の水が飲用に適しているかどうかは知らない。しかしながら、その怪しい味にもかかわらず、私は蛇口からじかにたっぷりと飲む。ちょうどその横に立っている大きな戸棚の中には、ペンキ屋か誰かが置いていった資材にまじって、丁寧に折りたたまれ、比較的清潔な、床を養生するための大きなシートが何枚かしまってある。私は分厚いマット代わりに、奥の部屋の大きな洋服簞笥のそばの床に敷く。この簞笥はがっちり鍵がかかっている。では、何が隠されているのか？　私の旅行バッグの中にはもちろん夜着や洗面道具一式がはいっているが、突如消耗しすぎて、何をどうする気力もない。それに、寒けがひどくなって、それらをわずかでも使うことを思いとどまらせる。重い衣類のどれひとつ脱がずに、私は間にあわせの寝床に横になり、すぐさま眠りに落ちて、夢もみない深い睡眠をむさぼる。

原註3a、3b――問題の詳細な報告書は、二つの考察にみちびく。カフカの最後のベルリン滞在の場合とは逆に、武器の性質に関する――原註2にも記された――不正確さは、偶然の記述の誤りとみなすことはできない。話者は、ずいぶんいろいろな領域での信憑性の欠如がどうであれ、彼が手にしているピストルの口径に関連して、かくも手ひどい錯誤を犯すことはあり得ないのだ。したがって、われわれがここに見るのは、意図的な嘘である。事実、これはベレッタのライセンスのもとに製造された九ミリ口径のもので、われわれがテーブルの引出しに入れておき、次の夜にこれを回収した。この自称アンリ・ロバンがなぜ火器の殺傷能力と発射された三発の弾の口径を矮小化しようとしたかは推察できるとしても、ピエール・ギャランが明らかに引出しの正確な中身を承知しているという事実を、いっさい考慮に入れようとしないのは理解に苦しむ。

第三の誤謬は西ベルリンにおけるクロイツベルクの位置に関係する。なぜH・Rは彼が何度も住んだことのあるこの街区を、フランス軍占領地区内にあると信じるふりをするのか？　そんなばかげた小手先細工からどんな利益を引き出すつもりなのか？

第一日

自称アンリ・ロバン*はずいぶん朝早く目を覚ました。彼は自分がいま、どこに、いつから、いるのか、そこで何をしているのか、理解するのに相当の時間を要した。服を着たままで、間にあわせの運のわるいマットレスの上だったので、よく眠れなかったが、それはキルケゴールがレギーネ・オルセンを捨てて逃走した一八四一年の冬と、それから一八四三年春ベルリンでの《反復》*の希望が出てきた時と、二度滞在した部屋を《奥の部屋》と呼んだのを思い出させるブルジョワ・サイズの広い（といっても差しあたってはベッドもなく凍える）部屋だった。慣れない節々の痛みに手足が硬直して、アンリ・ロバンは起きあがるのに一定の困難を感じる。やっとその努力を果して、彼はごわごわになって皺くちゃの外套を、脱ぎはしなかったがボタンをはずし、ぱたぱた埃を払った。彼は窓に（シャスール通り*に面していてジャン・ダルム広場ではないが）歩み寄ってぼろぼろのカーテンをどうにか裂ききらずに引くことができる。太陽がどうにか昇ったばかりらしく、ということはこの季節のベルリンでは七時何分かを意味するはずだ。しかし今朝、灰色の空はあまりにも低く垂れこめているので、確信をもって断定するのはかなりむずかしい。もっとずっと遅いかもしれない。一晩中腕にはめていた時計を見ようとして、ＨＲはそれが止まっていることを確認する……昨夜ネジを巻くのをおこたったのだから、べつにおどろくべきことではない。

いまはすこし明るんでいるテーブルのほうを振り返って、彼はすぐさま寝ているあいだにこのアパルトマンに誰かが来たことを了解する。思いきり引っぱりだした引出しは、いまや空っぽなのだ。夜間用の双眼鏡もなければ高精度拳銃も、身分証明書も、血まみれの穴のあいた固い革のカード入れもなくなっている。そして、テーブルの上からは、裏表に一面に細かい字で書いた紙もなくなっている。そのかわりに、普通の事務用サイズの白い同形の紙が一枚見えていて、ページいっぱいに斜めの大きな字体で、二つのセンテンスが大急ぎでなぐり書きされている。「起きたことは仕方がない。しかし、そういう状況では、君も少なくともしばらくは姿を消したほうがいい」《Sterne《スターン》》と（最後にeをつけた）非常に読みやすい署名も、ピエール・ギャランが使っているコード・ネームの一つだ。

彼はどうやってはいったのか？　ＨＲは怯えきった（と同時に相手をぞっとさせる）老婆との不気味な遭遇のあと自分がドアに鍵をかけたことと、そのあと鍵を引出しの中にしまったことを思い出す。だが、ぎりぎりまで引き出しを引っぱりだしてもむだで、鍵がなくなっていることがはっきりわかる。不安に襲われ、監禁されたのではないかと（まったくいわれもなく）心配になって、彼は《J・K》と名標のついた小さなドアまで行ってみる。そのドアはもはや鍵がかかっていないばかりでなく、全然閉まってさえいない。戸板が溝にはまっているだけで、何ミリかの遊びがあり、錠の舌も半回転爪も嚙みあってはいない。鍵そのものはというと、それも錠前にささっていない。ひとつの説明を思いつく。ピエール・ギャランは合鍵を持っていて、アパルトマンに入るときはそれを使い、出ていくときに両方の鍵を持ち去ったのだ。だが、何の目的で？

HRはそこである頭痛を自覚し、潜在的で、にぶいその頭痛が、目が覚めたときからいよいよはっきりしてきて、推論とか推算とかを助けてくれないことを知る。事実、昨夜よりなおいっそう頭がぼーっとし、まるで蛇口から飲んだ水道水に毒薬かなにか含まれていたかのようなのだ。そして、それが催眠剤だとしたら、一気に二十四時間以上眠ったのかもしれないのだが、ここにはそれを確かめる手段がまったくない。たしかに、水道に毒を盛るということはたやすいことではない。公共の水道とはべつの、個別の貯水槽をそなえた（だからこそ確認できた水圧の低さの説明もつくが）配水システムが必要となろう。よくよく考えてみると、浮浪者と鼠（それに殺人犯たち）が住むにまかせたこの地区の部分的に破壊されたこのビルで、市の水道が復旧されているとしたら、なおのこと不思議と言っていい。

いずれにせよ、人工的に誘発された睡眠だとしたら、夜間に侵入した者が眠っている人間を目覚めさせなかったという、経験則にあまり合致しない気味のわるい事実も、もっと理解しやすくなるかもしれない。その眠っていた男は、錯乱し、麻痺し、関節がこわばっているその分だけふわふわしている頭のなかにも正常な活動を回復させることができるかもしれないと思い、顔に冷たい水をかけようとトイレに行ってみる。あいにく、蛇口のヘッドは、今朝は空まわりするだけで、一滴の水もしたたってはこない。配管全体が久しい以前からからからであるかのようにさえ思える。

Ascher《アシエール》、そう本部の同僚たちが彼を呼び、彼が所属していることになっている一応秘密の支部が拠点にしている、セーヌ＝エ＝オワーズ県の小邑《しょうゆう》Achères の名前どおりアシエール*と発音するのだが、その Ascher は（ドイツ語では灰色の男という意味で）、洗面台の上の罅《ひび》のはいった鏡のほうへ顔を起こす。そこに映っているのが自分だとはほとんど思えない。目鼻だちはかすみ、髪はぼさぼさ、付け髭ももうずれている。右側がすこしもちあがり、かすかに斜めにぶら下がっている。それを付けなおすかわりに、思いきってそっくり剝がすことにする。結局のところ、こんな髭は効果があるというよりは滑稽なのだ。そのあと彼はもう一度鏡を眺め、普段よりももっと際立つ非対称にもかかわらず、誰のでもない、性格曖昧なその顔を前にしておどろく。途方に暮れた、ためらいがちな何歩かをすすめ、そこで彼は彼のでっかいバッグの中身を調べることを思いたって、一夜を過ごしたこの愛想のわるい部屋のテーブルの上に、一つまた一つと、全部を引っぱり出す。何もなくなっているものはないようで、いろんな物の念入りな配置もたしかに自分が決めたとおりだと認める。

隠し二重底も見たところ開けられた様子はなく、その華奢《きやしや》な目印も手つかずのようで、隠し場の内部には、彼のほかの二通のパスポートが相変わらず待機している。彼はこれといったあてもなく、それらをめくってみる。一通はフランク・マチュー名義で、もう一方はボリス・ヴァロン名義だ。どちらも付け髭であれほんものであれ、髭を生やしてはいない証明写真が貼ってある。もしかしたら自称ヴァロンの写真のほうが、付け髭を剝がしたあと鏡に映った顔に対応しているかもしれない。アシェールはそこでこの、必要なヴィザが全部おなじで新しい書類を上着の内ポケットにしまい、そこからアンリ・ロバンのパスポートを取り出して、バッグの二重底のフランク・マチューの横に収める。ついで身の回り品全部を正確にもとどおりの位置にしまい、それにいきあたりばったりに、テーブルに載っていたピエール・ギャランのメモもつけたす。「起きたことは仕方がない……。君は姿を消したほうがいい……」。

アシェールはさらにこの機会を利用して洗面道具入れから櫛をとりだし、鏡のところまで戻りもしないで大ざっぱに髪をとかすが、それでもボリス・ヴァロンの写真にあまり似なくなるので、きちんと撫でつけすぎないようにと気を配る。あたかもなにか忘れ物をしなかったかと心配するかのように、ぐるっとまわりを一瞥してから、彼はアパルトマンの外に出、小さなドアをピエール・ギャランが出ていった時の位置とぴったりおなじになるよう調整し、戸板に五ミリぐらいの隙間を残しておく。

その時、むかいの住居から物音が聞こえ、彼は老婆にこの家では水道が通じているかどうか聞こうと考える。どうして怯えたりすることがあろう？　だが、ちょうど木のドアをノックしようと構えたその時、内側で突然罵声の嵐がわきおこり、あまりベルリン風でない喉音《こうおん》まじりのドイツ語だったが、それでも《人殺し《メルダー》》という言葉が何度も繰りかえされるのが聞きとれ、いよいよ大きな声で喚かれる。アシェールは重いバッグの革の把手をつかみ、用心しながらではあるが、慌てて明かりのない階段を、昨夜やったのとおなじように一段ずつ手すりにつかまりながら下りはじめる。

もしかしたら今は負い革を肩にかけているその荷物の重さのせいかもしれないが、フリードリヒ通りは思ったよりもながく感じられる。そして、もちろん、廃墟のただ中に現われる、立ったままであるとはいえ穴だらけで、急場凌《しの》ぎのさまざまな修理がほどこされた数少ない建物のなかには、たとえコップ一杯の水であれ、彼がなんらかの慰藉《いしゃ》を得られるようなキャフェも旅宿も見つからない。そもそも、どんな種類であれ商店らしきものが見あたらず、わずかにここかしこにブリキのシャッターが下りていたが、何年も前から上げられたことがないにちがいない。そして通りの端から端まで見わたしても人影はなく、それと直角にまじわる横の幹線道路も同様に破壊されてがらんとしている。とはいえ、残っている継ぎはぎだらけのビルのいくつかの断片には疑いもなく人が住んでいるはずで、とにかくその窓の高みから、多かれ少なかれ修復された汚いガラスごしに、じっと動かずに、独りぼっちのこの異様な旅人を観察している人間の姿が認められるのだが、その旅人のほっそりしたシルエットは壁面と積みあげた瓦礫の山にはさまれ、車も通らない車道の真ん中を進んでいき、肩にかけた、異常にぶ厚くてごわごわした黒いエナメル塗りの革のバッグが彼の腰にぶつかり、とっぴな重荷をかついでいるその男に背を曲げざるを得なくしている。

　アシェールはやっと検問所に到達し、その十メートル先には国境を画する厄介な鉄条網をめぐらしたジグザグの柵がある。彼がボリス・ヴァロン名義のパスポートをひけらかすと、彼が近づいたのをみて出てきた番兵のドイツ兵は念入りに写真を、ついで人民共和国のヴィザ、最後に連邦共和国のヴィザを点検する。前大戦の占領軍とはなはだ似た軍服を着た男は、詮索するような口調で、押印は規定どおりに行なわれているが、本質的な一点、つまりＲＤＡ〔東独〕領への入国スタンプが欠けていると指摘する。旅人もけちのついた頁を見つめ、そうはいっても奇蹟によってそこにあらわれる可能性のまったくないスタンプ印を探すふりをし、正規のバート・エルスフェルト＝アイゼナッハ専用路を通ってやってきたのだと（部分的にはその通りなのだが）弁解し、最後に出まかせに、チューリンゲンの兵士が、急いでいたのか無能だったのか、きっと通過時にそれを押しそこなったにちがいなく、忘れたのかもしれないしインクが切れていたのかもしれないと告げる……アシェールは大まかなドイツ語で能弁にまくしたて、相手がその曲折をたどれたか確信はもてなかったが、彼にすればそれはどうでもよいことに思われる。要は気楽に構え、くつろぎ、呑気にみえることではないのか？

「入国がなければ《カイン・アイントウリット》、出国はない《カイン・アウストウリット》！」と、理屈っぽくて頑固な番兵は言葉すくなに切りすてる。ボリス・ヴァロンはそこでべつの証明書でも探すかのように、内ポケットをまさぐる。兵士は興味みたいなものを示して近づき、ヴァロンはその意味を大胆に解釈する。それで彼が上着から取り出して開いたのは札入れである。相手はすぐに紙幣が西独マルクであることを見てとる。物欲しげで狡《ずる》そうな微笑がそれまであまり愛想のよくなかった顔を明かるませる。

「二〇〇マルク《ツヴァイ・フンデルト》だな」と、あっさり告げる。二〇〇ドイツマルクは少々高く、バッグの二重底にきちんとしまってある、アンリ・ロバン名義の書類には載っている、多かれ少なかれ読みにくい少々の数字や文字の対価としても割り高だ。しかし、今となってはほかに手はない。まやかしの旅人はそこで、要求された二枚の大型紙幣をわざと見えるように滑りこませてから、その熱意ある番兵にまた自分のパスポートを手渡す。兵士はすぐさま、お粗末な警備詰所、瓦礫の中にかしいだまま置かれたプレハブの箱の中に消える。

彼が出てきたのはかなり長い間《ま》があってからのことだが、冷や冷やしていた旅人に旅券《ライゼパス》を差しだし、どことなく社会主義的だがそれでもいくらか国民的な敬礼をしながら「万事問題なし《アレス・イン・オルドヌング》」と回答する。ヴァロンは問題のヴィザの頁に一瞥を投げ、いまはそこにおなじ日付、二分違いのおなじ時刻、おなじ通過地点を記した入国スタンプと出国スタンプが押されていることを確認する。彼のほうも「有難う！」ときっぱりした声で言い、半端《はんぱ》に突きだした手で敬礼しながらも、生まじめな表情をたもつよう苦心する。

鉄条網の向こう側に出れば、あとはなにも問題ない。警備の兵士は五分刈り頭の若くて陽気なアメリカ兵《ジー・アイ》で、インテリくさい眼鏡をかけ、ほとんど訛りのないフランス語を喋る。パスポートをざっと調べたあと、旅人にむかって、《憲法の父》と言われるあの歴史家アンリ・ヴァロン*の一族かとだけ聞く。「祖父です」とアシェールは落ちつきはらって、声にしんみりとした思い出が感じとれるように答える。こうして彼は、予想したのとはちがってアメリカ軍地区にいるわけだが、それはきっとテーゲルとテンペルホーフという市の二つの空港を取りちがえたためらしい。実際、ベルリンのフランス軍占領地区はもっとずっと北に位置するようだ。

フリードリヒ通りはそのあと、おなじ方向にまっすぐメーリング広場《プラッツ》とラントヴェア運河《カナル》までつづくのだが、すぐさままるで別世界だ。たしかにかなりあちこちに相変わらず廃墟があるが、その密度はそれでも耐えがたいほどではない。この地区は、一方では中心街ほど徹底的に空爆されなかったにちがいなく、それにまた政権の中枢部みたいに石のひとつも争うくらいの激しい攻防があったわけでもないようなのだ。他方、そんな大災害の遺物の片づけもここではほとんど終了し、多くの修理作業もすでに完遂されていて、根こぎにされたビル群の再建も順調にすすんでいるようにみえる。贋ヴァロン自身も突然自分がべつの人間になり、まるでバカンスを楽しむみたいに軽やかで、のびのびとした気分であることを感じる。彼のまわりの洗われた歩道にも、いそいそと平和な仕事にむかうかそれとも明確で、まともで、日常的な目的にむかって急ぐ人々がいる。何台かの自動車が悠々と、右側通行を守りながら、いっさいのがらくたを除去した車道を走っている。それがしばしば軍用車であることは、認めねばならないとはいえ。

　この地区では意外な、カール・リープクネヒト*やローザ・ルクセンブルク*とともにスパルタクス運動を創始したフランツ・メーリング*の名を冠した広大な円形広場に出ると、ボリス・ヴァロンはすぐさま大きな民衆的なビヤホールとでもいった店を見つけ、そこでやっと、アメリカ風にむやみと薄くしたコーヒーを飲み、道を聞くことができる。彼が探す行先はなにもむずかしいことはない。ラントヴェア運河《カナル》にそって左へ、舟航可能な川とところどころで交叉しているがクロイツベルクに向かって歩けばいい。直角に曲がったフェルトメッサー通《シュトラーセ》りはふたたび左側で、国防運河と呼ばれるこのおなじ運河の出口のないふくろ水に沿っていて、それは短い、昔は跳ね橋だったがいまはずいぶん前から使われていない鉄の橋で運河から切りはなされている。通りはかなり狭いがそれでも車が入れる二つの河岸からなっていて、両側から澱んだ運河をはさみ、そこに打ち捨てられた木造の古い平底船の残骸がわびしい、郷愁をさそう魅力を添えている。歩道もない河岸のでこぼこの敷石が、いっそうそんな消え去った世界の感覚を際だたせる。

両側に並んだ家は低く、どこか郊外風で、ところどころ二階建て、稀に三階建てだ。それらはどう見ても前世紀末か今世紀はじめのもので、ほとんど完全に戦火をまぬかれている。ちょうど国防運河とその使用不可能な枝川の角に、こじんまりした屋敷が建っていて、とりたて様式に特徴はないが、裕福そうであり、ある種古ぼけた贅沢さの印象すら与える。細工をほどこした頑丈な鉄柵が内側から、人の背丈に刈りそろえたニシキギの密生した生け垣で二重に守られ、一階と、建物全体を囲む狭い帯状の庭を覗けなくしている。見えるのはわずかに二階とその窓をかこむ化粧漆喰の装飾や、ファサードの上部のコリント風もどきの軒蛇腹や、四方に傾斜したスレート屋根だけで、てっぺんの棟が二つの曲線状の忍び返しをむすぶ亜鉛鉄板のレース状の棟飾りで強調されている。

誰もが予想するのとちがって、鉄柵にはラントヴェア運河ではなく、もっぱら穏やかなフェルトメッサー通りのほうに向いた出入口しかなく、この洒落た建物はその通りの二番地を占めていて、柵囲いと釣りあったかなり仰々しい正面玄関の上の、角のひとつがわずかに剥がれた青い琺瑯《ほうろう》のプレートにはっきり2という数字が読みとれる。一九〇〇年代の金物細工を再現したつもりらしい、ペンキ塗りの優雅な渦型装飾をつけたした、最近作ったらしいニスをかけた木の板が、いまではこのブルジョワ的な住宅にもつつましい店が開かれていることを想定させる、《Die Sirenen der Ostsee《デイー・ズイレーネン・デア・オストゼー》》（つまり、バルト海の人魚）という商号を掲げており、印刷用ゴシック活字体で書いたその下に、もっとずっと控えめなローマ字体でこう説明がある。《人形及び手足の曲がるマネキン《プッペン・ウント・グリーダーメートヒエン》、買い取りと販売《アンカウフ・ウント・フェアカウフ》)》。ヴァロンは当惑して、Mädchen《メートヒエン》〔娘〕というドイツ語の単語のせいでどことなく怪しげな含みのあるそんな商売と、もしかしたら昨夜ロシア軍占領地区で殺されたかもしれない……そうでないかもしれない、ここが公式の住所になっている、堅苦しいプロシア将校とのあいだに、どんな関係があるのかと怪しむ。

　旅人は昨日の精根尽きはてるような一日と、昏睡同様の眠りや長すぎる絶食のせいで、差しあたってはあまり人前に出られる状態ではないと感じながら、隙間のあいた不便な敷石の上を歩を進めるのだが、数知れない出っぱりや瘤のあいだのもっとはっきりした穴が赤っぽいちょっとした水たまりを湛えていて、*最近の雨の一時的な名残であるらしいが、ぼかしのはいった——とでも言おうか——おぼろだが執拗な思い出という錆にいろどられている。その思い出はじっさい一〇〇メートル先、運河の生気のない分枝がふくろ水となっているあたりでだしぬけに立ちあらわれる。薄ぼんやりした日光が、対岸の低い家々を突然照らしだし、緑色をした、じっと動かぬ水面にその古ぼけたファサードを映している。河岸にくっつくようにして、転覆した古い帆掛け船*が横たわっており、その腐った船体があちこちで骸骨みたいに肋材や船底板や帆柱延長材を曝《さら》している。既視感の眩しいような明白さは、ぼんやりした冬の明るみがたちまちもとの灰色の色合いを取りもどしたにもかかわらず、なおも尾を曳く。

それまでに見かけた吃水のうんと低い何艘かの平底舟は、ぎりぎりのところ廃船になるまえに、橋板をもちあげる必要なしに鉄橋の下をくぐれたであろうのにたいして、依然として長いマストを立てたまま（現在ではほとんど四十五度まで傾いてはいるが）迷いこんだこの漁船は、隣接する運河の入り口で跳ね橋装置がまだ機能していた時代に、ここに係留したとしか考えられない。ヴァロンは記憶の底から思いがけず立ちあらわれた朽ち果てた船が、はじめて彼が、おなじ夢幻的な背景のただなかの正確におなじ位置にそれを見たときに、すでにそんな風変わりな残骸の状態にあったことを覚えているような気がした。もちろん、それがいまや彼がするどく意識しているように、幼少の頃の思い出だったとしたら、なにか奇妙なことのようにみえるが、輝かしい代父に敬意を表してそのころ彼が呼ばれていたように、アンリ少年はたぶん五歳か六歳で、母と手をつなぎ、母親は疑いもなく近い親戚だが、血縁内のいさかいから行方の知れなくなっていたある女性を探していた。ということは、四十年間なにも変わっていないということか？　でこぼこの敷石とか、青緑色の水とか、家々の荒塗り壁とかはまだしも、漁船の腐った木材となると、そんなことはまず考えられない。あたかも時がその腐蝕作用をすっかり完了し、そのあとどんな摩訶不思議によってか作用するのをやめたとでもいうかのようなのだ。

運河の軸と直角にまじわり、運河を閉じて車も歩行者も一方の岸から他方へと移動できるようになっている短い河岸は、だいぶ傷んだ鉄柵にそっていて、その内側には樹木、背の高いボダイジュの木々しか見えないが、周辺の建物と等しなみ空爆をまぬかれて破損も目立った傷痕もこうむらずに生き延びたようで、やはり――と旅人は想像するのだが――遠い昔と変わっていない。したがってフェルトメッサー通りもそこで終わって袋小路になっている。この事実はだいいちビアホール《スパルタクス》の（トラキアのあの輝かしい反逆者*も、現在ではベルリンのビールの銘柄に名を残していて）きわめて愛想のいいウェイトレスも指摘してくれていた。それらの古木の向こう側――と彼女は説明してくれた――その木陰に雑草や茨が生い茂っているあたりからロシア軍占領地区がはじまっていて、クロイツベルクの北端をかぎっている。

とはいえ旅人はきれぎれに立ちあらわれる埋もれた過去の回帰的な幻像から、とても都会的とはいえない一連の物音で引きもどされる。今度は時間的にではなく空間的に隔たっているにもかかわらず、鶏の声が三度、くっきりと旋律ゆたかに繰り返されたのだ。鳴き声の聴覚的な質が、どんな雑音も邪魔にはいらないので、それが立ちのぼりながいこだまを曳いてひろがっていく周囲の常ならぬ静けさの度合をはからせる。ヴァロンは今になってそのことを意識する。いっさいの交通のとだえたこの地方都市的な通りにはいって以来、彼はおよそ人っ子一人とも出会わず何の音も聞かず、時折地面のでこぼことこすれる自分の靴のきしみしか耳にはいらない。これこそ彼が何をおいても必要としている休息にとって理想的な場所である。振り返ってみて、彼はたいしたおどろきもなく、来たとき気にかけなかった、まあ我慢できそうなクラスの安ホテルが偶数側の角に建っていて、一〇番地のプレートがついているのを発見する。その旅宿も疑う余地なく、通りの残りとおなじ時代に建てられたものらしい。しかしエナメルを塗った真新しい、代赭《たいしゃ》色のぴかぴか光る横長の大きなパネルにくすんだ金文字で、あきらかに現代的で状況に則した《Die Verbündeten《ディー・フエアビュンデテン》》（les Alliés《レ・ザリエ》〔連合軍〕*）いう看板をかかげている。一階には窓を張り出すようにして、ビストロとでもいった感じの店もあり、その《Café des Alliés》というフランス語の店名がなおのこと、ヴァロンをうながしてこの天啓的な避難所のドアを押させる。

店内はひどく暗く、そんなことが可能ならだが、彼がいまやって来たがらんとした河岸よりももっと静まりかえっている。旅人はしばらくしてやっと、穴ぐらの奥にどうやら生きていると推定される一人の人物を認める。背が高くてふとった、とっつきにくい顔つきの男が、クモの巣の真ん中にいるクモみたいにじっと動かずに、旧時代風に彫刻をほどこした木のカウンターのむこうに立って待ち構えているようで、そのカウンターに両手をつき、こころもち前かがみになっている。バー係とフロント係を兼ねているにちがいないその男は歓迎の一言も口にしない。だが、彼の前に目立つように置かれた立て札は《フランス語話します》とうたっている。彼にはとてつもないという気がするほどの気力をふりしぼって、そこで旅人はおぼつかない声ではじめる。

「こんにちは。部屋《デ・シャンブル》空いてますか？」

男はしばらくのあいだ、びくりとも動かずに闖入者《ちんにゅうしゃ》を見つめ、それからやっとフランス語で、といってもひどいバヴァリア訛りをまじえて、しかもほとんど威嚇《いかく》的な口調で答える。

「どれだけですか？

——料金がどれだけという意味ですか？

——いや。幾室かですよ！

——そりゃあ、もちろん、一室です。

——もちろんじゃないですな。あんたは *des chambres*《デ・シアンブル》〔幾室か〕とお聞きになった」

たぶん、不意に彼を打ちのめした完全な虚脱感のせいだろうが、旅人は前もって書かれ、すでに以前に口にされた（といってもどこで、いつ、誰によって？）対話をこだまみたいに再生しているような奇怪な印象をおぼえ、あたかも劇場の舞台で誰か他人が書いた芝居を演じているかのような気がした。おまけに、そんなとげとげしさではじまった交渉の前途はろくなことになるまいと悲観して、彼はすでに退却する覚悟でいたが、その時最初のとおなじくらいどっしりとして恰幅《かっぷく》のいいもう一人の男が、隣接する事務室のさらにもっと濃密な暗がりから姿をあらわした。この新参が同僚に近づくにつれ、やはり丸々として頭の禿げたその顔が、難儀している客候補の顔をみてしだいに陽気な微笑で明るんでくる。そしてはっきりとドイツ訛りのひどくないフランス語で叫ぶ。

「これはこれは、ヴァールさん！　結局うちへもどっていただけましたか？」

いまは二人ならんでカウンターの向こうに突ったち、長身の上にさらにすくなくとも一段高くなったところからヴァロンを（彼はますますどぎまぎしたが）見おろして、彼らはまるで双子みたいで、顔の表情こそちがえ、目鼻だちはそっくりおなじである。かつはフロント係のこの突然の二分割に混乱し、かつは相手の愛想のいい片われのほうの言葉が証明するように、彼自身の素性がなぜか知られているという事実に呆気にとられて、旅人はまず最初、ばかげた反射作用で、自分が以前母親といっしょにこのキャフェに来たに違いなく、そのことを相手がおぼえているのだと思いこむ……彼はなにかわけのわからない言葉をつぶやく。だが、慇懃《いんぎん》なホテルの主人がすぐさま引きとる。

「弟のことはご勘弁を、ヴァールさん。フランツは今週の頭から留守していて、あなたのお泊まりが短かったものですから。でも、バス付きの部屋はずっと空いてます……宿泊カードには記入いただかなくて結構です。結局、中断はなかったわけですから」

旅人が差しだされた鍵を受けとろうとさえせずに、茫然となって黙ったままなので、ホテルの主人は微笑するのをやめ、彼がただならない状態なのを心配する。彼はかかりつけのドクターが話すような口調で言う。

「精根尽きはてたといった顔をなさってますね、お気の毒なヴァールさん。昨夜むやみと遅くおもどりになり、今朝はまた朝食をとる暇もないくらい早く出かけられたから……でも、なんとかしましょう。夕食は出来てます。フランツがお荷物を部屋に入れておきます。そしてマリアにすぐお給仕させます」

ボリス・ヴァロン、またの名ヴァールは、それ以上なにも考えずに言われたとおりにした。(4)さいわい、マリアはフランス語を喋らず理解もしなかった。それに彼自身、すでにいくぶん母国語におぼれてドイツ語がよくわからなくなっていた。娘が献立にかんして質問し、なんとか返事をする必要があったので、彼は《ヨーゼフ氏》に助けを求めねばならなかった。男は依然慇懃この上なく、すぐに問題を解決してくれたとはいえ、ヴァロンには、正確にはその意味がわからなかった。夢遊病患者みたいな無関心さで食べているあいだも、彼には、皿になにが載っているのかすらわからなかった。愛想のよさが警察的な監視に変わっていたホテルの主人は、この唯一の客のテーブルの脇にしばし突ったって、保護者的な無遠慮な視線で彼を見守っていた。立ち去るまえに、彼はまるで内緒話みたいに、過度でいっさいの自然らしさを欠いた、友愛にみちた共謀のせせら笑いを浮かべて、客にそっと囁いた。「ムッシュー・ヴァール、付け髭をとられたのは正解ですね。似合ってませんでしたから……おまけに付け髭だということがみえみえでしたね」。旅人は返事をしなかった。(5)

原註4——J・Kの訳ありのアパルトマンでのアシェールの目覚めの際に、一人称から三人称へ移行したのと同様、直説法現在から複合過去へのいきなりの変換も、もともと一時的なものだが、われわれの考えでは、話者の素性を変えるものでもないし、語りの時点を変えもしない。語る声が人物にたいしてどういう距離をとろうと、言表の内容はいかなる時点でも、自動知覚的で瞬発的な自己の内部認識を再現することをやめない。かりにその認識が、時には嘘をつこうとする発想に由来するものであろうとも。視点はつねに間違いなく、多様な名前をもっていてこのんで偽名を使うわれわれの主人物の視点なのだ。それ以上に謎の多い問題が、これらの物語の受け手にかかわってくるように思われる。ピエール・ギャラン宛にしたためた報告書と

いう体裁は、じっさいは誰をも納得させない。基本的ないくつもの点での事実や事物のはなはだしい偽造ぶりは、いかなる場合にもギャランほどの能力をそなえた専門家を欺くことはできないはずで、ギャランその人が網を張った以上なおさらなのだということを、アシェールはかならずや勘づいていたはずなのだ。反対の角度からみて、もしもアシェールがわれわれの知らぬ間になにかべつの組織、それもベルリンで現在抗争中の敵側の勢力にくみして動いているとしたら、こんなふうに間抜けを装ってもなんの得るところもないはずだ。それともまた、彼の裏切りとおぼしき行動のまったく新しい展望がわれわれの予測を越えるとでもいうのか。

原註5――フランツとヨーゼフという、ほんものの双子であるマーラー兄弟は、じっさいスパイとして知られている。彼らはわれわれのためではなく、アメリカ軍情報部のため、もしかしたらソ連警察のためにも働いているのかもしれない。フランス語を喋るときの訛りがなければ、彼ら二人を区別することは困難だし、おまけにあれほど漫画的なバヴァリアふうの抑揚は、彼らのどちらにとっても容易に模倣可能とくる。一方の無愛想な態度と対極的な他方のにこやかな愛想のよさにしても、われわれは一度ならず、彼らがいかにもたやすくかつ見事にシンクロして、それをたがいに取り替えっこするという事実を確認することができた。さいわいにして、ふたりはほとんどいつでも一緒にいる（ジェスチャーとか、いい加減なクイズとか、ありとあらゆる地口をむやみやたらと連発するツヴィンゲが面白半分に何度も言うように、「マーラー

はひとりでは出てこない」）ので、それほど思い悩まずにすむとはいえ。美人のマリアは、その反対に、いちばん信用できるわれわれのレポのひとりだ。彼女は完璧なフランス語を話すが、仕事の都合上念入りにそれを隠している。マーラー兄弟もそのことを勘づくにいたったが、いつかそのうち彼らもなんらかの利益にあずかることを期待して、ゲームをつづけることを承諾している。

食事をすますと旅人は三号室にあがっていき、急いで一風呂浴びたが、その前に、夜のために必要なものを彼の重いバッグから抜きだした。ただ無器用に急いだので、彼は同時にバッグから淡いピンクの紙にくるんだもの、そこが正常なあるべき場所ではないはずの小さなものを取りだし、それがフローリングの床に落ちてくっきりと充実した音をたて、相当重いものであることを明かした。ヴァールはいったい何だろうかと思いながらそれを拾いあげ、中身を確かめるために包みをひらいた。それはせいぜい十センチあるかないかの、手足が動く磁器製のちっぽけな少女の人形で、丸裸で、彼が子供のころ遊んだのとあらゆる点でそっくりのものだった。もちろん、今では彼はそんなものを旅行に携帯してはいなかった。とはいえ彼は、この夜は、なにが起きてもおどろきはしなかった。包装紙の白い内側には、《Die Sirenen der Ostsee, Feldmesserstrasse 2, Berlin-Kreuzberg〔北海の人魚、フェルトメッサー通り二番地、ベルリン＝クロイツベルク〕》と、すぐ近くの人形店の名前と住所が印刷されていた。

　いかにも心地よい風呂からあがると、旅人はパジャマ姿でベッドの縁に腰かけた。体はいくぶんほぐれた感じだったが、頭は完全に空っぽだった。いま自分がどこにいるのかさえ、わずかにわかる程度だった。ナイトテーブルの引出しには、おきまりの聖書のほかに、もとの折り目にそって丁寧に折りたたんだ、使いふるしの大きなベルリン市街図があった。ヴァールはその時になって、ジャン・ダルム広場に面した廃屋を出るまえ、袋のなかの持ち物がきちんと収まっているか一個ずつ取りだしてむりに調べたとき、自分の地図がいくら探しても見つからなかったことを思い出した。今回の発見が意味する幸運な符合にそれ以上こだわることなく、彼は蒲団カバーのかたちにシーツにくるまれた羽蒲団にもぐりこみ、すぐさま眠りについた。

　その睡眠の最中（したがってことなった時間系のなかで）、もっとも頻繁に彼を襲う悪夢のひとつが、またしてもきちんと型通りに展開されたが、彼を、目覚めさせることはなかった。すなわちアンリ少年は、せいぜい十歳ぐらいの年齢なのだった。彼は緊急な生理的欲求をみたすために、復習教師に教室を出る許可を求めねばならなかった。いまや彼は人けのないあちこちの運動場をさまよい、アーチ型開口部のついた体育館やはてしもなく長い廊下を歩き、何回も階段をのぼり、またべつの廊下に出、次から次へとむなしくドアをあける。どこにも、道を教えてくれる人はいず、彼は巨大な学校の（リセ・ビュフォン*だろうか）あちこちに点在しているはずの問題の場所をどれひとつ見つけられない。最後に彼は、偶然、もとの教室にはいってゆき、すぐさま彼のいつもの席、そもそも指定されていてつい数分前（それとも数十分前？）彼が離れたばかりの席に、いまは同じ年頃のべつの少年、彼には見覚えがなかったから新入生にちがいない少年が坐っているのを発見する。見覚えはないがもっと注意深く観察してみて、アンリ少年は相手が自分にたいへんよく似ていることに気がつくが、それも取りたてて彼をおどろかせない。級友たちの顔がひとつまたひとつと次々にドアのほうを向き、明白な非難の表情を浮かべて、戸口に突ったったままどっちへ行くべきかわからなくなっている闖入者を見つめる。自習室のどこを見ても空席はない……席を横どりした少年だけが机にかがみこみ、繊細で規則正しい、訂正の跡ひとつない細かい字で、彼の作文をつづることに熱中している。(6)

原註6——夢の記録というかなりわざとらしく、それにたいした文体上の配慮もなしに導入した口実のもとに、アシェールはここで、またしても幻覚的な彼の分身というテーマに立ちもどっているわけで、もちろん彼はそこから得たものを利用して、報告書の先をつづけることを当てこんでいる。例えばそこに、みずからを埒外《らちがい》に置くに都合のいい手段をみたということも、十分あり得よう。しかし逆に、彼にたいする隠密行動本部の不信（ましてや私個人の不信）の念を呼びさますのは、彼が同時にたくみに事を運んで、およそ観光的でない彼の母親のベルリン

旅行に関する幼時の思い出のなかで、まさに問題となっている幻想にとって堅固な指標となるはずのものを隠蔽しているということなのだ。つまり、その時会わねばならなかった消息不明の縁者とはだれかということだ。彼の物語の根幹的な要素を奇蹟みたいに消去してしまっている、このおぼつかない回想とやらのなかで、綿密なはずのアシェールの誠意がまったきものであったと想定することは、われわれには困難である。それともまた、ここに見られるのは、エディプス゠フロイト的忘却の目ざましい一症例とでもいうのか！　かくも当てずっぽうな大旅行のために、まだいたいけない少年を引きずりまわしたママは、彼女としては、なにしろ事柄がこれほどあからさまに彼にかかわる以上、彼にその目的を隠すいかなる理由もなかった。とにかく、実際には、ごく幼い子供と暮らしている成人の男性であったものを、《女性の縁者》にすり替えたということ自体、久しい以前から計画されたものでないとしても、意図的なミスティフィケーションの証拠のように思われる。

あとになって、べつの世界でヴァールは目を覚ます。彼は暑すぎるので、羽蒲団を足で押しのける。上半身を起こして、いうまでもなく時刻という重要な設問を自分に問いかける。太陽はいずれにしろ昇っているが、冬であるからもちろん、空のかなり低いところにある。天候は明るく、この季節にしてはむしろ輝いている。ヴァロンは澱んだ運河のとっつきに面している、

窓の二重のカーテンを閉めておかなかったのだ。彼は長時間、切れ目なしに心ゆくまで眠ったと思う。一度トイレに（夕食のときふんだんに飲んだビールのせいで）行っただけだった。トイレが見つからないという反復的な夢も、ずいぶん前からなんら混乱を惹きおこさなくなっていた。そもそもその内容が、言うなればほとんど合理的な語りの一貫性のようなもののなかで、徐々に正常化していって、夢からいっさいの攻撃的なパワーを奪ってしまっているという印象をもつのだ。

ヴァールは昨夜ナイトテーブルに置いたままだったベルリンの市街図を取りあげ、全部ひろげてみる。彼がなくした（どこで？　いつ？）のとおなじ地図で、おなじくらい保存もよく、角に偶然の折り目がついているのもおなじだったが、ただこの地図にはおまけに、ボールペンをつよく押しつけて描いた、ふたつの×印がある。一方はフェルトメッサー通りの袋小路になった先端を指し、べつにそれはこの安宿にいるかぎりなんら不思議はないが、もう一方のもっと気味がわるいのはジャン・ダルム広場とシャスール通りの角を指している。まさに旅人がこの二晩を過ごした二つの地点なのである。彼は物思いに沈んで、レースのかかっていない窓に近づく。彼の真正面には、依然として幼時の思い出が正確にあるべき場所にでんと構えている。光の加減だけが変わっている。昨日の夕方落日の黄色い淡い日光を受けていた低い家並みが、いまは影に浸っている。幽霊みたいな帆船の残骸が、言うなればいっそう黒々と、威嚇的で、その上いっそう大きくもみえる……。

いまは埋もれたはるか昔の旅行、あの挿話はなにしろ夏休みにむかう時期に相当したはずだから、おそらく夏のはじめのことなのだが、彼がはじめてその船の残骸を目撃した際には、黒い木製のその威圧的な骸骨は、あまりにも感情の起伏がはげしく、病的に感受性がつよくて、事あるごとに幽霊につきまとわれ、保護者ぶる母親の手にかじりついていた坊やを震えあがらせたにちがいない。きっと母親は彼をいくらか引きずっていたはずで、なにしろ彼はながい歩行に疲れていたし、母親のほうも同時に敷石のあちこちが傷み、六歳かそこらの華奢な足には凸凹がありすぎ、ほとんど山道みたいだったから、彼がバランスを失うのを防いでやっていたのだ。とはいえ彼はすでに重すぎたから、ながいあいだ彼を抱いてやることもできなくなっていた。

明確で鮮明で空白だらけとはいえ、手で触《さわ》れるほどくっきりとした記憶のなかで、とりわけヴァロンを当惑させるのは、もはや母親が誰を探していたのかわからないということよりも——それはいまはどうでもいい気がするが——いずれにしろ当の人物に会えなかったのだから徒労におわった、その探索の旅のベルリンでの地理関係である。私の記憶が正しければ、彼の母親はその年（一九一〇年ごろ）彼を、姻戚関係の親戚にあたるドイツ人の女性で、リューゲン島の海辺に邸宅を所有していた人のところへ連れていった。旅の途中の中断とかむなしい彷徨、行きどまりの運河と艤装を解かれ腐りつつあるそこの漁船の墓場などは、したがってむしろ周辺のザスニッツ、シュトラールズントとかグライフスヴァルトといった、小さな海港に位置づけられるべきだろう。

とはいえ、よく考えてみると、フランスから鉄道でくれば、ベルリンでの休止というのは、列車の乗り換え、いやそれどころか駅を換えるためにも不可避で、そもそもこの首都には、パリもそうだが、かつても今も中央駅というのが存在しないからなのだ。ブレストを出発してこうして二度の連絡を経由するという長途の鉄路の旅は、当時にあっては疑いもなく、海浜用の手荷物や幼い子供をたずさえた単身の女性にとっては、たいへんな大事業を意味していた……彼の生誕地とポメラニア*沿岸を隔てるはるかな距離にもかかわらず、バルト海の断崖絶壁とその崩れ落ちたでっかい塊りや海中に突きでた岩や入江のブロンド色の砂浜、そこのぬるぬる滑る海藻に縁どられた水溜まり、彼はそこでなおもたった一度の夏の一月のあいだ、四十年も前の話だが、いずれは海水に飲みこまれるお城を飽きもせずに築きつづける幼い少年少女にも言語のせいで仲間入りできず、いっそう孤独な遊びをつづけたものだったが、いまやそういったすべてが旅人の頭のなかでは、彼の少年時代全体にしみこんでいるノール＝フィニステール郡の磯浜、花崗岩の岩、危険をはらんだ潮水と混ざってしまっている……。

日の暮れ方、引き潮が徐々に見きりをつける入江の砂浜の上のほうの乾いたままの狭い地帯を大股でたどりながら、彼は先刻の満ち潮が到達した境界を示す、打ちあげられた海藻の描くぎざぎざの花づな状のカーブに沿って歩いてゆく。大波に引き抜かれ、まだ濡れているずたずたの海草を下地に、ありとあらゆる種類の残骸が散らばっていて、仮定的なその由来が想像力のはたらきに格好の場を提供する。すでに死んでいて漁師たちに打ち捨てられたヒトデ、甲殻類や魚類のものだった殻や骨のかけら、ぼってりと肉がついて真新しく、いかにも大きいのでイルカかそれとも人魚*のものかもしれない二股に別れた尻尾、腕がもがれているのに依然としてにっこり微笑んでいるセルロイド製人形、だんだん迫る宵闇のなかでも赤い、粘りけのある液体がまだ少しはいっている栓をしたガラスの小瓶、ヒールが底革からかほとんどもぎれ、メタリック・ブルーの鱗片《りんぺん》で覆われた甲革が信じられないほどきらきら光っている、舞踏会用のハイヒール*の片方……。

第二日

差しあたってここではヴァールWallと呼ばれるボリス・ヴァロンBoris Wallonが、いつもの入念さの限りをつくして、大きなバッグの中身を整理しているうちに、突然昨夜みた夢を思い出したのであり、それは旅行用の荷物にまじって、子供のころの遊びで彼が玩具にして（いじめの対象にして）いた、手足の動くちっぽけな陶器の人形を発見した夢なのだ。夢のなかに思いがけずそれがまた登場したきっかけは、彼には明白に思われる。すなわち、昨日ダニー・フォン・ブリュッケが住んでいた、というか今もなお住んでいるかも知れない裕福そうな屋敷の入り口で見かけた、Püppchen《ピュップヒエン》＊〔人形〕店の看板から来ている。ただし、危うく難をまぬかれたあの狙撃のあともここを住所とし、実際は依然として生きているとしても、あの人物は疑いもなく、彼の暗殺者たちにずっと昔から知られているこの公式の住居にもどることは避けているにちがいない。およそ一番幼稚な用心も、今となっては彼に姿を消すことを強いていよう。

がらんとした、共用の食堂におりて朝の食事をとろうとして、ヴァロンは頭の中をすっきりさせ、何一つ予測したとおりに展開しない今回の冒険に関して、彼の手中にあるさまざまな要素を整理し、彼自身の調査、さらには作戦のプランを立てようとする。今となっては彼の特命もピエール・ギャランの簡潔な暇乞《いとまご》いとともに――少なくとも暫定的には――終わりを告げた以上、個人的な計画などもはや問題となりえない。にこやかで黙りこくったマリアは、色あせた彼女の衣裳に驚嘆すべきスピードで器用にアイロンをかけたあとで、あでやかに立ち働いて、ゲルマン的ながっちりとした軽食のあれこれの皿を彼に給仕し、彼にしてもそれをはなはだ生きのいい食欲で平らげる。マーラー兄弟は今日はどちらも姿を見せない。

外は日が照っているが、靄のかかった冬の太陽は、軽やかで、断続的で、気まぐれで、きわめてベルリン的な微風にかき混ぜられたひりひりする空気を、それほどあたためるには至らない。ヴァールもまた、昨日やっとアメリカ軍の検問所を越えることができた時以上に、身が軽くなっているのを感じる。手足まといになる荷物から今は解放され、比較的おだやかなながい眠りで休息もとって、彼は自分を無用でいて溌剌としていると感じる。身のまわりの事物を、まるでところどころリールの欠けた古い映画でも見るような恬淡《てんたん》さで眺めながら、陽気な足どりで歩いて、頭のなかが空っぽ、というか少なくとも痺れてしまっているという、漠然としていても執拗な感覚にも大して注意を払わず、いっそそれから何か効率的なものを引きだそうとすることは断念したほうがいいと思っている……こうなった以上、それがどうだというのか？

澱んだ運河の対岸では、釣り人が一人、なかば突きだした右手で目には見えないただの糸をつまんで仮定的なアタリを感じとろうとしていて、どうやらその目的のためにごく近くの家から持ちだしたらしい、ニス塗りの木の台所椅子に坐っているのだが、それを据えた河岸のぎりぎりの縁は、ちょうど車道にじかに切りこみを入れて水辺まで下りられる石の階段の一段目のすぐ手前なのだ。濁っていて、表面とか（コルクの栓やオレンジの皮や虹色に光る油の膜）ごく浅い水中とかに（手書き原稿用の紙や赤い染みのついた下着）ふわりふわりと浮かぶ細々としたごみから見ても、相当ひどい水質は、どんな種類であれ、そこに魚が住んでいることを疑わせる。男はシャツの袖をまくりあげ、ズボンも踝《くるぶし》のところまでめくっていて、足にはスニーカーという、この季節とはあまりそぐわない夏向きのいでたちである。まるで衣裳担当からろくなアドヴァイスももらえなかった端役俳優といった様。大ぶりな黒い口髭をはやして、縦長の鍔《つば》付き帽の蔭から暗い目つきで辺り一帯を監視しているかのようで、ぐにゃぐにゃした生地でできたその帽子の鍔は、眼窩の上にかぶさって、ギリシアやトルコの労働者階級で愛用されている帽子を連想させる。

遠慮するでもなく、この自称釣り人はだんだんと顔の向きを変えて、向かい側の河岸、すなわち番地から言って通りの偶数側を、散歩でもするかのような足どりで家々にそって歩く、毛皮付き外套を着た場ちがいな紳士の姿を両目で追うのであるが、紳士は錆びた機械仕掛がもはや開閉を許さない跳ね橋への途中で立ちどまって、ながながと注意深く地面を見つめていて、それは最小限にみてペンキの滓がでこぼこで隙間のある敷石のあいだに、まるでいかにもすべすべして丸い三個の石の継ぎ目の三角形の穴をとおして地の底からほとばしり出たみたいな血の色を残しているあたりで、その赤はそのあといろいろな方向にひろがり、幾つものながいうねうねした支脈の先がいきなり直角のカーブや交差や枝分かれや行き止まりを描いていて、緻密な観察眼が不確かで断続的で迷路のようなその径路を精査するなら、たいして苦労もせずにそこに見極めることができよう、折れ線やたすき線、稲妻線や卍《まんじ》型や工場の階段型や要塞の銃眼型を……*。なかば茫然となった旅人はようやく上体を起こして、今は無用となっているが、昔可動橋板を持ちあげて平底船にラントヴェア運河への出入を許した高く聳える、黒ずんでいて複雑なその金属構造物を見上げ、家々の屋根の高さまで空に向かって伸びあがっているその二つのがっちりとしたアーチの先端にそれぞれどっしりとした鋳物の平衡錘、つまり両面がふくらんだ分厚い円盤を見上げるのであり、それはもっと小ぶりとはいえ、母の死の際にカニュおじいさん*から受け継いだ金箔のはげた封書秤、今は私の仕事机の上に置いてある封書秤に似ている。封書秤と私のあいだには、ところどころ抹消された細かい字で蔽われ、ほとんど読みとれないが、現在のこの報告書の何段階かの下書きを構成する、何枚もの紙が、見たところいかにも乱雑に散らばっている。*

ほかの箇所でもナポレオン様式の豪奢な装飾をうんぬんした、そのでっかい仕事机は左右ともどっちも層をなして積みあがる実存的な反故類のぬかりのない山にだんだんと侵略されてゆくのだが、私はいまは南側、北側、西側とも庭園に面している三方の窓の鎧戸を終日閉めきったままにして、クリスマスの直後ノルマンディーを荒らし、たしかに世紀の終わりと二〇〇〇年への神話的な移行を忘れがたいかたちで刻印した、あの暴風雨以来私が生きてきた隠然たる惨劇*を目にしないことにしている。木々の葉むらや池の芝生のたたずまいが二度と覚めることのない悪夢に座をゆずり、それにくらべれば、前に私の書き物のなかで語った、八七年のあの龍巻すら子供だましに見えるのだ。今度は何百本という太い幹を取り片づけるだけでも、何年といわずとも何ヶ月も何ヶ月もかかるにちがいなく、へし折れた巨木がもつれあってこんぐらかった塊となり（あれほど愛情をこめて手入れした若木の数々を押しつぶし）、地面から引っこ抜かれたどでかい根は、三十分つづいたかどうかの信じられないような電撃作戦の爆弾ででもえぐられたかのように、あとにぽっかりと大きな穴を残している。

私はしばしば廃墟と化した世界を新たな建築物でよみがえらせるために、人間がたえず発揮しなければならない上機嫌な創造的エネルギーがどうのこうのと口にした。そして今ここに、頻繁すぎる旅行に中断されながらも映画のための執筆*にまるまる一年を費やしたあとに、またこの原稿に取りかかって、新たな災厄のあとでこうしてベルリンにもどり、借りものの職業に身を投じ、別の名前、それも複数の名前を名乗り、何通もの偽造パスポートを携帯し、与えられた謎の使命もいつかき消えるやも知れないのだが、それでもなお度重なる人格分裂やとらえどころのない幻影や戻ってきた鏡*に繰りかえし映る映像などに翻弄されながらも、粘りづよくもがいている。

　まさにこの時なのだ、今度は元気な足どりでヴァールその人が、二重の河岸からなるわがフェルトメッサー通りの出口にむかって歩みを進め、やがてあからさまに、子供用と成人用の人形をあきなう仮定的な店のある、二番地の方向へ迂回するのは。一九〇〇年代風の金物細工のある正面の棚は半開きになっている。しかし、旅行者はそれ以上それを押すことを避ける。それより左側に垂れ下がっている小さな鎖をひっぱるほうを選び、それは原則として小さな鐘型呼鈴を作動するはずだったが、ところがそれを勢いよく何度ひっぱっても実際には、なんのちりんちりんという音も人の気配も呼び起こさない。

　そこでヴァールが瀟洒《しょうしゃ》な建物のファサードを見上げると、二階の真ん中の窓が大きく開け放たれている。ぽっかり開いた窓枠の中に女性とおぼしき人物がいて、来客は最初それを陳列用のマネキン人形と考えたが、すこし遠くから見るとそれほどにも動きの無さは完璧と思われたし、それに門のプレートに掲示された当該建物の商業的性質からしても、通りに面して目立つように展示するのも、この場合まったく尤もと言えたのだ。だが、突然彼を見つめる視線の生き生きとした輝きを受けとめ、それと同時にそこはかとない微笑がすねたようにまくれた上下の唇をかすかに開かせたらしいので、ヴァールは自分の勘違いを認めざるを得ない。あられもないくらいの軽装で寒さに立ち向かっているとはいえ、それは――あろうことか――血と肉から成るうら若い少女で、これ見よがしの図太さで彼をじろじろ見つめている。たぶんベッドから離れたばかりだろう、ブロンドの巻毛もざんばらなその娘は、正直言ってたいへん可愛らしく、少なくとも甘ったるい含みを持つこの形容詞が彼女の輝くような生娘的美貌に当てはまればの話だが、その不謹慎な姿勢といい、勝ち誇ったような表情といい、むしろはなはだしっかりした、場馴れした、それどころか冒険好きの性格を予測させて、いずれにしろ彼女のうら若い年齢（十三歳か十四歳あたり）が通常なら予想させるか弱さが見られない。

彼が彼女に向かって軽く会釈したのに答えてもらえなかったので、ヴァールはそんな意外な応対にむしろ狼狽して、この悩ましい亡霊から目をそむける。というわけでなおのこと毅然とした態度で、彼は思いきって鉄柵をあけ、大股の何歩かで狭い庭を横ぎって玄関前の石段に向かい、決然とした足どりで三段をよじ登る。ドアの右手、戸口の煉瓦造りの壁面に、ふっくらと丸みをおびたブロンズ仕上げの呼鈴があり、真ん中の突起は来客の指でてかてかに光っていたが、その上にお決まりの《ジョエル・カスト》という名前を彫りこんだプレートがかかっていて、ヴァールはしっかりとした態度でボタンを押す。

何分かのながい沈黙に包まれた待機のあとで、彫刻を施した重い木の扉が開き、やや――と思われたのだが――無言の間があって、黒い衣裳の老女が隙間から顔を見せる。ボリス・ヴァロンが自己紹介するとか、詫びの一言すら口にする前に、老女は小声で、内緒話でもするみたいに、人形店は午後にしか開店せず、その代わりに夜は遅くまで開いていると告げ、これは二階の窓に展示された早熟な少女のエロチックな活人画と相まって、組織との絆を断たれたわが特殊工作員の心のうちに、前述の嫌疑をいっそう補強することになる。そこで彼はいま思いついた文句を、正確だがいくぶんぎごちないにちがいないドイツ語で切りだし、あらかじめ約束したわけではないが、ダニー・フォン・ブリュッケ氏に面会できないかと尋ねる。

いかつい顔の老女はそこで扉をさらに手前に引いて、アタッシェ・ケースも持たないこのセールスマンをもっとよく見ようとし、彼の全体的な風貌を信じがたい驚きとでもいった感じで見守るが、それはだんだんと、狂人でも相手にしているかのようなはっきりとした恐怖の表情に変わる。そしていきなりドアをばたんと閉め、そのぶ厚い戸板が陰々とした音を響かせる。真上の視野の外で、ここからは見えないがその映像が目に焼きついている少女の澄んだ笑い声が、私にはわからない突然の陽気さに襲われて、とめどもなくながく響きわたる。ういういしい笑いの連発がとぎれて、愛らしい果実を思わせる声が取って代わり、フランス語で、「今日はツイテなかったわね！」とからかうように叫んでよこす。

玄関払いをくらった訪問者は、上体を後ろに反らし、仰向けになって見上げる。恥知らずの小娘もやはり手すりの上に身を乗り出して、空を背景に浮きあがり、透き通った半袖のブラウスもなかば以上はだけて、まるで遅くまで寝たあと、あわてて人形じみた夜着を脱ぎすて、もっとまともな服装をまとったかのようである。「待ってて！」と彼女は叫ぶ。「あたしが開けたげる！」。ところが、いよいよますます衣類が消えてゆく（片方の肩とその小ぶりな乳房がいまはあらわな）彼女の体全体が、あり得ないような、危険な、絶望的な恰好で虚空に乗りだしてくる。彼女の目が青緑色の水の深みを覗かせて、いよいよ大きく見開かれる。赤すぎる口が、度外れなくらいかっと開かれ、叫びを挙げようとするが、どうしても出てこない。あでやかな上半身といい、剝きだしの腕といい、ブロンドの巻毛が波うつ頭といい、突っぱってはあらゆる方向にねじれて、いよいよますます極端な無数の身ぶり手ぶりとなってもがく。まるで救いを求めるかのよう、まるで差し迫った危険――火事の燃えさかる炎、吸血鬼の鋭い牙、殺人者が振りまわす短刀――が彼女を脅かし、閉じた部屋の中で情け容赦もなく彼女に迫っているかのごとくなのだ。それを逃れるためなら手段を選ばないのであって、事実彼女はすでに落下し、はてしなく落ちてゆくのであり、彼女は狭い庭の小砂利に激突するところだ……と不意に、彼女は身を引き、部屋そのものの中に吸いこまれ、たちまち見えなくなる。

ヴァールは当初の位置にもどって、ドアに向かいあったままでいる。ドアはふたたび部分的に開かれる。しかし今度は無愛想な老女ではなく、若い女（三十歳ぐらい）が空いたスペースにじっと立っていて、異邦人を見つめ、彼のほうは気づまりな微笑で驚きをあらわす。彼はドイツ語でぶつぶつ訳のわからない弁解を繰り返す。だが彼女は黙って、真面目くさった顔で彼を見つめつづけ、その様子はたしかに慇懃なのだが、侘しげな、上の空のおだやかさの影があって、少女のおきゃんなはしゃぎ方とははなはだ対照的ではある。そして、双方の顔にいくらかの共通点があり、特に緑色のつぶらな目の切れながの輪郭とか、肉厚の、誘いかけるような唇とか、とりわけ大人の女のほうに際立っているとはいえ、ギリシア風と呼ばれる真っ直ぐで細身の鼻が共通しているとはいえ、二十年代の流行だった落ちついた真ん中分けの髪が、年代の差ばかりとは言えない違いを強調している。彼女の瞳は、わずかに開いた唇同様、それとわからぬ程度にかすかに動く。

どこか憂愁の影のある、魅惑的な口の尖らせ方が悩ましいこの女性が、やっと口を開くと、その声は胸の底、というかさらには腹の底からやってくるような温かみのある重々しい声で、そのフランス語の響きにも前に小娘に感じられた、熟したサクランボとか肉厚のアンズの抑揚――この女の場合には官能的な反響とでも言えよう――が認められる。「ジジのことなんか気にしないで下さい、あの子の言うことも、どんな真似をしようとも……あの子はすこし狂ってるんですよ、年が年だから。十四になったばかりなの……それに悪い子とばかり付きあってるから」。ついですこしながい間をおいて、ヴァールがなんと言うべきかためらっているうちに、彼女はいくぶん上の空のおなじ緩慢さで付けくわえる。「フォン・ブリュッケ博士は十年ぐらい前からここに住んでおりませんのよ。たいへん残念ですけど……私の名前はそこに書いてあるとおりです。（むきだしの腕のあでやかな仕草で、彼女は呼鈴の上の真鍮のプレートを指さす）でももっと簡単にジョーJoと呼んでもいいんですよ、ドイツ人はこれをヨーと発音するんですけど、その昔ゼウスが炎の反射する雲になりすまして強姦したあと、アブがギリシアから小アジアまで追いまわしたあのイオ*です」

そんな突拍子もない神話的故実をもちだして、ジョエル・カストがうっすらと浮かべた微笑は、訪問者をさまざまの夢見がちな憶測の迷宮に踏み迷わせる。彼はいくぶん行きあたりばったりに言ってみる。「で、どうして残念だというんですか、失礼なことを聞くようですが？

——ダニエルとのこと？（体全体から湧きおこったような、それでいて甘くささやくような哄笑が、一瞬若い女を活気づかせる）あたしにとっては全然！ 残念どころか！ あなたのため、あなたの調書のために言ったのよ……ヴァロンさん。

——え？ 私が誰かご存知で？

——ピエール・ギャランがあなたの訪問を予告してくれたわ……（間）どうぞお入りになっ

て！　すこし寒気がするわ」

ヴァールは彼女がながい暗い廊下をとおってサロンらしきところ、そこもやはりかなり暗く、雑多な家具や大きな装飾用人形や多かれ少なかれ意外なさまざまな（骨董屋兼古物商によくあるような）品物でごった返した部屋まで案内してくれるあいだを利用して、彼の置かれた状況の新しい変化について考えようと試みる。またしても彼は罠に落ちたのか？　赤いビロードを張りマホガニーの腕に装飾用でもあり保護用でもある重々しいブロンズを嵌めこんだごわごわした肘掛椅子に腰を落ちつけ、彼が提示できるかぎりのいちばん自然な社交的な態度に賭けることに腹をきめ、彼は尋ねる。「ピエール・ギャランをご存知なんですね？

――もちろん！　と、いくぶんうんざりしたように軽く肩をすくめて彼女は答える。ここではみんなピエール・ギャランのことを知ってるわ。ダニエルはというと、五年間あたしの夫でした、ちょうど戦争前……彼がジジの父親なの。

――どうして《でした》と言うんですか？」と、旅人はしばし考えこんでから尋ねる。

女性は最初返事をせずに彼を見つめ、あたかも投げかけられた質問のことをながながと考えこむかのごとくだったが、そうでないとしたら突然まったく別のことを考えたのかも知れず、あげくにどっちつかずの無関心な声でこう告げる。「ジジは孤児になったの。フォン・ブリュッケ大佐は一昨日の夜、ソ連地区でイスラエルの工作員たちに暗殺されたのよ……ちょうど、四〇年のはじめのあたしの離縁のあとあたしたち、娘とあたしが住んでいたアパルトマンの真向かいで。

――《離縁》というのはどういう意味ですか？

――ダニエルはその権利、いえ、義務さえあったのよ。帝国の新しい法律があたしをユダヤ人と認定したし、彼は高級将校だったから。おなじその理由で、あたしたちの結婚のすこし前に生まれたジジをどうしても認知しなかったわ。

――あなたのフランス語には、ゲルマン的とか中欧的な訛りが全然ありませんね……

――あたしはフランスで育ったし、フランス国籍なの……でも家では、セルビア・クロアチア語みたいなのも喋ってたわ。あたしの両親はクラーゲンフルト*出身なの……カストというのは、コスタニェーヴィカという、スロヴェニア*の小さな町の名を崩して縮めたものなの。

――そして戦争中ずっとベルリンに留まっていたんですか？。

――ご冗談でしょ！　あたしの立場はますます風前の灯となったし、その上その日その日の日常生活も不便になっていったわ。外出することはほとんどできなかった……ダニエルが週に一回訪ねてきたの……四一年の春のはじめに、彼があたしたちの出国の手筈を決めてくれたの。あたしもずっとフランスのパスポートを持っていました。あたしたちはイタリア軍占領地域のニースに落ちつきました。フォン・ブリュッケ元大佐は部隊を引き連れて、戦略情報機関の一員として東欧に出陣しました。

——彼はナチ党員だったんですか？

——恐らくね、みんなとおんなじにね……彼はそのことを疑問にも感じていなかったと思うわ。ドイツ軍の将校として、ドイツ国家の命令に従っていて、ドイツは国家社会主義だったのだから……結局のところあたしは、プロヴァンスで最後に彼に会ってから、数ヶ月前彼がベルリンにもどるまでのあいだ、彼が何をしていたのか知らないの。デーニッツ提督の降伏のあとメクレンブルグで前線が総崩れした時、ダニエルははっきりしない理由でロシア軍に放免されてシュトラールルズントの家族のところへもどったのかも知れない。あたしのほうは占領フランス軍といっしょに出来るだけ早くここにもどったの。ドイツ語同様英語も楽に話せるし、ロシア語もスロヴェニア語と多くの共通点があるから、かなりこなせるのよ。あたしは赤十字の仲介で早々にジジも来させて、奇蹟的に戦争の被害も受けなかったもとのこの運河の家に、問題なく潜りこめたわ。あたしがそこでもともとの住居を取り戻したんだって証明するベルリン市の証明書を取ってあったし、ジジだってそこで生まれたんですもの。親切なアメリカ人中尉がいて、事態を正常化してくれたの、滞在許可証とか、食糧配給切符とか、その他もろもろ」

旧姓カスタニェーヴィカ、通称カスト（ジョーと呼んで頂戴、そのほうが簡単だから）であるジョエル・フォン・ブリュッケ元夫人は、そうした身上話を、明瞭さと首尾一貫性と正確さへの明白な配慮をもって提示し、彼女の遍歴の場所や時期をそのたびにはっきり特定してもっともらしいその動機も言い忘れなかったが、ボリス・ロバンはそこまで要求したわけでもなかったので、逆に彼女の話を、あり得ないとまでは言わなくても、疑わしいと思わずにいられない。まるで彼女は念入りに覚えこんだ教課を、何ひとつ言い落とすまいと気をつけながら暗唱しているかのようなのだ。そして彼女の落ちつきはらった、筋の通った、感傷も恨み言も含まぬ淡々とした口調が、きっとそこから立ちのぼる否応のない作り物という印象をかもすのに大きく貢献したにちがいない。ピエール・ギャランがみずから、そんな教訓に満ちた遍歴譚をでっちあげたということだってあり得る。事の次第を見きわめるためには、母親よりはたしかにずっと洗脳されていないあの変態少女を問いつめなければなるまい。それにしても何故、性質から言ってもそれほど開けっぴろげでもお喋りでもないように見えるこの女が、未知の男の頭のなかに、彼女の家族史に関するこんなどうでもいい瑣末事を植えつけようと懸命になるのか？　彼女の見当違いのこの熱の入れ方、細かいことにもこだわるくせに、見かけの証言の網羅性にもかかわらずところどころ欠落がみられるこの記憶力、これはいったい何を隠しているのか？　どうして彼女はそんなにも息せききってこの不安定な町、大幅に廃墟と化し、出入りも困難で、また彼女の生命の危険もあるこの町へもどろうと躍起になったのか？　フォン・ブリュッケの死について、正確なところどこまで知っているのか？　そこで、彼女自身決定的な役割を演じたのか？　それとも副次的な役割でも？　あの《J・K》のアパルトマンはどんな謎の中核なのか？　犯行の厳密な場所をどうしてそんなに確実に知っているというのか？　他方ピエール・ギャランにしても、旅人がこの町の西欧側の飛び地に潜入するために、ぎりぎりになってヴァロンという姓のもとに作成されたパスポートを選んだということを、どうして見抜きえたのか？　抜かりのない連合軍ホテルの給仕マリアが、ただちに彼に教えたとでもいうのか？　それにそもそもジョーと称するこの女は、今はベルリンで現実にどんな生計の手段を持っているのか、いそいそと未成年の娘まで呼び寄せているが、間違いなくニースやカンヌの学校でのほうが容易に学業をつづけられたろうに(7)。

ヴァールはそうした謎について考えこみながらも、今では赤い重いカーテンをほとんど締めきったサロンを暗くしている、漠とした薄闇にも目が慣れて、夢のなかの蚤の市というか、息苦しくなるがらくた置場みたいな背景をいっそう注意ぶかく観察するのだが、埋もれた思い出の店とでも言おうか、多かれ少なかれミニチュアじみた子供の玩具にまじって、うら若い面輪《おもわ》と好対照の煽情的な装束をまとった数多の等身大の人形もあり、幼女向けの店というよりははるかに一九〇〇年代の娼家を思わせる。そして訪問者の想像力はまたしても、国防軍の将校のこのブルジョワ的な旧宅で行われている取引の種類について駆けめぐる。

原註7——思い悩むわれわれの話者がみせかけの無邪気さで自問するさまざまな疑問は、彼の駒の複雑な配置のなかで少なくとも一つの誤謬を犯させる。彼は事のついでのように、気取り屋のマリアが——マーラー兄弟ではなくて——SAD*のために働いているのではないかと疑うと告白しているが、しかし今朝彼女はわれわれの国語がわかりさえしなかったのだ。彼に関してもっと不思議なのは、われわれにとって（特に私にとって）適切と思われ、直接的に彼自身にかかわる唯一の疑問を抹消していることだ。すなわち、覚めた物言いのこの若い寡婦は彼にもう一人の女性、彼の物語につねに透けてみえ、たしかに彼とははなはだ近い関係にある女性の存在を思わせはしないのか？　ここで彼が目鼻だちのきりりとした彼女の顔について行なっている描写は、彼自身の母親が三十歳だったころ頃の写真、ここかしこで彼がしばしば引きあいに出すその映像とあからさまに関連しているふうには見えないか？　ところが彼は、今回は、ともかくも異論の余地のない相似（ほかでも彼が触れている声の感動的な響きでなお強調された）について、念入りにいっさいの言及を避けていて、その一方で彼は、彼のテクスト全体を通して、何かにつけてやれ類似だの二重化だの、事によれば空想にすぎず、いずれにしろあまり説得力のない類似やら二重化やらを指摘しているが、一方が他方にたいして時間的に大幅にずれているのは、われわれがこうして明白さをもちだす異様な類似とくらべて、それ以上とは言わなくても同程度なのだ。彼自身その代わりに、臆面もなく（それもきっと計画的に）ジョー・

カストや金髪の巻毛の破廉恥な少女が発散する性的魅力を強調するが、それにしても彼が母親と娘のあいだに認める容姿の上での相似は、またしてもまったく主観的で、さらに言えば嘘を意図したものだ。

　ダニー・フォン・ブリュッケの《実の》娘は、実を言えば、はるかに男親の《アーリア民族的》美貌を受けついでいるのであって、彼は彼女に祖先伝来の貴族の称号を拒否したものの、Gegenecke《ゲーゲンエッケ》という古さびてほとんど消滅してしまっている名を押しつけ、それがすぐにGege、つまりドイツ語風に発音するとゲゲに縮まり、フランス語化してGigi《ジジ》、その後アメリカ人にとってはDjidji《ジージー》*となったのだ。ついでに指摘しておくと、まだ察知していない人もいるだろうが、この気まぐれだが数々の領域での早熟さが注目すべき若い娘は、われわれの戦略的配置の重要な持ち駒なのである。

　旅人はやっと夢想から抜けだして（どれだけの時間のあとで?・）、視線を相手の女性にもどす……彼は数分前彼女のいた肘掛椅子がいまはからっぽだということを確認しておどろく。そして坐ったまま右や左を見まわすのだが、広い部屋のどこにも彼女の姿は見つからない。それでは女主人はエロチックな人形の居並ぶサロンを離れて、旅人にどんなかすかな足音、みしみしという小さな床板の音もドアの軋みも聞かせずに彼を置きざりにしたのか？　どうして彼女

は不意に、こっそり出ていったのか？　渡り鳥が鳥網にひっかかったと、ピエール・ギャランに知らせに走ったのか？　ＳＡＤの連中がすでにこの屋敷に来ているのか、上の階では無気味な騒々しい音がしている。が、ちょうどその時まやかしのけだるさで和らいだ緑の目の神出鬼没の寡婦がどこかよくわからない戸口から再登場を果たし、このサロン兼人形店内はいかにも底深い暗がりのなかに沈んでいるので、まだ若い彼女は闇のなかからすいと現われたかのようで、用心ぶかく受け皿に載せた小さなカップが一杯すぎるのを、その中身をこぼすまいと気を使いながら運んでくる。片目で液体の表面を監視しながらも、彼女は踊り子みたいな空を歩む足どりで近づいてきて言う。「コーヒーを淹《い》れて差しあげたの、ヴァロンさん、イタリア風のうんと濃いのを……すこし苦いけど共産圏地区で、これほどまともなのはあまり飲まれたことがないはずよ。こっちではアメリカのＰＸのおかげで、あたしたち、いろんな珍しいものにありつけるの。（彼女は彼の両手にその貴重な贈物を置く）コロンビアのロブスターよ……」。そして、しばらく間をおいてから、彼が舌を焼くような黒い飲物をちびりちびりと飲んでいるあいだ、いっそう親しげで母親じみた口調で彼女は付けくわえる。「あなたの疲れようがあまりひどくて、お気の毒なボリスさん、あたしが喋っているあいだに居眠りなさったのよ！」

　飲物はじっさい、あまりに強烈だったので胸がむかついてくる。たしかに、アメリカンと呼ばれるあのコーヒーなんかじゃない……それでもやっと飲みおえはしたものの、旅人は気分がよくなるどころではない。むしろその逆である。こみあげてくる吐き気に抵抗するために、彼は肘掛椅子から立ちあがって、ことさらのように空のカップを整理簞笥の上に厄介ばらいしにいくが、そこはすでに金属メッシュの財布や真珠をちらした花飾り、帽子用のピン山や螺鈿《らでん》の小箱やエキゾチックな貝殻などなどの小物が載っており、その向こう側に、真鍮製でぎざぎざの透かし縁の額のなかに斜めに並べられた、サイズもいろいろの何枚もの家族写真が掲げられている。そのうち真ん中に近くいちばん大きいのは海辺での夏休みの思い出を写していて、丸みを帯びた岩々が後景の左側を占め、そのずっと向こうはきらめくさざ波だが、前景では四人の人物が砂浜に立ってカメラに向かって並んでいる。この写真はもしかしたらブルターニュ北西部レオン地方*の小さな海水浴場で撮ったものかもしれない。

　この写真の真ん中の二人は北方系のおなじブロンドの髪をしていて、一人は素敵な顔をした背の高い男で少なくとも五十歳、非の打ちどころのない白いズボンとそれに合わせた白のシャツを着、手首も襟もぴっちりボタンをはめ、その右にはもしかしたら二十ヶ月、最大でも三十ヶ月の愛くるしくてにこにこした、完全に裸の幼い女の子がいる。

　両側、つまり列の両端にはその反対に、黒い髪が目だつ二人の人物がいて、一人は幼女の手をとっているはなはだ美貌の（二十歳ぐらいか）若い女、反対側は三十歳か三十五歳ぐらいの男である。二人とも黒い（あるいは黒白の印画紙ではそう見えかねないくすんだ色合いの）水着をつけて、女のほうは胴体の全部を蔽い、男のほうは胴体の下部だけだが、どちらも水に漬かって間もないとでもいうように濡れている。それぞれの年齢からすると、濃い褐色の髪のこの二人の大人は、熟した麦の色の巻毛をした幼女の両親のはずで、幼女はだからメンデルの遺伝の法則によって、祖父の淡い色素沈着を受け継いだらしい。

祖父のほうは、この場面では、光沢のある長方形の縁のほうへ、空を飛ぶ海鳥――鳴きさわぐカモメか、頭の黒いアジサシ、沖に帰るウミツバメ――か、それともまた枠の外を通過する飛行機の編隊を見上げている。それより若い男のほうは、幼女が空いたほうの手で、海辺にごく普通にいるミドリガニとかオコリガニとか呼ばれるあの蟹を、撮影者にむかって振りかざしているのを見守り、彼女はその蟹を二本指でつまんで、びっくりしたような顔つきで見とれている。水泡《みなわ》から生まれたかのような若い母親だけがカメラを見つめてポーズをとり、お義理のあでやかな微笑を浮かべている。しかしそれ以上に注意を惹き、写真の中央にくっきり浮きでて、つましい甲殻類の大きくひろげた二本のはさみやかぼそい八本の肢が、硬直して、規則的な間隔をおき完全に左右対称をなして扇型に開いているのが見える。

この込みいった場面のそれぞれの人物をもっとよく見ようとして、ヴァールは両手で額縁をつかんで、まるでその中へ入りこみたくなったかのように目に近づける。実際ジャンプしそうにさえ見えたが、その時女主人の悩ましい声が介入してぎりぎりのところで彼を引きとめ、彼の耳のうしろでささやく。「それは二歳の時のジジで、三七年の夏のリューゲン北西岸の砂浜のある入江で、並みでない暑さだったわ。

——で、この子に手を握らせている、肩も腕もまだ大海原の滴がしたたっている若い女性は？

——大海原じゃなくてただのバルト海よ。もちろん、あたし！（彼女は腹からの短い笑いでお世辞を受けとめ、それは濡れた砂地に静かに打ち寄せてから消える）でもあたしはもうだいぶ前から結婚していたわ、この時。

——やはり水から上がったばかりの男性と？

——いえ、いえ！シックでずっと年上の紳士のダニエルとよ、たしかにあたしの父と言ったって十分とおるでしょうけど。

——これは失礼！（礼儀正しい客は、いうまでもなく、ジャン・ダルム広場の古めかしい寓意像のなかで彫像と化した老大佐を苦もなく認める）どうしてあんなふうに空を見張っているんですか？

＊

——訓練飛行しているシュトゥーカの編隊のものすごい轟音がしてたのよ。

——それが彼にじかに関係があったのですか？

——さあね。でも戦争が近づいていたわ。

——好男子でしたね。

――でしょ？　動物園向きのブロンド長頭人種の完璧な見本ね。

――写真を撮ったのは誰ですか？

――覚えてないわ……きっと専門の写真屋ね、うんと細かい部分まで異様にくっきり映っている点からしてもね。砂だってほとんど数えられるくらい……右端にいる髪の黒い男性は、ダンが最初の結婚から得た息子……まあそんな都合のいい言葉で我慢すればね。結局のところ正式には結婚なんかしていなかった。そう思うの。

――青春の恋ですか、息子さんのはっきり見てとれる成人ぶりから察すると？

――ダンははたちそこそこで、フィアンセはせいぜい十八歳、ちょうどあたしが彼と知りあったその歳だわ……彼はそれまでもロマンチックなお嬢さんたちにもてもてだったのよ……不思議なのよね、歴史がどうして繰り返されるのか。そもそも彼女もフランス人だったし、あたしが見ることのできた写真によると、双子の姉妹みたいにあたしに似ていたわ、三十年の隔たりがあるのに……というかもうすこし前なのに。あの人って性的にずいぶん固定した好みがあったって言えそう！　でもこの最初の関係は、あたしとよりもずっと短期しか続かなかったの。《総稽古の前の、と彼は断言したわ、稽古の一幕さ》って。あたしはその後、だんだんと、反対に、あたし自身が代役、せいぜいよく言って、もはや古くなった芝居の束の間の再演かなにかの主役にすぎないらしいということがわかったの……あら、いったいどうなさったの、あなた？

ますます消耗なさってきたみたい。立ってるのもやっとじゃありません？……お坐りになって……」

ヴァロンは実際、今度こそ麻薬の効きめが出てきたみたいに本当に気分がわるくなり、苦い後味が無気味な感じで口のなかに残っているのだが、他方この家の女主人のほうは説明や註釈の饒舌でわざとらしい快活さにいきなり終止符を打って、いまでは突然緑色の目の切りつけるような眼差しで囚われの客人を監視しはじめたので、彼はよろめきながらサロンのほうを振りむき、応急の椅子はないかと捜した(8)……不幸にしてどの肘掛椅子もふさがっていて、といっても彼が最初思ったように等身大の人形ではなくてはしたない下着姿のほんものの娘たちが坐っていて、彼に向かっておきゃんなおちょぼ口や共犯の目配せをたっぷり差し向けていた……惑乱のあまり、彼は金張りの額縁を落としてしまい、保護用のガラスが不相応な大きなシンバルの音を立てて床に砕けた……ヴァールはふいに危険にさらされているなと感じ、用簞笥の大理石のほうへ後ずさりして、後ろ手で手あたり次第、ずっしりとして、なめらかな小石みたいに丸みがあってすべすべしている小さなものをつかみ、それは万一の場合護身用武器に使えそうなくらい重いという気がした……彼の前には言うまでもなく、ジジが最前列に坐っていて、挑発的でもあれば嘲笑するようでもある表情でほほえんでいた。彼女の朋輩たちも四方八方から、この《フランス人》に向けて、好色的な姿態を際だたせていた。坐りこんだり、立ったままだったり、あるいはなかば寝そべったりしながら、何人もがグルーズの『こわれた壺』*（ただしもっと裸の）とかエドゥアール・マヌレの『誘惑』*とかフェルナン・コルモンの『鎖につながれた囚われ女《め》』*、意味ありげなぼろぼろのシャツを着て、乞食の少女姿でドジソン牧師に写真を撮られたアリス・リデル*、すでにはなはだ似合いの傷を負った乳房をむき出しにし、殉教のあでやかな冠をいただいてさらし者になった聖女アガタ*などといった、多かれ少なかれ有名な芸術作品の生きた再現を真似ていることは明白だった……ヴァールは口をあけて、何と言っていいのかわからないが、彼の立場の滑稽さを救ってくれるような何かを言おうとし、というかただ悪夢のなかで誰もがやるように叫び声をあげようとしたのかもしれないが、どんな音も喉から出てこなかった。そこで気がついたのだが、彼は右手に白、青、黒と彩られたでっかい眼球を握っていて、巨大な人形かなにかに由来するにちがいなかったが、彼はもっとよく見るために、それを顔のほうへ持っていった、おぞましさとともに……娘たちはどっと噴きだし、一斉に、さまざまな声音《こわね》(9)、高低、クレッシェンドや特別高い音、もっと低いごろごろを混ぜて恐るべき合奏となった……旅人の最後に感じたのは、ぼろを詰めた人形みたいに手足もだらんと垂れ、どこかに運ばれていく感覚で、暴動の喧騒とでもいえそうな騒ぎのなかで、めったやたらと家具を動かすとか、さらには略奪しまくる騒音が家中に鳴り響いていた。

原註8——混乱を来たしたわが工作員が打ち寄せる半過去形や不定過去形の波に溺れつつある隙に乗じて、ここまでのながい会話のいくつかの細かい点を補正しておいてもいいだろう。私の記憶が正しければ、家族連れの夏休みの写真はリューゲン島ではなくて、ロストックにもっと近いバルト海の海水浴場グラール・ミューリッツのごく近辺で撮られたもので、フランツ・カフカも最後の冬を過ごすためにベルリンに行く前の一九二三年の夏（つまり十四年前）ロストックに滞在していたし、それにベルリンでも、わが話者が前述のとおり想定したように、《中心街《ミッテ》》の真っ只中ではなく、現在テンペルホーフとともにアメリカ軍地区の南限をなしているシュテーグリッツの外環地区に住んでいた。

それに私は上空を飛ぶ飛行機群も覚えていて、実際、父親が見上げていたのは、この時期の壮観である渡り鳥、灰色がかったツルの大群ではなかった。とはいえ、急降下爆撃の訓練をするシュトゥーカでもなくて、ずっと高いところで轟音をたてるメッサーシュミット一〇九で、避暑客の平安を乱すというほどのものでもなかった。ジョエル・カスタニェーヴィカの勘違いは、おなじその日リブニッツ＝ダームガルテンのお粗末な映画館で見たニュース映画の一本だった、戦争向けのどぎつい宣伝映画との混同からきているのだ。結婚に関して彼女が使っている演劇用語（稽古、代役、総稽古、再演など）についていえば、その明白な出どころは彼女のニース時代（したがってもっと後）にある。そこでは彼女は、子供たちが鉛筆や消しゴムを買いにくる町のささやかな文房具店を営んでいたが、彼女の興味はそれよりもはるかに、何人かの友人と立ちあげた素人演劇の一座にあった。彼女はとりわけ戦前から《海外文学叢書《キャビネ・コスモポリット》》で仏訳の出ていた『誘惑者の日記』*を脚色した劇で、コルデリアの役を演じたらしい。

原註9――いろいろ問題のあるこの話の書き手は、疑いもなく極端な誇張をとおして、毒薬というテーゼを仮想の読者に信じこませようとしている。というわけであからさまに錯乱じみたこの場面でお目にかかるのは、われわれの手で用意された麻薬入りコーヒーとやらの初期効果（吐き気、ついで幻覚の誘発）ということになろう。彼が脱出しようと躍起になる窮地にあって、したがって彼の戦略とはおそらくは――自覚的であれ無自覚であれ、自発的であれ不本意であれ、意図的であれ押しつけられたものであれ――彼の個人的責任を、敵が仕組んだ込みいった策略、意外性を隠した両面作戦とか、彼にたいして行使されるさまざまな幻惑とか、催眠的魔法といった策略の正体不明の連続のなかに融解し、情けなくも心細いわが身からいっさいの過失や連座の罪を免除することにあったようだ。もちろん、われわれ自身、彼を痛めつけるのに何の利害があるのか、彼の口からはっきりさせてもらいたいくらいだ。ざっとであれ部分的であれ、ここまでの彼の報告書に目を通した者は誰でも、陰謀と幻惑を組みあわせたこの主題系が、とにかく彼の筆にかかると注目すべき循環の相を呈していることは見てとれたろうし、それにエロチックな小娘たちの羽目はずしによる、最後のかしましい激発も見落としてはなるま

い。

すべてが突然静まりかえったようだ。そして完璧すぎる、いくぶん無気味な、これ以上ない静寂のなかでフランク・マチューは（いやマチュー・フランクでもいい、なにしろそれが実のところ彼の二つのファースト・ネームなのだから）目を覚まし、何時間たったのかはわからないが馴染みの部屋にいて、差しあたっては空間的にも時間的にもその場を位置づけるのは不可能ながら、少なくとも彼には、細々とした細部まで見覚えがあるような気がする。日は暮れている。二重の分厚いカーテンも引かれている。見えない窓と向かいあった壁の中央に例の絵がかかっている。

壁は色ちがいの縦縞のはいった昔風の壁紙が張りめぐらされている。すなわち、白い縁のついた幅五センチか六センチのかなり暗い青みがかった縞が、おなじ幅だがもっとはっきりした色の薄い帯と交互に並んでいて、こちらは上から下へとどれも同一の小さな模様が列をなし、その冴えない色はきっと、はじめは金色だったにちがいない。それをもっと傍からみようと立ちあがるまでもなく、マチュー・Fは記憶だけでその意味のはっきりしない図柄を思い浮かべることができる。花型模様、チョウジの乾した蕾《つぼみ》とでもいったもの、あるいは小さな燭台とかそれとも銃剣かもしれないが、それともまた小さな人形で、胴体と揃えた両脚が銃剣なら幅広の刃、燭台なら柄にあたるだろうし、頭はそれぞれ燭台の炎か銃剣の丸みを帯びた柄で、前に突きだした両手（したがってすこし短く見える）は以前は銃剣の鍔《つば》か、熱い蠟が手に流れてくるのを防ぐ蠟受けをあらわしていた。*

右の壁面（窓に背をむけた観察者にとっての）にくっつけて、姿見つきの大ぶりの洋服簞笥が置いてあって、かなり奥行があるのでクローゼットとしても使えるが、縁を鋭く斜めに切りこんだぶ厚い鏡が一枚板の扉のほとんど全面を占めており、そこに絵の像が映っているが逆向き、つまり絵が描かれたカンバスの右の部分が反射像の左半分に映っており、逆もまたそうで、長方形の枠の正確な真ん中（ノーブルな風采の老人の顔に具現した）だけがぴったり回転鏡の中心点と一致し、扉は閉まっているから当然、現実の絵画とは直角にまじわり、もちろんその仮想の複写像とも直角をなしている。

このおなじ壁面に頭をくっつけて、ほとんど隅に置かれた洋服簞笥と、窓はあるが閉めたカーテンで視線からすっかり隠されている外壁とのあいだに、ツインになった二台のベッドがあり、年端《としは》のいかない幼い子供しかまずは使えないようで、縦が一メートル五〇もなく、横が約七〇センチと、それほどにもサイズが小さい。二台のベッドのあいだには相応の大きさで塗りものの木のナイトテーブルがあって、上に手燭のかたちをした豆ランプが載っており、その電球のかぼそい明かりは消されてはいない。おなじ薄青い色をし、おなじ明かりのともったランプを載せたもう一脚のナイトテーブルが、二台目のベッドと外壁のあいだ、カーテンになった暗色の赤い布地がつくっているたっぷりとした襞の左端のすぐ隣に、必要なだけの空間をぎりぎり見つけている。カーテンはそんなわけで、突きとめられない窓枠の幅をいちじるしく越えているにちがいなく、その窓が今日作りつけられるような横長の窓であるいわれはほとんどない。

マチューはいまとっている横臥の姿勢ではわからないある細かい点を確かめようとして、片肘を立てる。二つの枕にはそれぞれ、彼の予期していたとおり、ファースト・ネームの頭文字が、大きなゴシック体の大文字でぐっと盛りあがった刺繡ではいっていて、互いにかなり区別しにくいMとWの両方に含まれている三本の縦の平行線のきわめて装飾的なからませ方にもかかわらず、それほど苦労せずに読みとることができる。まさにこの時になって、旅人は自分のおかれた状況の奇怪さに気づく。彼はパジャマ姿で、窓の下の壁にもたせかけたごわごわした生地の長枕のようなものに頭蓋を支えられ、二つの小さなベッドと横長な洗面台のあいだの床に敷布もかけずに投げだしたマットレスに横になっていて、洗面台の白い大理石の上には同形の陶器の洗面器が二つ載っているが、その片方にははっきり見てとれる罅《ひび》がはいり時を経て黒ずんでいて、金属のクリップで留めてあるもののそれも錆で蝕まれている。二つの洗面器のあいだに置かれた、おなじ陶器でできた脇腹の出た水差を飾る、単色の花模様入り渦巻装飾のなかにたっぷりした盾型模様があるものの、おなじゴシック体の二つの頭文字は似すぎている上に一つに組み合わさっているので読みとりがむずかしく、それだけに事情に通じた者の目にしか特定することができない。

水差の首が縦縞の壁紙に固定した双子の鏡の一方に映っていて、鏡の下には非常に幼ない男の子にしか適さない高さにそれぞれの洗面器がある。洗面台の白い大理石の高さも同様だ。他方の鏡（右のそれ）にはまたもや絵画の像が現われ、表面は逆向きになっている。しかし最初の（左の）をもっと注意深く観察すると、あきらかにずっと奥におなじ絵画の三つ目の複製を発見でき、こちらは画面が正しい方向、つまり二度反射（そして反転）されている。まず洗面用の鏡で、ついで姿見つきの洋服箪笥の扉で。

マチューは苦労しながらやっと起きあがり、なぜかしら全身が疲れきっていたが、冴えない顔を写してみようと小さな鏡の真ん中にむかってかがみこむと、その下の修理された洗面器の底に、絵柄にまじって大きなMの字があり、古い割れ目で斜めに切られている。絵画は古代史とか神話のなかの挿話が（もしかしたらたいへん有名なのかも知れないが、どんな話だったかと彼はいつも自問したもので）描かれていて、丘のつらなる風景の彼方、左手に、舞台の背景をなすコリント様式の円柱のあるいくつかの建造物が判別できる。前景の右からやってきた雄馬にまたがった騎士が、彼と向きあい、非常に大きな車輪のついた戦車の前部に立っているゆったりとした長衣の老人にむかって戦意みなぎる剣を振りかざし、手綱を引きしぼって老人が止めようとする二頭の白馬の一方が、より苛だって、勢いよく引っぱられすぎた轡《くつわ》で口を傷め、いななきながら後ろ脚で立ちあがっている。

王冠をいただいた、堂々たる体軀のこの毅然たる操り手の背後には、ごわごわした腰巻をつけた二人の弓手が控えて弓を引きしぼっているとはいうものの、矢は時ならぬ攻め手のほうに向けられていなくて、その姿さえ目にはいっていないかに見える。攻め手がまとっている胸甲はローマ風とも思え、老王のどことなくギリシア的で、片方の肩がむきだしだしいずれにしろ戦闘とは何の関係もない長衣とはおそらく別の時代のもので、他方二人の兵士の体に合った短い腰巻にしろ、襟首や耳にまでぐっとかぶさっている縁なし帽にしろ、むしろどこかエジプト風のところがある。しかし歴史的な観点からみてさらに混乱させられてしまうのは、道の石ころにまじって、捨てられた女ものの靴の片方がころがっているという事実で、ヒールの高い舞踏会用のほっそりとした靴だが、青いスパンコールで蔽われた甲革が陽を受けてきらきら光っている。

太古の昔からの場面が、その馴染みぶかい異様さもそのままにまたしても繰り拡げられている。マチューは接着用の膠《にかわ》が前よりもたしかにずっと目立つ洗面器に、すこし水をそそぐ。いったいいつからこの黄色っぽい液体を取り換えていないのか？　それでも彼は深くは考えずに子供のころの仕草そのままに、手袋タオルをそれに漬けるのだが、そのタオルの紐、二つに折って輪にし、クロームメッキしたタオル掛けのフックに引っかけるための飾り紐にも、《M・v・B》という文字が赤い糸で縫いこまれている。Mは雫の垂れるタオル地でしずかに顔をこする。不幸にして、それだけではますますもどってきた吐き気を抑えるのに十分ではない。目がまわり、脚がふらついてくる……壁に押しつけられて、絵画の左側に、依然としてマネキン人形がある……彼は歯磨き用のコップで灰みたいな味の生ぬるい水を一口飲み、程なくマットレスの上にばったり倒れこむ。

第三日

ＨＲは見知らぬ部屋で目覚めるが、それは双子の二つのベッドとかナイトテーブルとか分厚い陶器製で、灰色がかった景色を描いたダブルの洗面備品つきの洗面台のサイズの小ささからみても、子供部屋であるにちがいない。彼自身はただのマットレスに横になっているが、それは大人サイズで、あっさりと床にじかに置かれている。伝統的な姿見つきの大ぶりの洋服簞笥もあって、重い戸がたっぷり半開きになっているのが、この人形向き家具ばかりの部屋では巨大に見える。彼の頭上では、電気がともっている。型押しのすりガラスでできた天井燈で、盃のかたちをしていて、女の顔が波うちくねくねした長いほつれ毛で太陽みたいにぐるりと囲まれているさまを描いている。しかし彼がそれ以上細かいところまで調べられないのは、それほどむき出しの光がつよすぎるからだ。彼のマットレスの正面の縦縞の壁紙を張った壁には、どこかドラクロワかジェリコー*もどきで、サイズの大きさと陳腐な画風以外なんの取りえもない、大時代な絵がかかっている。

角を斜めに切った、洋服箪笥の大鏡には部屋にはいるドアの像が映っている。ドアは大きく開かれ、暗い廊下の闇にむかってぽっかり開いた戸口に、ジジがじっと動かずに立って、横になった旅人に見入っているが、彼はいつもの習慣どおり右脇腹を下に寝ているので、きっちり計算した――とでも言おうか――開き方の、姿見つき洋服箪笥の戸を媒介としてしか、少女の姿を見ることができない。とはいえ、このうら若い客は直接にはカーテンの裾と長枕しか見ていず、洋服箪笥の鏡には一瞥もくれないので、眠る男がいまは目を半開きにして、彼のほうも彼女の様子をうかがい、彼女についていろいろあらたな疑問を抱いているということを知ることができない。なぜこのおてんばの少女は凝固したように黙って、客人の落ちつきのない眠りをそんなに注意ぶかく監視しているのか？　彼の眠りが異常な様子、心配になるほどの持続、度を越した深さでも見せているのか？　至急呼ばれた医者か誰かが、すでに彼をその眠りから目覚めさせようとでもしたのか？　子供っぽい可愛い彼女の顔に苦悶とでもいったものが読みとれはしないか？

枕元にもしかして医師がいたかも知れないという思いが、不意にHRの混乱した頭脳に、直接的な過去の断片的であやふやな、束の間の思い出を始動させる。レーニンの山羊鬚《ひげ》をはやしていかにも窮屈そうなスチール縁の眼鏡をかけ、メモ帳と万年筆を持った、頭の禿げあがった男がマットレスの足もとの椅子に腰かけている一方、彼自身は天井に目を向けてめったやたらに喋りまくり、ただし声はしゃがれて誰のものともわからず、自分で言っていることの統制がとれなくなっていた。そんな錯乱のなかで何の話をしていたのか？　時折彼はその無表情な査問者におびえた視線を投げるのだったが、その背後にもう一人の男が立って、わけもなく微笑を浮かべていた。そしてその男は奇妙なことにHR自身に似ていて、おまけに特務工作員としてベルリンに乗りこんだ時彼の着ていた、背広と外套を着こんでいるのだった。

ある時この贋のHR、その顔を口髭、といっても疑いもなく付け髭だが、その口髭にもかかわらず依然はっきり見破れた贋のHRが医者兼書記のほうにかがみこんで、手書き原稿の束の上のなにかを指さしながら耳打ちする……その映像が何秒間かのあいだ、異論の予知ない濃厚な現実味のうちに凝固し、たちまち唖然となる素早さでかきくもる。そのあと一分たつかたたないかに、連続場面全体が幻のように、何から何まであり得ないかのように、霧のなかに溶けて消えた。それはきっと、夢の断片の浮かび漂う残滓《ざんし》にすぎなかったにちがいない。

ジジは今日はマリンブルーのかわいい女生徒の服を着ていて、プリーツスカートや白のソックスやフラット襟がカトリック系寄宿学校の厳格な制服を連想させるとはいえ、なかなか刺激的である。そして今や、彼女はしっかりとした、しかしあでやかな足どりで姿見つき洋服箪笥のほうにむかい、まるでその戸が不都合に（というか、こうなっては無益に？）開いたままになっているのをはじめて見つけたかのごとくである。断乎とした手つきで、彼女はその戸を閉め、油のきれた蝶番《ちょうつがい》がながい軋み音をたてる。ＨＲはその音にびっくりして目を覚ましたふりをする。あわてて誰かに着せられた（誰に？　いつ？　なぜ？）パジャマのボタンを締めなおして上体だけ起こす。自分が今いる正確な場所やそこで寝るように仕向けられた理由に関して、なお残る不確かさにもかかわらず、できるだけさりげない口調で、彼は言う。「お早う、お嬢ちゃん！」

少女は軽くうなずくかたちでしか答えない。何かに気をとられているかのようで、もしかしたら不満なのかもしれない。実のところ、彼女の言動は前日のそれと（だが前日だったのか？）あまりにも対照的だったので、べつの少女が相手かと思うくらいなのだが、それでいて身体的にはまったくおなじなのだ。度肝を抜かれた旅人はあたりさわりのない質問を、どうでもいいような口調で口にしてみる。

「君、学校へ行くのかい？

──ううん、どうしてよ？　と、ぶっきらぼうな声で彼女は不思議がる。授業や宿題や試験なんか、ずっと前からおさらばだよ……だいいち、君呼ばわりなんかしないで。

──君がそう言うんなら、ね……そんな服を着ているから言ったんだ。

──どうだって言うのよ、この服が？　これ、あたしの仕事着だよ……それに、真夜中に学校になんか行かないよ」

　ジジが真剣に洋服簞笥の姿見に見入り、組織的な態度で自分の身なりを点検し、一見整いすぎるブロンドの巻毛のほつれ加減をわざと強調することからはじめて、白いソックスまで踝のほうへもう少し押しさげたりしているあいだに、ＨＲもそれに感染したとでもいうふうに立ちあがって、瀬戸物の洗面器の上にある、低すぎる位置の二つの化粧鏡の片方にむかって思いきりかがみこみながら、彼自身の冴えない顔を調べようとする。空色の縞の彼の借りもののパジャマは、胸ポケットにＷの文字が縫いつけてある。それも大事《おおごと》と考えないふりをして、彼は尋ねる。

「どんな仕事？

——ホステスだよ。

——その歳で？　そんな服着て？

——男を誘うのに歳なんて関係ないよ、そんなこと知ってるじゃん、フランス人さん？……この服は、あたしがウェイトレス（ほかのいろんなことも）しているダンス・パーティでは義務的なのよ……占領軍の将校たちに留守家族のことを思い出させるんだよ！」

　ＨＲが小生意気に気を持たせる水の精のほうに振りむくと、彼女はここぞとばかり、片方の頰骨と眉弓《びきゅう》に垂れたほつれ毛の蔭から、あけすけな流し目でそんなコメントの裏の含みを強調する。彼女のこのふしだらな目配せがいっそう暗示的にみえたのは、おまけにうら若いお嬢がアイロンのよく利いた、襞の深いゆったりとしたプリーツスカートを腰までたくしあげて、姿見の前でいくぶんゆるすぎるかわいいショーツを直そうとしたからで、しかも程よくわずかにできた隙間も閉じようとはしない。彼女の裸の脚はすべすべして、依然として夏の真っ盛りの海辺にでもいるかのように、腿の上のほうまで陽焼けしている。彼は言う。

「Wとかのパジャマを貸してくれたらしいけど、そのWって誰だい？

——もちろん、ヴァルテールよ。*

——ヴァルテールって誰だい？

——あたしの異母兄のヴァルター・フォン・ブリュッケよ。昨日一階のサロンであんたが見た、海辺のヴァカンスの写真の中のあの人。

——じゃあ、ここに住んでるのかい？

——違うってば！　ありがたいことにね！　イオが四六年の暮れにここに落ちついた時には、この家は空っぽで、ずっと前から空き家だったんだよ。あの間抜けのヴァルテールはきっとドイツ軍が撤退したとき、ロシア戦線で名誉の戦死を遂げたんじゃない？(10)　それともシベリアの最果ての収容所でまだくすぶってるかも」

原註10——仲間といっしょだと、その機会があるごとにそうだが不愉快な、われらが花咲ける

愛くるしい少女娼婦は、ここでいつもの厚かましさで嘘をついている。そしてひどいことに、嘘をつくという、無償の快楽のためだけに嘘をついているのである。*というのも本部のどんな指令のなかにも、もちろん、こんなばかげた詳細は含まれていなかったからで、だいいち、それの反証を挙げることなど朝飯前なのだ。

そうこうするあいだにジジは、大ぶりの洋服簞笥のぎしぎしいう戸を開けて、中は半分だけ衣類掛けに作ってあったが、いまや躍起になったとでもいうみたいに、棚にもつれからみあう山と積んだ服や下着や小間物をまさぐり、どうやら何かの小物を捜しているらしいのだが、見つからない。ベルトなのか？　ハンカチか？　安ぴかの宝石か？　いらいらしているうちに彼女は、床に、ほっそりとした黒のハイヒールの片方を落とすのだったが、その甲革は、全面が金属性の青い薄片で蔽われている。ＨＲは何かなくしたのかと尋ねるが、彼女は答えてもくれない。それでも捜していたものを見つけた模様で、たいへん地味なアクセサリーらしいが、彼にはそれがどんなものかつかめず、彼女は洋服簞笥を閉めて彼のほうへ振りむき、突然当初の微笑を浮かべる。彼は言う。

「ぼくの理解が正しければ、ここは君の部屋だね？

——いいえ。本当には、ね。ベッドのサイズ見たでしょ！　でも、家中で全身を映せる鏡はこれだけなの……それに、昔はあたしの部屋だったよ……生まれた時かそれくらいから、一九四〇年まで……五歳だったかな。ベッドが二つと洗面器が二つあるせいで、一人二役やって遊んだな。ある日はあたしはWで、べつの日はMになって。双子だといっても、二人は全然ちがうことにしたの。それぞれはっきりちがった習慣とか、まったく対立する考え方や行動の仕方を想像したな。それぞれの架空の個性を厳密に尊重しようと夢中だったの。

――Mはどうなったの？

――どうも。マルクス・フォン・ブリュッケは小さい時に死んじゃった……カーテンを開けなくていい？

――開けてどうするのさ。真っ暗だって言ったじゃないか。

――どうでもいいのよ。見ててごらん。どっちにしろ窓はないよ……」

明白な動機とてないのに若々しい活発さをすっかりとりもどした娘は、すりきれて年季のはいった青い縞模様のマットレスを弾む大股の三歩でまたいで、洋服箪笥からぴったり閉まった赤いカーテンまでの距離を一気に進み、両手でカーテンを金めっきのレールの上で走らせ、轆《ろく》轤《ろ》細工の木の環《かん》が澄んだかちかちという予告音とともに左右にたぐり寄せられ、まるで中央の開けた部分に劇場のお待ちかねの舞台でも現われるのごとくなのである。しかし重いカーテンのむこうには、壁があるだけだ。

その壁面には、事実、いかなる種類の大窓とか古来からの窓もなく、開口部といってもただのだまし絵があるばかり。すなわち、架空の外界に面した十文字の桟のある贋の窓で、外界も窓も漆喰の上に手ででもさわれるみたいな驚くべき存在感をもって描かれ、さらにカーテンを開ける動作が同時に作動させた、適当に配置された何個かのスポットライトがそれをいっそう際だたせる。両開きの古典的なフレームの縦枠や横桟に縁どられ、そのフレームの正方形やS字型の刳《く》り型とか、掠り傷などのこまかな木材面の傷、ところどころ剝落した鉄の落とし錠まで、偏執的な、誇大なまでの写実への配慮をこめて描かれているその十二枚の長四角（片側ごとに三段二列）の窓ガラスのむこう側に、惨憺たる戦場風景がひろがっている。死者たち、ないしは死にかけた男たちが、石ころだらけの地面のここかしこに横たわっている。彼らは緑色がかった、それとはっきり特定できるナチス国防軍《ヴェアマハト》の軍服を着ている。大部分はもはや鉄兜をかぶっていない。武装解除され、多かれ少なかれ裂けたり汚れたりしておなじように不完全な服装の兵たちの一隊が、自動連発の突撃用小銃の短い筒先を彼らに向けたロシア兵たちの監視のもとに、右手の奥のほうへ遠ざかっていく。

最前面には、等身大のまるで家から二歩と思えるほど近くに、負傷してよろめく一人の下士官がいて、やはりドイツ兵だが、片方の耳からもう一方の耳へと顔をぐるりと巻き、目にあたるところが鮮血で汚れた、応急の仮包帯をされていて目が見えない。それに血が、包帯の下を、両方の鼻翼から口髭まで流れ出している。顔の前に伸ばした、指をひろげた右手が、障害物でもありはしないかと恐れて自分の前の空気を払っているかに見える。とはいうものの、一人の十三か十四のブロンドの少女がウクライナかブルガリアの農村の小娘みたいな服を着て、このあり得ない天恵のような窓のほうへと彼を導き、というかもっと正確には引きずって、永劫の闇の底からそれに辿り着こうと努力していて、空いたほうの手（左手）を奇蹟的に無傷な窓ガラス目指して伸ばし、そこになんらかの救いの手、いずれにしろ避難所でも見つかりはすまいかと、それをノックしようと構えており、それも彼女自身のためではなくて、どういうひそかな意図だかは神のみぞ知るだが、彼女が面倒を見ることにしたその盲《めし》いた男のためなのだ……よく観察してみると、この慈悲ぶかい少女がはっきりジジに似ていることが見てとれる。彼女は救急の慌ただしさのなかで、通常なら頭を蔽っている雑色の布をなくしてしまっている。抑えのとれた金色の巻毛が、無謀な脱出行や未知の危険、要するに冒険にすっかり興奮した彼女の顔のまわりではためいている……ながい沈黙のあと、まるでこの絵の存在がどうしても認めがたいとでもいうふうに、彼女は信じられないといった口調でつぶやく。

「どうもヴァルテールらしいわね、こんな狂った絵描いたの、ただの気晴らしに……。

――君の子供部屋には、それじゃあ窓がなかったのかい？

――あったよ、もちろん！……後ろの庭に面していて、大きな木が何本も見えてたな……それに山羊も。理由はわからないけど、きっとベルリン攻略戦のごく初期に塞いでしまったらしいの。イオの話だと、この壁画は最後の賜暇《しか》の時ここに雪隠詰《せっちんづ》めになったあたしの異母兄が、最終戦のあいだに描いたっていうよ」(11)

　遠景の左手には、古代ギリシアを思わせるいくつもの建造物の廃墟が見てとれ、いろいろな高さで折れた円柱が並び、柱廊がぽっかり口をあけ、台輪や柱頭の破片が積みあがっている。一頭の黒い子山羊が、そんな歴史的光景を眺めるためみたいに、その山積みの上によじ登っている。画家は第二次世界大戦のある特定の挿話（個人的思い出とか戦友から聞いた話）を描こうと意図したようで、もしかしたら一九四四年十二月のソ連軍のマケドニア進攻の場面なのかもしれない。黒い雲が平行するながい帯となって、丘々の上にたなびいている。破壊された戦車の残骸が、今は役に立たないどでかい砲身を天にむかって突きたてている。一群れの松林がロシア軍の部隊と二人のわが逃亡者のあいだの視界を遮っているらしく、もちろん私は現在の私の苦難のせいで二人と同化し、兵士の顔だちや肢体全体に、私とのたしかな類似性すら発見する。

原註11——言動がいつも予測を越えるゲゲ Guégué も、今回にかぎって、母親から提供された若干の正確な情報を歪曲もせずに報告している。とはいえ、次の事実だけはべつで、私がシュ

プレー河のほとりに来たのは賜暇などもらってでは全然なく、そんなことは四五年春にはまず考えられなくて、その反対に一か八かの《接触特命》を受けてで、それすら四月二十二日に火蓋を切られたロシア＝ポーランド軍の総攻撃がたちまち無効にしてしまった。不幸にしてか幸運にもか、誰にそもそも判断できよう？　さらに記しておくと――ここでは誰も不思議と思うまいが――少女は彼女の言辞のある種の一貫性のなさをまるで気にかけていないかに見える。私が最後の総攻撃の際にベルリンにいたとしたら、その数カ月前ウクライナとか白ロシアとかポーランドとかで、撤退作戦の後尾で戦死するというのはむずかしいはずだが、彼女はほんの数瞬前それをあり得ることと信じるふりをしている。

　話者が後景の丘々の上に見えるとしたギリシア風廃墟について言うと、それは――私の記憶が正しければ――私のもっとも幼いころからこの子供部屋の反対の壁面を占めていた、大きな寓意画の背景にあったものの鏡像的想起にすぎない。とはいうものの、それはまた画家ロヴィス・コリント*への挨拶ないしは無意識の讃辞なのかもしれず、この画家はかつて私自身の仕事のなかで私に大きな影響を与えたもので、それとほとんど同じくらいなのは、きっとカスパー・ダーフィート・フリードリヒ*ぐらいで、彼は終生リューゲン島で、ダヴィッド・ダンジェ*が《風景の悲劇》と名づけたものを表現することに熱中した。しかし、ここで問題の壁画のために採用されたスタイルは、私の考えでは、わずかに後者のドラマチックな空を除いて、どちらの画家を連想させるわけでもなく、私にとって本質的だったのは前線から直接持ち帰った真正の個人的な戦争のイメージを、最大限の綿密さで表象することだった。

　わが親愛なるフリードリヒを想起したことが、今度はバルト海のドイツ側沿岸の土の地質学的特性に関して、自称アンリ・ロバンが犯した不可解な誤謬（それがまたしても意図不明の偽証でないとしたならばだが）を訂正するようにと仕むける。カスパー・ダーフィート・フリードリヒは事実、リューゲン島の評判のもととなったきらめく大理石の絶壁や、もっと散文的に明るい白亜の絶壁を描いた無数の油絵を残している。われわれの記録者がそこの思い出として、彼の少年時代のアルモリカ*の岩々と似ている、どでかい花崗岩の塊を想起しているのはかなり私を当惑させる。いわんや彼が好んで引き合いに出す（ばかりでなく、口さがない連中が言うには、ひけらかしさえする）農学研究者*としてのしっかりした素養は、そんな意表をつく混同を禁じるはずで、ヘルシニア*の古い島棚はこちらでは、北のほうでも魔術的なハルツの山塊、実際にはケルト族系の伝説とゲルマン系の神話が共存するあたりを越えない。たとえば、実のところもう一つのブロセリアンド*であるペルトの魔法の森とかヴァルプルギス*の夜の若い魔女たちとか。

　現在われわれの関心の的であり、われわれが文書のなかではＧＧ*（さらには２Ｇ）というコードネームで呼んでいる娘は最悪の種族、アーサー王＝ワグナー的な悪魔クリングゾル*に操られた適齢期になるかならぬかの花咲ける娘たちの軍団に属しているのかもしれない。彼女から監視の目を放すまいと努力しながらも、私は弱みもあって彼女のほとんど日常的な奇行に負け、私がだんだんと操り人形と化していくような気紛れにも調子をあわせるふりをしなければならず、はっきりとは意識しなかったそんな魅惑が有無を言わさず、容赦なく私を引きずっていく先は、もしかしたら差し迫った死かもしれない……それともまた、堕落と狂気か。

すでに私は、彼女が私の行くてに姿を現わしたのは本当に偶然なのか怪しんでいる。この日私は、降伏以来足を踏み入れていない父親の家のまわりをうろついていた。私はダニーがベルリンにもどってはきたが、ほかの場所、おそらくはソ連軍地区に、多かれ少なかれ非合法的に住んでおり、彼の二番目の妻で一九四〇年に別れたはずのヨー*が、アメリカ軍の秘密情報部の支援のもとに家屋を再接収したことを知っていた。付け髭と原則として光が強すぎる時にかけることにしている大きなサングラス（一九四四年のトランシルヴァニア*での負傷のせいで、弱くなった目を保護するため）で変装し、その上広い鍔《つば》が額にかぶさる旅行帽をかぶっていたので、私の若い義母（私より十五歳年下の）がまさにその時外出する気になっても、私だと見破られる心配はなかった。半開きになった正面の柵の前に立ちどまって、昔鉄柵を構成していた一九〇〇年代の鋳物細工を復元したつもりらしい、ペンキ塗りの優雅な渦型装飾をつけたした、最近作ったらしいニスをかけた木のパネルに興味をそそられたふりをよそおい、まるで私がまさに人形を捜しているか、それともまた売りたい人形を持っているかのごとくで、その仮定もあながち不正確ではなかったろう、ある意味では……。

それから私は、依然として瀟洒なわが一家の屋敷のほうへ顔をあげると、驚いたことに（どうして着いてすぐ気がつかなかったのか？）高い長方形の覗き窓のガラスががっしりとした鋳物細工で保護されている玄関ドアのちょうど真上、二階の真ん中の窓が大きく開かれているのを確認したのだが、それ自体は秋のこの暑い日だからべつに異常でもなんでもない。ぽっかり開いた窓枠のなかに女性とおぼしき人物がいて、私は最初それを陳列用のマネキン人形と思ったが、遠くから見るとそれほどにも動きのなさは完璧と思われたし、それに看板の役を果たしているプレートに掲示された当該建物の商業的性質からしても、通りに面してそんなふうに目立つよう展示するのもこの場合まったくもっともと言えた。客を引きつけるための撒き餌として選ばれた等身大の人形のタイプ（意味ありげにブロンドの巻毛をざんばらにし、あられもない彼女の軽装みずみずしく、しかもそのかすような肢体の魅力が、推察させるという以上にむき出しなあでやかな少女）がいやでも際だたせるのは、飾り文字で書かれた看板の――客引き用とまでは言わなくても――曖昧な性格で、未成年の少女娼婦の売買は、今日漂流するわが首都にあっては、子供用の玩具やファッション・ブティック用の蠟でできたフィギュア以上に広範囲にひろがっている恐れなしとしない。

そんなわけで、看板の文言のなかのもしかしたら裏の意味に関係ある語彙上の細部をじっくり吟味したあとで、私はまた上の階のほうへ顔をあげた……映像は一変していた。それはもはや開花したばかりの色香を窓辺にさらしている、エロチックなグレヴァン美術館*的人形ではなくて、完璧に生きているうら若い少女で、それがいまは度はずれでも不可解でもある恰好でくねくねしながら手すりごしに身を乗りだし、やっと片方の肩だけでとめたすけすけのネグリジェも、すでにたるんだ結び目がますますほどけかかっていた。とはいっても、彼女の度を越した身の反らし方や折り曲げ方にさえ、不思議な優美さがあって、それは波うつ六本の腕を四方八方によじったりたわめたりし、ウェストも白鳥のような首も得も言われぬ繊細さをたたえて狂喜するカンボジアの水の精かなにかを思わせた。真っ昼間の太陽に照らしだされた赤みがかった黄金の髪は、官能的なおくれ毛に囲まれた天使の顔のまわりで、蛹から這いでようとするゴルゴン*さながらのうねる火花をはなって旋転していた。

最初のこの出現につづいたのは、今でもなお私の思い出のなかで、感動的でなつかしい場面である。二日後の日も暮れた頃だった。当時、といってもそれほど昔ではないが、私は法律の遵守などあまり気にしていなかったし、なんとか体裁を保つことすら考えていず、その頃私が所属していた反ナチの擬似抵抗組織というのも——白状しなければならぬが——ただの犯罪マフィア（売春斡旋、不純麻薬、偽造文書の作成、転落した政権の旧要人の誘拐、等々）で、

NKVD*にありとあらゆる種類の情報を提供したばかりでなく、欧米支配地区での特別際どい過激行動にもわれわれの実質的な支援を与えたので、その庇護のもとに幅をきかせていて、だから私はこの興味あるニンフをもっと気楽に吟味すべく、ユーゴスラヴィア出身のやくざたち、もとは強制労働に従事していたが、大敗北と軍需工場の閉鎖以来あぶれていた三人の男にあっさり彼女を誘拐させた。

というわけで彼女は、トレープトの公園にほど近いが、倉庫とか放棄された吹き抜け納屋とか廃墟と化した事務所ビルなどがあり、貨物駅の線路と川にはさまれた地区のわれわれのセンターまで運ばれた。封鎖措置にもかかわらず、境界線を越えることはなんらの問題も惹きおこさなかった。たとえ携行品のなかに、ぎりぎりの安定剤を注射されておとなしくなり、ぐらりぐらりと夢のなかでみたいにもがく……というか少なくともそのふりをしている若い娘という厄介な荷物を運んでいてもである。とにかくこの時から、彼女が誘拐されたのにそのような冷静さ、ないしはそんな屈託のなさで反応するのを奇怪に思ったものだった。

ドクター・ジュアン（フアン・ラミレスと言い、いつも実際は彼のファースト・ネームにほかならないが、ジュアン湾同様ジュアンとフランス式に発音する名で呼んでいる）が、贋ものだが広くて具合のいい赤十字の救急車を所有していて、移送作業の心理学的ないしは医学的側面を監視する名目で、いつも通り一行に加わっていた。通関の際（ワルシャワ通り《ヴァルシャウアー・シュトラーセ》へと通じるシュプレー河の橋で）、彼は悠然と、ナロードヌイ・コミサリアート*所轄のリヒテンベルク精神科病院の収容命令書を提示した。その書類に捺《お》された多数の正式スタンプ印に加えて、彼のレーニンふうの山羊鬚やきつめの鉄縁眼鏡に威圧された番兵は、看護士の白衣を着た二人のセルビア人ががっしりした握力で、それほど苦労もせずに抑えこんでいるわれわれの囚われの娘に、形だけのすばやい一瞥を投げただけだった。男たちはみな、規定どおりのソ連軍の通行許可証を見せた。娘はむりして笑ってみせ、そのぼんやりとした様子がわれわれのシナリオに見事にかなっていた。しかしこの時もまた彼女が、警察の臨検につけこんで救いの手を求めなかったのが不思議と言え、いわんや彼女は――あとで知ったのだが――とても巧みにドイツ語を喋り、ロシア語も相当程度以上にこなせたのである。ドクター・ジュアンはおまけに、あたりさわりのない鎮静剤のちょっとした注射一本で、いずれにしろこれほどまでに、彼女の外界にたいする、そして彼女をおびやかす差し迫った危険にたいする意識が削減されるはずはないと明言した。

　それにまた、軍の検問所を越えるやいなや、われわれの不敵な囚われ女が束の間の朦朧《もうろう》状態を脱して、ふたたびごそごそ動いて、汚れた窓ガラスごしに何かを認めようとしたのは、きっと夜の闇のなかでほとんど無きに等しい市中の照明のもと、車がどの道を走っているのか見究めたかったためにちがいない。一言で言えば、彼女は私の作戦計画の裏をかいた。私が何よりも追求したのは、彼女をこっぴどく恐がらせることだった。ところが彼女は、われわれのおかげでアダルト向けの漫画のヒロインになって、むしろ面白がっているふうだった。そして逃げ出そうとするとか突然恐怖に襲われたふりをするのは、いつも外部の証人のいない時にきまっていて、ふざけて猿芝居をする小娘の型にはまったがむしゃらぶりを演じてみせた。

ひとたびわれわれのアジトに到着すると、そこはまだ無理やり身長を引き伸ばすとか、脱毛するとか、熱した鏝《こて》で焼くといった新鮮な人肉への作業に使われ、貴重な毛皮の剝離とか、もっと単純にその手のこんだ裁断、もしくは同種のなんだかわからない作業にも使われたかもしれない大時代の道具類がまだ残っている作業場がずらりと並んでいたが、娘はとりわけ設備とその謎めいた用途に興味をそそられた様子で、架台やウィンチや滑車、先端にぞっとするような鉤のついた鋼のごつい鎖、突きたったスパイクの並んだ敷物、圧縮シリンダーのついたすべすべした金属の細長いテーブル、鋭い大きな歯のついた巨大な円鋸などを見上げたり見下ろしたりするのだった……そうした歩行のあいだも突飛な質問をしつづけるのだが依然としてなんの返事もしてもらえないので、彼女は時折、まるでわれわれが拷問博物館かなにかを見学させでもしているかのように、ささやかな恐怖の叫びをあげたが、ついで突然、理由も明らかでないのだが噴きだすのをこらえるために口に手をあて、まさに外出許可の出た寄宿学校の女生徒さながらだった。

それほど邪魔なものの置かれていない広い部屋が、とりわけわれわれの職務上の集会のための会議室として使われ、時にはもっと内密な気晴らしにも使われたが、そこにはいると彼女はすぐさま、奥の壁にかかった、私が何色もの中国顔料（セピア、黒、錆色）と筆で描いた、四枚の大きな肖像画を調べはじめた。すなわち、毒人参薬を呑むソクラテス、剣を手に持ち、ニーチェ風のごつい口髭が目につくドン・ファン、堆肥にうずくまる義人ヨブ*、ドラクロワのファウスト博士の模写。見物する女は、自分が観光客などでは毛頭なく、原則として、誘拐者たちの意のままの、怯えきった囚われの少女という身分でここに来たということを、完全に忘れてしまっているかにみえた。そこで彼女を懲罰に付して、二人の審判者――ドクターと私――の前に引き出さねばならなかったが、われわれがどっかと腰を据えたお気に入りの肘掛椅子は坐りこそ良いものの、そのうらぶれたさまが日に日に際だってきている代物で、昔は黒人顔の茶褐色だったのが幾冬もの湿気や、磨滅や、乱暴な扱いの複合作用で色あせ、それに何ヶ所もでパンクして三角形の裂け目から、今も私の右手が上の空でかきまわしているのだが、ブロンドの繊維や赤茶けた馬の毛の束を覗かせている。

われわれの十歩ほど前に、そのほかに保存状態がもう少しいい鹿子色の寝椅子が、カーテンのない横長の窓の下にあり、アパルトマンというよりは工場を思わせる窓ガラスは、スペインの胡粉でおおまかに白く塗られている。渦巻状星雲のかたちに垂れた塗料のあいだから、外側の保護柵となっている、刑務所じみた感じの頑丈な鉄格子の垂直な列が見てとれる。落ちついて腰をおろせる場所を捜すつもりで、迂闊《うかつ》なわが女生徒は寝椅子のほうへ向かおうとしたので、私はきつい二言三言で、ここは精神分析医の診察室じゃないんだから、訊問のあいだわれわれの正面に突ったって、動けという命令がくだる場合を除き、じっと動いてはならないのだということを了解させた。彼女はかなり積極的に言いつけにしたがい、はなはだ感動的な唇の上におずおずした微笑を浮かべ、それからなかなか発せられないわれわれの質問を待って、それとなく、右に、ついで左にとちらと一瞥を投げるくらいで、あまりわれわれを見つめようともせず、いくぶん踊るみたいに両足をもじもじさせ、両手をどう始末していいかわからなくて、何はともあれわれわれの沈黙、陰にこもった脅迫、われわれの突きはなしたような顔に驚いていた。

彼女の右手（したがってわれわれの左側）、デンマークのあの哲学者*になじみの象徴的な四人の人物と向きあった側は、壁面全体が曇りガラスの作業所めいた窓で占められている。丈のぐんと高い細長い窓ガラスは、製品の運搬か暴力沙汰かの際に割られたらしく、半透明な紙切れがその割れ目とか欠けた箇所を隠している。そのむこう、われわれが来るために通った部屋はまるで投光機でみたいに照明が明るく（とにかくわれわれのいる部屋よりずっと明るく）、わがユーゴスラヴィア人の見張り番たちのシルエットがガラスの明るいスクリーンに影絵となって浮きだしていて、彼らが光源のどれかにむかって遠ざかると逆説的に拡大され、それで逆にわれわれの方角目指して大股で飛びかかってくるかのようで、何秒かのうちにタイタン巨人*になる。ひっきりなしに移動し、消えたかと思うとまた現われ、突然近づき、まるで体そのものが互いに横断しあうみたいに交叉するこうしたもっともらしい投射像は、そんなわけで、時に無気味でもあれば超自然的な存在感と規模を獲得することもあった。われわれの執拗な無言と、無表情なだけになおのこと不安を誘う冷やかさで彼女に釘づけされたわれわれの視線に落ちつきをなくした少女は、この時になってやっと、作業の予測されたその後の展開のために用意ができたと思われた。

　私は最初ドイツ語で話しかけたが、質問したり釈明したりする際彼女がいちばん頻繁に使うのがフランス語なので、私もそこからはラシーヌの国の言葉でつづけることに決めた。私がぶっきらぼうな有無を言わさぬ口調で全裸になるように言った時、彼女は今度だけはすっとわれわれのほうへ瞼をあげ、口が半開きになり、緑色の目がいっそう見開かれ、その一方かすかに信じられないといった表情でわれわれ、ドクターと私の顔を交互に見つめるのだった。だが、うっすらとした微笑は消えていた。彼女はわれわれが冗談を言っているのでないこと、異議を唱えず服従されるのに慣れていること、必要な強制措置をとるための——当然予想されたが——あらゆる手段を保有しているということを悟ったかに見えた。彼女はすぐに腹を決めたが、きっと彼女の置かれた刺激的な餌食という立場にあっては、その種の検査などほんの序の口だと踏んだにちがいなかった。そんなとんでもない要求が彼女に強いる自己犠牲の高を――われわれの快感をかきたてるための手のこんだ手数？――推し量るにちょうど必要なだけためらってから、彼女はたいへん素直に服を脱ぎはじめ、その愛くるしい仕草にはいつわりの羞恥心、踏みにじられた純真さ、死刑執行人の乱暴な腕力で無理強いされた殉教といった趣があった。

秋のはじめで夕刻でさえあったのに、ほとんど夏の暑さだったから、少女は衣類に関してはたいしたものを着用していなかった。しかし彼女はその一枚一枚をゆっくりと、見たところこの上もない躊躇をこめてはいでいき、それでいて疑いもなく、意識的な進行の順を追って、その道の専門家からなる査問委員たちに自分が披露するものをかなり誇りに思っていた。体をねじったり、折りまげたり、たわめたりする不可欠な動作のあげく、最後に白い小さなパンティをはずしおわった時、彼女はわれわれの異端審問的な視線にわが身をさらして、そして適切にも彼女の微妙な秘部よりもむしろ恥ずかしさのほうを隠すことを選び、腕を顔にむかってあげて、両手で顔を蔽ったのだったが、私にはひろげた掌や開いた指のあいだから彼女の瞳がきらりと光るのが見えた。そのあと彼女は、さらに、あらゆる角度から自分の体を見てもらうために、かなりゆっくりと何度も、その場で回転しなければならなかった。そしてどちら側から見ても、それは本当に綺麗な体、開いた花からいま出たばかりのうっとりとする女の人形みたいに肉づけされた小彫像だった。

ドクターはそのことについてお世辞を言い、いちいち大声で――明らかにそんな素直な相手の混乱をいや増そうとする意図のもとに――さらけ出された彼女の数々の魅力の注目すべき美質をたたえ、とりわけ優美なウェストのしなやかさ、腰の美しい曲線、そりかえった時の尻のくぼみにできる二つのえくぼ、小ぶりの臀部の得も言われぬ丸み、すでに発達ぶりのたいへんはっきりしたうら若い乳房の慎ましやかな乳輪と愛くるしく勃起した先端、臍の繊細さ、そして最後にふっくらと膨らみ、たっぷり生えているがまだうぶ毛状の金羊毛の蔭に覗けるあでやかな輪郭の恥骨部などを褒めあげていった。ことわっておくが、六十歳になんなんとするファン・ラミレスは昔は、児童の前思春期非行の専門医だったのである。彼は一九二〇年に、カール・アブラハム*とともに、ベルリン精神分析研究所の創立に参画した。メラニー・クライン*と同様、アブラハムその人と一緒に教育的分析の方法を追求したが、アブラハムが早世した。すでに名声赫々だったこの同僚の影響なのかもしれないが、彼も子供たちの弱年性攻撃行動を研究し、まもなくその中でも幼い、あるいは前思春期少女の研究に専念することになった。

少女はこの時、ためらうような声で、われわれが彼女をレイプするのかと聞いた。私はすぐに彼女を安心させて言う。ドクター・ジュアンは客観的な審美基準にしたがって彼女の肢体を鑑定したところだが、それはもっとも狭い意味での児童愛から逸脱しない彼の個人的趣味からすると、すでにはっきり成熟しすぎるのだ、と。この私はというと、彼女は――認めなくちゃならないが――私のこの上なく深く根ざした性的固着と解剖学的フェティシスムを見事に満足させてくれ、幻惑された私の目に理想的な女性像とさえ映るが、事エロスに関しては、これでもソフトさと暴力抜きの説得を旨としている。屈辱的な甘受とかあからさまに残忍な性格の愛の行為の実演とかを求める時でさえ、私は私のパートナー、つまり私の犠牲者の同意が必要なのだ。こんな愛他心を告白したところで、それほど彼女を失望させたりはしないと思う。ただ、もちろん、私の職務を実行する場合にはまったく話はべつで、万一彼女がわれわれの質問への回答に十分の誠意を示さないならば、たちまち彼女はそのことを追認せざるを得なくなろう、と。はっきり言っておくが、もっぱらわれわれの調査の必要だけからくるのだから。

「ということで」と、私は言う、「いよいよ予備尋問にとりかかろう。両手を頭の上にあげなさい。君が喋る時に君の眼をみて、それが本心からの真実なのか嘘なのか、それともまた半分だけの真実なのか知る必要があるからだ。君がその姿勢を保つのに全然苦労しないように、事をたやすくする方法を考えてあげよう」。メモ帳と万年筆を取りだして供述の一定の部分を紙に書きとめようとしていたドクターは、そこで彼の左手の届くところにあったボタンを押し、ただちに三人の若い女が登場したのだが、彼女たちが着ているきっちりとした黒い制服は、おそらく旧ドイツ陸軍の男まさりのワルキューレ*的補助大隊のものだったろう。一言も喋らず、チームワークに慣れたプロの手早さで、彼女たちは無用な暴力をいっさいともなわずにしっかりと囚われの少女を取りおさえ、まるで奇蹟みたいに天井からさがってきた二本の重い鎖つきの革の腕輪で彼女の手首を固定し、他方両足の踝も、およそ一歩の間隔で床から生えてでた二つのごつい鉄の環にしばりつけられる。

かくして脚がわれわれの正面で、いくぶん慎みを欠いたかもしれない恰好ですっかり開かれてしまうが、しかしこの開脚状態――いささかも過度でない――が長時間の直立態勢にいっそうの安定感を与えるはずなのだ。これらの手枷《てかせ》足枷《あしかせ》はとにかく、髪の左右の空中で両手を拘束する鎖同様、きつく引っぱられすぎてはいないので、体も足もいつでも動かせて、とはいえもちろん、かなり狭い範囲内に限られている。わが三人の女助手たちはいかにも自然な気楽さで行動し、仕草の見事な的確さ、運動と個々のスピードとのあざやかな連携ぶりを見せたので、われわれの囚われの娘は自分の身に何が起きているか理解する余裕もなく、操られるままほんのわずかの抵抗もこころみない。ただ彼女のみずみずしい顔に描きだされるのは驚きと、漠とした不安と、一種の随意運動の混乱がまじった表情だけである。それ以上彼女に考えこむ余裕を与えまいとして、猶予をおかずに私は尋問を開始し、それにたいしてすぐさま、ほとんど機械的に返事がかえってくる。

「ファースト・ネームは？」

――ジュヌヴィエーヴ。

——身内での愛称は？

——ジネット……か、ジジ。

——母親の姓は？

——カスタニェーヴィカ。K《カー》、A《アー》、S《エス》……（彼女はその綴りを言う）、今持っているパスポートだとカストです。

——父親の姓は？

——父親不明です。

——生年月日は？

——一九三五年三月十二日。

——出生地は？

——ベルリン＝クロイツベルク。

——国籍は？

——フランス。

——職業は？

——リセの生徒です」

彼女がこれとおなじことを何度も、身分証明書の申請用紙に記入したはずだということは推察できる。私にとっては、逆に、これは問題なしとしない。なにしろ、ここにいるのは私がフランスにとどまっていると信じていたイオの娘だからだ。私の現在の欲情のエロチックな対象は、だから、私と同様嫌悪すべきダニー・フォン・ブリュッケが産み落とした私の異母妹ということになる。実際には、事態はそれほど明瞭ではない。推定される父親がどうしても子供を認知しようとせず、また受胎の時にはすでに二ヶ月前から彼のおおやけの愛人であった若い母親と、世間なみの結婚式をあげようとしなかったのは、軽蔑すべき彼の不肖の息子がそれ以前にこの小綺麗なフランス女と結んでいた愛人関係を知っていたからで、おまけにこの関係は、かなりながい過渡期のあいだも継続したのである。旧時代流の暴君として、彼はまず最初恥すべき殿様的初夜権を行使してから、彼女を自分だけのものにするにいたった。財産もなく、奔放で放浪癖があって、われわれの遙かなるブランデンブルグあたりをうろうろしていたジョエルは、まだ十八歳にもなっていなかった。彼女は華麗な将校で、美男子でもある男の説得を受け入れ、その男が物質的安定をもたらしてくれ、結婚も約束してくれた。どうみても有利な解決への彼女の同意ははなはだもっともで、私も彼女を許した……彼女を、であって、彼をではない！　いずれにしろ、この悩ましい娘の生年月日からすると、彼女は完全に私自身の娘である可能性があり、彼女の北方アーリア人的な肌の色も、それならば祖父から受け継いだわけで、べつに珍しいことでもなんでもない。

私はもう一度新しい目で愛らしいジジを見つめた。思いがけない彼女の誘拐が変な成り行きを見せはじめたことに、困惑する以上に刺激され、それに漠然とした復讐意欲にも動かされたのかもしれないが、私は尋問を再開した。「君はもう生理があるのかい?」娘は無言のままうなずくという肯定の仕方で、あたかもそれが恥ずかしい何かでも意味するかのように、そんな体の成長ぶりを告白した。私は興味あるこの路線を追求した。「まだ処女かね?」おなじ困惑したようなうなずき方で、彼女はそうだと答えた。彼女の気の強さもさすがに翳りを見せはじめて、審問の臆面もないぶしつけさに赤くなった。まず最初に顔と頬が、ついで胸から腹までの裸のやわらかな肌全体がピンク色に染まったのである。そして、彼女は目を伏せた……かなりながい沈黙のあと、私の賛同を求めてから、ファンが立ちあがって被疑者にたいして職業的なワギナの触診をおこない、用心ぶかい手ごころさえ加えたものの、彼女の側に苦痛とまでは言わないまでも反撥の身震いを起こさせた。手足を縛られたままいくぶんもがいたのだったが、腿を閉じることが不可能なのでこの医学的検査を逃れられなかった。ファンはそのあと戻ってきて坐り、落ちつきはらって宣言した。「この小娘はとんでもない嘘つきじゃね」

わが警察の女助手たちも、すこし離れたところで、あらためて必要とされるのを待ちながら立ち会っていた。私が合図するとそのうちの一人が、罪された少女に近づいたのだったが、その右手に持っている革の鞭は、しなやかだがかなりしっかりした細い革紐が、扱いやすくできた固い柄の先端についている。私は突きたてた三本指で、与えるべき罰の度合いを指示した。猛獣使いの巧みな手つきで、執行担当の女はすぐさま、その姿勢をとるためいくぶん半開きになった尻に、乾いて正確で、一回ごとにかなり間をおいた三回の鞭打ちをくらわせた。少女はそのたびに肉に喰いこむ鞭に身をのけぞらせ、痙攣的な痛さに口を開けたが、それでも叫んだり哀訴の声を洩らしたりすることは抑えた。

この見世物にひどく感動して、私は彼女の果敢さに報いてやりたくなった。私は背徳的ではないにしても物欲しげな嗜欲をできるだけ好意的な仏頂面で隠しながら、彼女のほうに向かい、背後から、今しも傷を負ったばかりの可愛らしい臀部を見た。すなわち、三本のくっきりと鮮やかな筋が交叉していて、それでも、たとえかすかでも、かよわい肌の上に皮膚の裂けた跡はなくて、事のついでに私は、触れるか触れないかの愛撫で、繻子のようなその肌の感触を味わうことができた。ほどなく、私がもう一方の手で、彼女の陰門に二本ついで三本の指を差し入れると、そこは気持ちよく濡れていて私を興奮させ、そこで彼女のクリトリスを優しさと、注意ぶかい緩慢さと、まことに父親的な善意をこめて摩擦してやり、それでもちっぽけな肉のボタンがたちまち膨らみ、身震いが何度も骨盤全体に走ったものの、私はそれ以上むきになることはしなかった。

彼女の正面の席にもどって、私はうっとりと彼女に見入ったが、そのあいだも彼女のからだ全体がかすかな波が打ち寄せるように波打っていて、それはあるいは、束の間の体罰のまだひりひりする痛みを静めるためだったかもしれない。私は彼女にむかってほほえみ、彼女ももっとぼんやりした微笑を返しはじめたが、その時になって突然、彼女が声もたてずに泣きはじめた。そして、その姿もまたまことに魅力的だった。私は彼女に、「我が流させし涙さえ我れ愛しみにけり」という、彼女の国の国民的大詩人の有名な十二音綴詩句を知っているかと尋ねた。彼女は涙ごしに小声でつぶやいた。

「嘘をついてごめんなさい。

——ほかにも正確ではないことを言ったかい?

——ええ……あたし、もう学校へ行ってません。ホステスしてます、シェーネベルクのナイトクラブで。

——何という店?

——《ディー・スフィンクス》です」

私はそんなことではないかと思いはじめていた。天使のような彼女の顔は、時々ひらめくように、私の記憶のなかに一つのはかない深夜の思い出をよみがえらせたのだった。私は不規則にしか《ル・スファンクス》Le Sphinx を訪れないが(というかむしろ《ラ・スファンジュ》La Sphinge で、この語はドイツ語では女性名詞なのだから)、つい先ほどあのうら若い性器に人差し指と中指ではいりこんだ時、生えはじめのさらさらした毛並みに包まれ存分に濡れそぼっていた彼女の可愛らしいマドレーヌ菓子の割れ目が、自然発生的に過去想起のプロセスを始動させた。私はすでにそのきわめて内密なバーの好都合な暗いところで、女生徒用スカートの下から彼女を愛撫したことがあり、そこではホステスはみんな、多かれ少なかれ思春期の愛想のいいお転婆娘たちなのだ。

とはいえ、われわれの魔手にかかってここにいるのだという事実をジャスティファイする心的アリバイとしてであれ、この娘に試練の続きを受けさせるべきではなかったか？　私は葉巻に火をつけ、何度か、物思いに耽りながらつよく吸ったあとで言った。「さあこれから、婚姻外ではあるけど君の父親と目されているフォン・ブリュッケ元大佐《オーバーフューラー》がどこに隠れているか、話してもらおう」　囚われの娘は、不意に苦悶の発作にみまわれ、金色の巻髪を右に左にと振りまわして、がむしゃらに否定しようとする動作を見せた。

「知りません、ええ、ほんとに何も知らないんです。その贋の父には、間もなく十年になるけど、ママがあたしとフランスに帰国してからは一度も会ってないの。

――いいかね、君は一回目、まだ学校に行っていると言いきって嘘をついた。二回目、処女だと言いはって嘘をついた。そのほか、《父親不明》とか言った時のずいぶんいい加減な返事の仕方だってあるしな。だから、三回目に嘘をついていることだって十分ありうるんだよ。というわけで、われわれは君が知っていることを全部吐きだすまで、君をすこし、いやそれどころかたくさん、拷問にかけざるを得ないのさ。葉巻の火のついた先端での火傷はものすごく痛いんだぞ、とりわけ特別感じやすくて傷のつきやすい場所、ま、君にも簡単にその位置の察しがつくだろうが、そこに押しつけた時にな……ブロンド煙草のアロマはそのあと余計に旨くなり、余計コクが出るだけさ……」

今度は、わがバルト海の愛らしい人魚は（ここではその脚がぐっと大きく引き離され）、引きつった必死の嗚咽《おえつ》を爆発させ、脈絡のない哀願の言葉をもごもご口走ったり、あたしから聞きだそうとなさることなんか全然知らないんですと誓ったり、彼女のいじらしい生計の道具へのわれわれの憐れみを乞い求めたりする。私がなおも悠然と、彼女が身をよじったり呻いたりするのを眺めながら、私のハバナ葉巻（私が今までに吸った最良の一本）を吸いつづけていると、彼女はようやく、もともと明白な善意をこれでわれわれにも信じてもらえるような――と、彼女は言う――一つの情報を見つける。「最後に彼を見かけた時、あたし、六歳になったばかりでした……ジャンダルム市場の広場に面した、中心街のささやかな住居でした、今ではもう存在さえしない場所だけど……。

――ほら見ろ、と私は言う、君はすこしは知ってるじゃないか。それなのにその反対だと断言して、また嘘をついたんだぞ」

私が毅然とした態度で肘掛椅子から離れて彼女のほうへ進むと、彼女は目と口をかっと大きく開き、不意に幻惑的な激しい恐怖に麻痺したようになる。私は人差し指でこつんと叩いて、葉巻の先端の灰色の円筒形の灰を落とし、すぐさま何度もつづけて大きく吸いこんで、先端の白熱した火を最大限にかきたて、それを乳首の突きたった乳輪に近づけるふりをする。刑罰の差し迫ったことが、罪を問われた少女に恐怖のながい悲鳴をあげさせる。

それがまさに待ち望んだ結果だった。私は葉巻の残りを床に落とす。ついで、たいへんな穏やかさと無限の優しさをこめて鎖につながれた私のいけにえを抱きしめ、センチメンタルで常軌を逸した愛の言葉をささやくのだが、それでも甘ったるさの度を越さないように、好色の、いやそれどころかかなりどぎついポルノグラフィーの語彙に属する、若干の露骨な科白《せりふ》で味つけする。ジジはまるでなにか恐ろしい危険からいま逃がれて、保護してくれる者の腕に倒れこむ子供とでもいったふうに腹と腰を私にこすりつける。彼女を拘束する枷《かせ》のせいで何を求めていいかもわからず、肉の濡れた唇を突きだして私が接吻できるようにし、彼女のほうからもわざと誇張されてはいようが、たいへん信用できる熱っぽさで接吻を返す。私の右手、乳房の先端をあやうく傷つけそうになったほうの手が腿のつけ根にそって下っていって両腿のあいだにぽっかり開いた口まで辿りつくと、私はこのうら若い獲物が、もはや抑制できなくなった断続的で短い引きつりとともにおしっこをしているところだと気がつく。彼女をはげまし、そういうかたちで私の仕事の成果を手に入れるために、私はその熱い泉の出口に指をあてがい、するとそれはながい痙攣的な噴水となってほとばしり、屈伏した私の獲物もあまりにもながいあいだ塞《せ》きとめられていた欲望に身をゆだね、それとともに滝のように、まだすっかりは涸れていない涙をまじえて、澄んだ潑剌とした笑い声、いくぶん不愉快だが新しい遊びを発見した小娘の笑いが立ちのぼる。「これが、とドクターが言う、まんまとうまく運んだ口説きというやつだな！」

しかしまさにこの瞬間、ガラスの割れる猛烈な音が私の左でし、それは隣の部屋とわれわれとを隔てる曇りガラスの窓からきたものだった。

ＨＲは彼が寝た子供部屋の窓の代わりをなしている、謎めいた壁画に見入って依然としてわれを忘れ、とりわけ救いを求めて窓ガラスを叩く（その窓もまただまし絵だが）等身大のその少女に気を取られていて、それはいかにも、目の前にいるようで――前に伸ばした手のせいばかりでなく、ことに興奮でピンクに染まった天使のような顔、冒険の刺激でなお大きく見開かれた緑色のつぶらな目、上下に離れ肉が光っている唇がいまにもながい悲嘆の叫びをあげそうな口などのせいで――いかにも間近で、まるですでに部屋の中にまではいってきているかのようなのだが、ＨＲはそこで、背後にガラスが砕ける澄んだ音を聞いてはっとなる。

彼はあわてて反対側の壁面のほうへ振りむく。部屋の左の隅のぽっかり開いたドア枠の中に、相変わらず白いレースの丸襟のついた女生徒の服を着て、ジジが立っていて、足元の床のきらきら光る残骸を眺めており、どうもそれはシャンペン・グラスがちりぢりの無数の破片に割れたものに似ている。そのうちいちばん大きい破片は――そしてもとの形がわかるのは――脚の全体を含み、その先にはもはや、刃の湾曲した短剣みたいに鋭い、クリスタルのとんがりしかついていない。折り曲げた腕に外出着、マントだかケープだかをかかえた少女は、途方に暮れた顔つきになって、当惑のあまり口を半分開き、目を突然の惨禍のほうに伏せる。彼女は言う。「発泡ワインを持ってきてあげたの……それが手から滑っちゃったの、どうしてだか……」。ついで顔をあげて、すぐにいつもの自信満々の口調にもどる。「だけどそこで一時間も前から何しているの、パジャマのままで？　そんなばかげた絵の前に突ったたって？　あたしなんかそのあいだに、ママと下にいる人たちと、悠々一杯ひっかけて、夜の仕事の支度も終える余裕あったよ……もう、行かなくちゃ、そうしないと遅刻になるの……。

――君が働いているそこって、いかがわしいところかい？

――どこもかしこも動乱の残した廃墟だらけのベルリンで、いかがわしくない場所どこに見つけろっていうの！　この国の諺も言っているよ。売女《ばいた》とぺてん師がいつでも坊主より先にくるって！　ご体裁面したって、ムダ、ムダ！……それに危険だよ！

——客は連合軍の軍人だけかい？

——日によるよ。それに、ありとあらゆる山師も来るよ、哀れっぽいスパイとか、ぽん引きとか、精神分析医とか、前衛建築家とか、戦犯とか、弁護士とつるんだ悪徳実業家とか。イオの話だと、世界をもう一つつくるに必要なあらゆる人種が来るんだって。

——それで、そのごろつきの巣窟は何ていうんだい？

——シェーネベルクの北の周縁全体、クロイツベルクからティアガルテンまで、そんなのいくらでも見つかるよ。あたしが勤めてるクラブはディー・スフィンクス、つまり《ラ・スファンジュ》、女スフィンクスっていう意味。だって、この言葉はドイツ語では女性形に決まってるんだから。

——ドイツ語も話すのかい？

——ドイツ語、英語、イタリア語……。

——君の好きなのはどれ？」

一筋のブロンドの髪が口の前に垂れたので、ジジはまるで返事の代わりみたいに、舌のピンクの先端を出して、肉厚の折り返しのついた唇のあいだにほつれた巻き毛をくわえるだけにとどめる。目が異様に輝いている。巧妙な化粧のせいか、それとも麻薬かなにかか？　いったいどんな種類のワインを飲んだというのか？　姿を消す前に、彼女はなおもいくつかのことを言う。

「これからやってくるお婆さんが、夕食をとどけて、ガラスのかけらも拾ってくれるよ。もう知ってるんじゃなければ言っとくけど、トイレは廊下のなかの右と、それから左。この家からは出られないよ。まだ衰弱しすぎだもん。下の階へ降りるドアは、それに、鍵がかかってるんだ」

へんてこな医院だな、とHRは考える。その上で、どうやら彼はこの無気味な住居に監禁されているらしいが、本気でここを出たいと思っているだろうかと自問する。彼の衣服はどうなっているのだろうか？　彼は姿見つきの大ぶりな洋服箪笥の戸をあける。クローゼットの部分には男物の背広がハンガーにかかっているが、どう見ても彼の服ではない。それ以上は深く考えずに、彼は戦争画と兵士姿の彼自身の像、それに男の手を引いて誘導する中央ヨーロッパ的なあのジジのほうを向く。彼はその時になってはじめて、それまで見過ごしていただまし絵のある細部に気がつく。人助けしつつある少女の触れている窓ガラスには星型の亀裂がはいっていて、彼女の小さな拳がいま叩いた場所がちょうど中心になっている。ガラスの架空の厚みのなかで、そこから発したうねうねとした線が、まるで攻撃に向かう爆撃機がレーダー探知を妨害するために投下する、あの捉えにくい金属性の囮《おと》りシートみたいに、ながい光の帯となってきらきら光っているのである。

第四日

ホテル連合軍の三号室で、ＨＲは時ならぬアメリカ軍の四発機、きっとごく近くのテンペルホーフ飛行場を離陸したＢ17の転用貨物輸送機だろうが、その轟音でだしぬけに目を覚ました。たしかにベルリン封鎖のあいだのピストン空輸時代にくらべれば、今では離着陸の頻度は減っているが、それでも大きな音をたてることに変わりはない。日中の位置そのままに、両側に引き寄せられたカーテンのあいだで、澱んだ運河の行きどまりになった端に面している窓全体が、まだ高度が普通より低い機体の通過とともにあまりにも無気味にぶるぶる震えるので、まるでガラスの全面が避けがたい炸裂を約束されているかのようで、そうなると割れたガラスの破片が一つまた一つと、床に落ちるにちがいないその音が、遠ざかり高度を上げていく飛行機の音と入りまじる。すっかり夜が明けている。旅人は上体を起こしてベッドの縁に腰かけ、そんな余分な惨事をまぬかれたことを喜ぶ。頭の中がすっかり霞んでいて、自分がどこにいるのか完全には自覚がない。

　頭のはたらき同様体中と手足になお残る気分のわるさのようなものを感じながら、立ちあがると、部屋のドア（窓と向きあっている）が大きく開かれているのが目にはいる。ぽっかりあいたその枠の中に、二人の不動の人物が立っている。いろいろなものを載せた盆をもつ愛想のいいマリアと、その背後にいるが頭と首の分だけ彼女より高いマーラー兄弟の片方、感じのわるい声から判断するとたぶんフランツだろうが、突っかかるような非難の口調で彼が告げる。「朝食をお持ちしました、ヴァールさん、この時間に予約されましたね」。身長が階下の部屋でよりももっとでかく見えるその男は、ただちに姿を消し、上体をかがめねばならない廊下の奥のほうへ消え、他方ありったけの微笑をたたえた華奢な給仕女が盆を、かなり窓に近い、サイズもそれほど大きくないテーブルに置こうとするところで、そのテーブルは旅人がこの部屋の住人となった時（昨日？　一昨日？）気づかなかったものだが、書き物机の役も果たしているようで、現に娘が皿やカップや籠などを並べる前に、業務用の判型だがレター・ヘッドのない白い紙の束と、それから書き手を待つかに見える万年筆を横にどけたのである。

　いずれにしろHRは、いまや一つの確信をもっている。彼はホテルの自分の部屋にもどったのであり、まさにそこで波瀾に富んだ一夜の最後を過ごしたのだ、と。とはいえ、ひどく遅くもどったという意識はあったが、何時であれ起こしてくれと頼んだ記憶はないし、今も気難しい主人にもっと漠然とではない言葉で言いなおさせるのを忘れたが、頼んでおけば正確に動く時計がない不便も補えたのだ。とにかく正確であろうと大まかであろうと、まるで時間の観念が彼の目にはすっかり重要性を失ってしまったみたいで、それも彼の特殊な使命が中断されることになったせいかもしれず、それとも母親めいていてそれでいて悩ましいイオの家で、彼の子供部屋を飾る戦争画を見ているうちにわれを忘れて以来に過ぎないかもしれない。実際、不在の意味を重く秘めただまし絵で隠され、二重に閉ざされたその開口部が生みだす精神的漂泊とでもいったものに陥って以来、その夜の数珠《じゅず》つなぎの出来事は、因果関係の上でも時間的順序という点でも脈絡を欠いた不愉快な印象を残し、連続する場面の数々が隣接性以外のつながりをもたないかに見え（これがそれぞれに決定的な位置を割りあてることを妨げて）、一部の挿話は心やすまる官能的心地よさで彩られているかと思えば、他の挿話はむしろ悪夢か、さもなくば幻覚をともなう急性の発熱に由来するかのようだった。

　マリアが彼の朝の軽食の準備を整えおわったので、依然として嫌《いや》みったらしいマーラーが口にした一言が耳に残っていたHRは、曖昧な《この時間に》の説明を求めるかわりに、出ていこうとする給仕女に、単純化された明快なドイツ語で、彼のものとされたあのヴァールという名前はどこから来たのかと尋ねる。マリアは驚いたような大きな目で彼を見つめて、やがて「だって親しみをこめた愛称《アイン・フロイントリッヒ・ディミヌティーフ》ですよ、ヴァルターさん《ヘア・ヴァルター》の」と言い、この物言いが旅人をあらたな当惑におとしいれる。それではあれはヴァロンという名字をそんなふうに《親しみをこめて》縮めたものではなくて、ヴァルターというファーストネームとなるが、それが彼の名前だったためしはかつてなく、本ものであれ贋ものであれ、どのパスポートにも載ってはいない。

若い小間使がドアを閉める前に行儀のいいお辞儀をしてから姿を消すと、途方に暮れたHRはいろいろなパンやビスケットや味なしのチーズのいくつかのかけらを齧《かじ》る。彼はべつのことを考える。全然食欲をおぼえないそれらの時宜を欠いた食品を押しやって、彼は何も書いてない紙を何枚か、椅子の正面のテーブル中央に引きもどす。そして夜のあいだのさまざまな転変の不連続で、揺れ動き、移ろいやすい連鎖が、架空の回想とかもっともらしい忘却とか運まかせの消失、さらには完全な分解などの靄のなかに吸いこまれないうちに、それに多少の整理をつけよう――もし可能なら――ということだけを主として心がけて、旅人はぐずぐずせずに、彼の報告書の作成にふたたび取りかかるが、それを統御することが、しだいに彼の手に負えなくなるのではないかと気にかかる……。

ジジが彼女のいかがわしい仕事に出かけたあとで、私は相変わらず開いたままのドアの入口へ行って、シャンペン・グラスが割れた時にできたあのクリスタルの短剣を拾った。私はそれをながいあいだ、いろいろな角度から注意ぶかく眺めた。脆くもあるが同時に無慈悲でもあるそれは場合によっては防禦の武器として、というかその気になれば脅しとして、たとえば門番だかその女房だかに私の牢屋の鍵を渡させるのに役立つかもしれなかった。そこで私は念のために、その危険な品を洋服箪笥の棚に、無傷の脚を下にして立て、きらきらと青いスパンコールで蔽われたほっそりとした舞踏用ハイヒールの横にしまったが、そちらの青はバルト海の絶壁の下の底深い水のはるかな反映だ。

そのあと、どれだけとはっきりは言いにくい時間の経過のあとで、黒い服を着た老女がアメリカ軍のKレーションに似たなにかを小さな盆の上に載せてやってきた。つまり、冷たい鳥のもも肉と、生まトマトの幾切れか（つやつやし、切れ目鮮やかで、見事な化学染料の赤の）と、泡の立たないコカコーラかもしれない茶色っぽい飲み物を入れた、半透明のプラスチックのコップだ。老女は進んできてその捧げものを私のマットレスの上に置くあいだも、一言も口をきかなかった。立ち去る時も相変わらず無言で表情を崩さずに、床に散らばるガラスの破片を見たが、彼女は私に責めるような一瞥を投げたあとで、それを足で壁の片隅に押しやるだけにとどめた。

ほかに坐れるものはいっさいなかったので、私はトマトとチキンを子供用ベッドの片方、枕に大きくゴシック文字でMと刺繍したほうのベッドに腰かけて食べた。またしてもなにかの麻薬とか毒薬を飲まされることを恐れていたにもかかわらず、私は思いきって唇の先っぽで、黒っぽい鉄錆色をした怪しげな液体も味見してみたが、それはいずれにしろ、コカコーラよりははるかにまずくなかった。おそらくアルコールを含んでいたのだろうが、二口目にはうまいとさえ感じ、とうとうコップ全部を飲みほした。さっきやってきた老女に、いま何時か聞くことを思いつかなかったが、取っつきにくいその外見がとても会話をする気にさせなかったのだ。頑迷な牢番さながら、細身で瘦せて色黒で、わが戦後流儀にしたがって演出された古代悲劇からでも出てきたかに見えたのだ。私はふたたびマットレスに横になって、そのまま眠りに落ちたのかどうか覚えていない。

それから少しあと、イオが私の頭上に立ち、受け皿に載せた白いカップを両手でささえて、水平に保つようしきりに気を配っており、つまりはすでに報告した前の連続場面の繰り返しとなった。しかし今度は、しなやかに波打って光る彼女の黒髪が肩に乱れてちらばり、乳色の肌が新婚初夜のための透明なネグリジェのガーゼやレースごしにあまたの箇所であらわで、およそ下着の影も見あたらないネグリジェがはだしの足まで垂れていた。腕もやはり剝きだしで、ほとんど非物質的な繻子の肌につつまれて、まるく引き締まっていた。すべすべの腋の下は毛を剃ったにちがいなかった。恥骨部の毛並みはそれほど大きくはないがくっきりした二等辺三角形を描き、揺れる薄絹の下で黒々とかげっていた。

「ボダイジュの煎じ茶お持ちしました」と、彼女はおずおずとささやき、まるで私を起こすのが心配みたいだったが、私は大きく目を見開き、ほとんど垂直に彼女を見あげていたのである。「いやな夢をみないで熟睡するには、寝る前ぜひ飲まなくちゃいけないわ」。私はすぐに、もちろん、幼い少年が三途《さんず》の川の路銀みたいに、安息を見いだすために必要とした吸血鬼的ママの夕刻の接吻*のことを考えた。もしも私のその場しのぎの寝床がシーツ抜きでなかったとしたら、彼女は最後の接吻を与える前に、きっとシーツを私のベッドの縁に折りこんでくれたにちがいない。

とはいえ次の映像は、おなじ衣裳でまたしても私の顔を覗きこんでいるものの、しゃがんで私に馬乗りになり、股を大きくひろげた彼女を示していて、私の性器が彼女の性器の内部に突ったち、それを彼女が静かに動かし、緩慢な横揺れ、波立ち、縦揺すり、そして突然もっと激しい返し波などと、ちょうど大海原が岩を愛撫するみたいなのだった……私はたしかに、彼女が私と交わるために払った気配りに無関心ではなかった。それでも私は説明不可能なある錯乱、夢遊病的な状態とでもいったものの中にいた。つまり、激しい肉体的快楽を感じながらも、私はこの事態がほんとに自分にかかわっている気がしなかった。このような状況の場合、私は好んでありとあらゆるイニシアティヴを取り、相手の女性の積極性をあまり求めないのだが、この夜はまさしくそれと反対の状況に身をまかせていた。私はレイプされているような気がして、それを不快と感じず、それどころかその逆だったが、ただいくぶんばかげているかもしれないと思った。仰向けに寝て、腕をぐったりさせ、鮮烈なオルガスムに達したが、それでいて、言うなれば私自身が不在のままだった。私は半分眠った赤ん坊みたいなもので、母親がその服を脱がせ、石鹸をつけ、体のあらゆる隅々までじっくり洗い、濯《すす》ぎ、マッサージし、タルカム・パウダーを振りかけ、そのあとピンクのふわふわしたパフでそれを延ばしてくれながら、私に穏やかだが権威をもって話しかけてくれ、私は私の理解を越えるそのほっとする音楽の意味をさぐろうとさえしない……そうしたすべてが、よくよく考えてみると、私が自分の性質について知っていると思いこんでいたのと、まるきり反対のように思えつづけ、おまけにこの母親的な愛人の女は私よりもはるかに若いときた。彼女は三十二歳であり、私は四十六歳なのだ！いったいどんな種類の麻薬――かそれとも媚薬――があの贋コカコーラにはいっていたのか？

べつのある時には（今述べたことの前だったか？　それとも反対に直後だったか？）、従順になった私の体の上に、一人の医師が前かがみになっていた。私は仰向けに（頭から床のほうへ折り曲げた膝まで）、聴診には短すぎる子供用ベッドの片方に寝かされていた。臨床医は私の横の台所用椅子（どこにあったのだろうか？）に坐っていて、私にはすでに以前にこの男に会ったことがあるような気がした。彼の数少ない言葉も、それに、彼のはじめての往診ではないことを想定させた。彼はレーニンの山羊鬚や口髭や禿げ方をしていて、スチール縁の眼鏡の背後の目は切れ長だった。彼はいろいろの伝統的な道具で、とりわけ心臓に関してなど測定し、観察内容をメモ帳に書きこんでいた。私は彼に会ったことなどないということもあり得ると考えていた。つまり、最近フランスの新聞に何度も載った有名なスパイとか、戦犯とかの写真に似ていただけかもしれないのだ。立ち去る時に、彼は異論の余地のない専門家的口調で、ある分析が必要だなと言うが、それが何の分析だかは明言しない。

そして突然、今度はイオの顔がもどってくる。この最終的なフラッシュ場面はぽつんと切り離されているが、やはりおなじ淫らな場面の一部にちがいなく、若い女の体は依然としておなじふわふわした薄布に包まれていて、彼女はおなじようにまだ私に馬乗りになっている。しかし、彼女の腰は反りかえり、上体は直立して、時にはうしろにのけぞりさえもする。もちあげた腕がよじれ、まるで彼女を呑みこもうとするレースとモスリンの大波から逃れようと必死になって泳いでいるかのごとくなのである。そんな液体環境のなかで稀薄化してゆく空気を吸いこもうとして、彼女の口がぱくぱく開く。髪の毛がぐるりと彼女の顔のまわりで、黒い太陽の光の矢のようにはためく。しゃがれたながい叫びが徐々に彼女の喉の奥でかすれていく……。

そして今度はまたしても私はひとりだが、子供部屋からは出ている。私はトイレをさがして廊下をうろうろするが、それでいて私はすでに少なくとも二度、そこへ行っているのである。まるでほとんど光の射さないながい廊下や、だしぬけの枝分かれや、直角の曲がり角や行きどまりが、無限に数を増し、錯綜し、面喰らわせるかのようだ。もしかしたらこれは、運河に面した家の外的規模と釣りあわないのではないかという恐れが私を襲う。私は知らないうちにほかへ運ばれたのだろうか？　私はもうパジャマ姿ではない。私は急いで、大ぶりの洋服箪笥の中にあった男ものの下着をつけ、ついで白のシャツとセーター、そして最後にハンガーにかかっていた男もの背広を着こんだ。背広は厚手のウール地で着心地よく、私のサイズにぴったりで、まるで注文仕立てのようである。そうしたもののどれひとつ私のものではないのに、すべてがそこにはっきり目につくように私のために置かれていたかのようだった。私は隅にWという字が刺繍された白いハンカチも一枚取り、おなじく私を待っているかのように見えた男もののスポーツ・シューズを履いた。

　何度となく回り道したり、逆戻りしたり、出直したりしたあげく、私はようやくきわめてはっきりした思い出をとどめているその場所にもどったと思いこむ。すなわち、かなりの広さの部屋を浴室に模様替えしたもので、洗面台とトイレと、ライオンの四本の脚で支えられた琺《ほう》瑯《ろう》びきの鋳物の大きな浴槽があるはずだ。とりわけそのあたりでは、絞られた廊下のおぼろな明かりにもかかわらず、私に見覚えのあるドアは苦もなくあく。しかし思いきり大きくあけてみると、そのドアの向こうは完全に真っ暗な小部屋でしかない。私は手さぐりで、原則として内側の壁の左側にあるはずのスイッチをさがす。しかしながら私の手は、框《かまち》の横にある瀬戸物のスイッチらしき何ものにも出喰わさない。当惑してあけ放った戸口を進んでいき、他方目も暗闇に慣れてくると、私はそこが広いにしろ狭いにしろどんな意味でも洗面所ではなく、ほかのどんな部屋ですらないということを了解する。私のいるのはありきたりの勝手口というよりはずっと忍び階段を思わせる、石の段でできた螺旋《らせん》階段のあがり口なのだ。下からくるかすかなほの明かりがぼんやりと——私が距離を測ることのできない深みで——傾斜が急で、とても暗くて、いくぶんぞっとするような降下の果てと見える最後の何段かを照らしだしている。

どういう目的でだか自分でもよくわからずに、私は不安をおさえこんでこの不便な階段を降りはじめ、間もなく私自身の足も見わけがつかなくなる。手すりがないので、私は螺旋の外側の冷たくてざらざらした壁、つまり階段の踏み幅がそれでも狭くないほうの側に左手をついて、方角の見当をつける。私の歩みは転げ落ちないかという心配のためになお一層緩慢となるが、それというのも次の段がなくなってはいないかということを確かめるために、次々の段を靴の先で調べねばならないからなのだ。ある時など、闇があまりにも濃かったので、完全に失明してしまった気がした。それでも私は降りつづけるのだが、危険を秘めたこの行動は、私が想像していたよりもはるかにながくつづく。幸いにして、下からくる明かりが上の廊下からくる明かりと交代する。照明のとぼしいこの新たな区域は残念ながら短区間であることが判明し、程なく、私は自分がどこに足を置くのかも見えないままに更なる旋回をはじめねばならなくなる。そんなふうにして私が達成した渦巻回転の数をかぞえることは困難だが、しまいに私は次の明証に屈伏するに至る。煉瓦作りの屋敷を上下に貫くこの異様な石の井戸は、一階に通じているのではない。どこか地下の酒倉か地下室か地下の納骨堂かへの通路で、とにかくもう一つ下の階、したがって私が出発した部屋から二階分下だという明証。

あまりにも間遠く配置した数少ない常夜燈だけが目印という、私には果てしないと思われたこの螺旋降下の底にやっとたどりつくと、私の前に現われたのは、全然明かりのない歩廊の入口である。しかし最後の豆ランプに対応する最後の段の上に、占領アメリカ軍が使用する軍用タイプの小型懐中電燈が置いてある。しかもそれは完全に機能する。その狭い光束のとどくところに、幅がせいぜい一メートル五〇で直線状のながい地下廊を認めることができ、天井は切り石で固めたアーチ型で、造りからみてかなり昔のものと思われる。地面はひどく傾斜していて、程なく澱んだ水溜まりの中に消え、ほかより窪んだ部分がたぶん十五メートルか二十メートルにわたって水に漬かっている。それでも右側に渡し板が十分水面から出ていて、足を濡らさずにこの水溜まりを越えられるようになっている。

そして突然、最後の踏み板と壁のあいだに黒っぽい水に四分の一ほど漬かって、俯向《うつむ》きになり両の手足をひろげた、疑いもなく死んでいる男の体が現われる。私は一瞬それを眺め、結局のところそんな縁起でもないものの出現にもたいして驚かず、懐中電燈が投げる光の輪をその上に行き来させる。そのあと地面はまた昇りになり、私は関係を問われかねない死体からぐずぐずせずに遠ざかるために、前より早足になって新たな螺旋階段に到着するが、こちらはいっさい照明というものがなく、踏み板は穴あき鉄板でできている。私はできるだけ音をたてないようにして、それをよじ登る。出たところは鋳鉄の番小屋で、すぐに気がつくのだが、昔の跳ね橋の開閉番所の一部分なのだ。私は用心のために懐中電燈を消し、菱型に肋材を張った床にそれを置いて、何本かの時代おくれの街燈でやっと闇から引きだされた河岸に出ると、その街燈はガスで点燈されるらしいのだが、それでも十分で、継ぎ目が離れがたぴしする舗石の上をさっさと歩くことを可能にする。

今夜は、はっきりと寒さが和らいでいる。私は毛皮つきコートその他いっさいの外套がないのもたやすく我慢できる。部分的に水に漬かった地下深くのトンネルをかなり長時間辿ったあとで、当然予期できたことだが、私は今では行きどまりになった枝運河の対岸、人形店や二重スパイの巣窟や人身売買や牢屋、医院等々あまたの罠を秘めた豪勢な館の向かい側にいる。建物正面の窓は全部明るく照らしだされ、まるで賑やかなパーティの真っ最中のようなのだが、それなのにそこを離れた時は、私はそんな徴候のかけらも見かけなかった。玄関口の真上の窓——私がはじめてジジの姿を見た窓——は大きく開け放たれている。内側がガラスぞいに白い薄布で飾られ、二重のカーテンが閉まっていないほかの窓からは、行き来する客たち、大きな盆をささげた召使たち、ダンスするカップルたちのうつろう人影が覗ける……。

正面の河岸のもう一方の端にあるホテル連合軍へもどるために橋を渡るよりは、私はむしろ澱んだ運河のこちら側を歩きつづけ、それから幽霊帆船が横たわっている行きどまりのどん詰まりまで行くほうを選ぶ……ほとんどすぐさま私の背後のでこぼこの石畳に、ずっしりと重いがしなやかな、米軍憲兵の半長靴に特徴的な足音が聞こえる。私は振りかえるまでもなく何事が起きたか悟るが、「止まれ《ハルト》！」それ以上進むなという、まるで本もののドイツ語圏の人間みたいな発音のドイツ語の短い命令がひびく。そこで過度に急ぎもしないでその場で回れ右すると、鉄兜の前面に書いたMPという白い大きな二文字をひけらかし、腰に構えた軽機関銃の銃口を無造作に私にむけた、おきまりの二人連れのアメリカ兵が私のほうへ進んでくるのが見える。彼らの体軀にみあった大股で何歩かやってくると、私から二歩のところで彼らは動かなくなる。ドイツ語を喋るほうの男が私に身分証明書を要求し、消燈後の外出に必要な通行許可証を所持しているかと尋ねる。返事をせずに私は、右手を、そこに問題の書類があることを確信しきっている人間の自然な態度で、上着の左ポケットへもっていく。はなはだ驚いたことに、私は指の先になにか固いもの、あまりに平べったいのでこの借り着に腕をとおした時に気づかなかったものを感じ、それが四隅に丸みをつけたがっしりとした長方形のベルリン市発行のパスポート《アウスヴァイス》であるとわかる。

それに目を向けることさえせずに、私は一歩前に出てそれを兵士に差しだし、兵士はそれを彼の懐中電燈、私自身さっきまで使用したのと同型の懐中電燈の強烈な光のもとで点検する。

ついで目のくらむような光の束を私の顔に向け、それから私の容貌を金属製カードに組みこまれた写真のそれと比較する。私は彼に、この旅券は、ただちに私が認めるだろうように、私のではなくて、大勢混みあっていたつい最近の検問で、私も気がつかないうちに本来のものの代わりに間違って返されたにちがいないなどと、出まかせを言うことだって当然できたわけだし、私はそんなすり替えを今はじめて発見したふりもできた。とはいえ憲兵は愛想のいい、ほとんど恐縮したような微笑を浮かべてその大事な資料を私に返し、手短かに彼の勘違いをあやまって言った。「失礼致しました《フエアツアイウング》、フォン・ブリュッケさん《ヘア・フォン・ブリュッケ》！」。言いおわるとかなり形のくずれた、およそドイツ的でない敬礼をさっとして、彼の同僚と一緒に踵を一回転させ、中断したパトロールを再開するのだろう、ラントヴェア運河のほうへもどっていった。

　今度こそ私の驚きはあまりに大きかったので、その天佑ともいうべき身分証を自分も見てみたいという欲求に抵抗できない。二人のＭＰが視野の外に出るやいなや、私は次の街燈まで急ぐ。様式化したキズタの巻きついている鋳物のその支柱の近まに投げられた青みがかった光輪のなかだと、写真は実際のところまずまず私を表わしていると言っていい。カードのほんとの名義人の名前はヴァルター・フォン・ブリュッケで、住所はベルリン＝クロイツベルク地区フェルトメッサー通り二番地となっている……麗わしのイオとその手下たちが仕かけた新たな陥穽《かんせい》かなにかを嗅ぎつけて、私はまたとない混乱のうちにホテルに帰り着いた。誰がドアを開けたかはもう覚えていない。私は不意にあまりに具合がわるくなったので、服を脱ぎ、大ざっぱに体を洗い、夢の中の霧とでもいったもののなかで床につき、真っ逆さまに深い眠りに落ちた。

きっとそれからそんなにあとではないが、私は生理的欲求のために目が覚め、浴室へ行き、そこは深夜の冒険のあいだ私がむなしくさがし求めた浴室を思い出させたので、その冒険のいくつもの箇所が縮約されてよみがえり、最初私は悪夢を見たと思いこんだもので、子供の頃から繰り返し見た夢のおきまりの主題がそこにも認められるだけに、この仮定はなおのこと真実らしく思えた。例えば、とんでもないながい複雑な彷徨のあとでも見つからないトイレとか、降りてゆくと段が欠けている螺旋階段とか、海水がはいりこんだ地下道、大川、下水……それに身分証の点検で他人に間違えられるとか[12]……しかし、寝床とその引っくり返された羽根蒲団にもどろうとして、私はその途中で、これらの記憶の完全に手ざわり確かな現実性の証拠を目にした。つまり、椅子の背に引っかけた厚手のウールの背広や、白いシャツ（ハンカチ同様ゴシック文字でWと刺繍された）や、これ以上ないほど悪趣味な黒い縞のはいった鮮烈な赤のソックス、でっかいウォーキング・シューズなど……上着のポケットには、ドイツ国旅券《アウスヴァイス》も確認できた……私はあまりに疲れていたのですぐまた眠りに落ちた。母の接吻という励ましも待たずに……。

原註12――わが精神分析愛好家はここで、もちろん、彼が以上事細かく物語った一連の挿話を組織づける、近親相姦、双子性、失明という本質的な三つの主題を《忘れている》。

私は食欲がないため最小限にしぼった急ぎの朝食を終えるか終えないかだったが、その時ピエール・ギャランがノックもせずに、いつもの屈託のない自然さ、何事が起ころうと絶対驚いたふりを見せまい、いつでも話し相手よりは事情に通じているんだぞといった例の態度で私の部屋にはいってきた。彼は手を振って、中途半端なファシストの敬礼にも似たおきまりの合図を寄越してから、まるでわれわれが数時間もたつかたたない前に、とくに問題もなく別れでもしたかのように、すぐさま彼流の独り語りをはじめた。「マリアが君は起きてると教えてくれたんだ。それで何も緊急の話はないんだが、ちょっとだけお邪魔した。ただ、ちょっとした情報がある。俺たちはしてやられたわけで、ダニー・フォン・ブリュッケ大佐《オーバースト》は死んじゃあいないんだ。腕に浅い傷を受けただけだそうだ！　暗殺犯の銃弾を受けて、体が徐々に弱っていったってのは、芝居だったのさ。そんな見当ではないかと、推察すべきだったな。追求を逃れる、いやそれどころか、もしかしたらまた撃たれるのを防ぐいちばんうまい手だったんだな……いやはや連中は、思うに、一枚上手なのさ……。

――つまり、われわれより上手だってこと？

——ある意味でそうさ、うん……かりにそんな比較が……」

私は体裁を取りつくろい、彼が私に伝えようとした伝言にあまりどぎまぎしていない風をよそおうために、すでにその狭さをことわった私の雑用テーブルの上の乱雑に積みあがったものを少し片づけていた。見かけは上の空の片耳だけで彼の話を聞きながらも、まだ下げられていなかった盆の上に朝食の残りを重ね、細々とした個人的なものを反対側の端に押しやり、とりわけ中断された原稿のちりぢりになった束を目立たないところに移したが、それにさえたいした重要性を置いていないかのような振りをよそおった。ピエール・ギャランは、案の定騙しには乗らなかった。私は今では、われわれの怪しげな仕事のなかで、彼が私とおなじチームを組んでいないことを知っていた。実際、少なくともこの凶鳥（《アジサシ》《ステルヌ》というのがしばしば、彼のコードネームだった！）が、前に私に通告してよこしただしぬけの解任措置について、またその後私の行方をさぐるために使った手段についていっさい触れず、その上この二日（それとも三日）間に私がどうしていたか質問一つしないというのは異常なことだったのだ。さりげない口調で、調査に関係あるなにかの話でもするみたいに、私は尋ねた。

「フォン・ブリュッケには、なんでも、息子がいたというね……彼が、君のいうその妙ちきりんな話に一役買ってるんだろうか？

——へえ！　じゃあジジがヴァルテールの話をしたんだな？　いや、彼はなんの役も買ってないさ。彼は大敗北のあいだに東部戦線で死んだんだ……ジジに用心しろ、彼女の話すことにもな。あれは下らん話をでっちあげては、相手を混乱させて喜んでるのさ……あの小娘は、そりゃあいかすが、嘘が体にしみついてるんだ！」

事実は、私が今後用心しなければならないのは、誰よりもまずピエール・ギャラン当人なのだ。しかし、彼が明らかに知らないのは、私がいわば監禁されていたあの広い屋敷のあちこちを夜中に歩きまわっていた際に、偶然そのヴァルター・フォン・ブリュッケの署名のある三枚の猥褻《わいせつ》なデッサンを発見したということで、それは間違いの余地なく、不謹慎なポーズとはいえジジ自身を描いていて、歳の頃もどうみても現在なお彼女のである歳かほぼそれに近い。私は報告書の中でそのことに触れなかったが、それというのもせいぜいそのWのサド＝マゾ的欲動にどぎつい光をあてるぐらいで、べつに本質的な事柄とは思えなかったからだった。同僚のアジサシ《ステルヌ》の最後の言葉が私の見解を変えさせた。つまりそこに、私はヴァルター・フォン・ブリュッケが戦死していないという証拠をつかんだのであり、ジジも反対のことを言っているものの内実そのことを知っており、ピエール・ギャランがその辺の事情に通じていないということもまず考えられない。だとすれば何の目的があって、その点に関して、彼は少女の嘘をそのまま口真似するのか？

とはいえ、物語論上の困難が一つ残っていて、それがきっと意図的にその連続場面全体を排除したことと無関係ではなかったのだ。つまり私はそれを空間のどことは言わずとも（あの部屋は二階の迷路のような廊下のどこか以外の場所に位置させることはできない）、少なくとも時間のなかのいつかに位置づけることができないということだ。医師の往診の前だったろうか？　私のつましい食事の時に怪しいリキュールでも飲んだのだろうか？　私はまだパジャマ姿だったのだろうか？　それともすでに、脱出のための服に袖を通していたか？　あるいはまた——どうしてわかろう？——私の記憶に残っていない、ほかの借り着を着ていたか？

ジジのほうはというと、三枚のデッサンのどれでも全裸で、それぞれにタイトルがついている。40×60サイズのカンソン紙に、比較的芯が硬い太い鉛筆で描かれ、ある種の影をつけるところでは擦筆《さっぴつ》が使われ、水彩調の淡彩はごく限られた表面しか蔽っていない。肌の肉づけにせよ顔の表情にせよ、作りは見事な質の高さである。体やそれを拘束する諸道具といい、モデルが誰か完全にわかる顔だちといい、正確さはほとんど度を越え、マニアックである。それにたいして他の部分は朦朧《もうろう》とでもいった状態のまま放置され、光源の位置いかんで多かれ少なかれコントラストをつくる光のあて方のせいみたいで、それとも背徳的な芸術家が対象のいろいろな要素にたいして向ける、不均等な注意力のせいなのか。

《悔悛》と題した一枚目のデッサンでは、うら若いいけにえは正面を向いて、あまたの先端が尖った鋲《びょう》を埋めこんだ、丸くて堅い二つの小さなクッションにひざまずいて描かれ、太腿は、脚をふくらはぎの窪みで締めつけ、外側に引っぱった紐で床に抑えつける革のベルトを使って、思いきり大きく開かれたままになっている。背中は石の円柱にぴったりもたれ、それに左手が手首のところで鎖につながれ、ちょうど頭の上にあたるので、金色の巻毛が動性をもった無秩序を見せてもつれている。右手（縛られていない唯一の四肢）で、ジジは自分の陰門の内側、親指と薬指でその唇をひろげ、人差し指が恥骨部の茂みの蔭に深くはいりこむというかたちでわが身を愛撫していて、溢れる粘膜の分泌液が割れ目に近いういういしい短い毛に愛嬌毛となって引っかかっている。骨盤の全体が横にねじれ、右側の尻をくっきりと突きださせている。綺麗な赤スグリ色の血が、ちょっとでも動くとなおひりひりする数多くの傷口のあいた、膝の下に溜まっている。少女の官能的な顔だちは恍惚境とでもいったものを表わし、それはあるいは苦痛の表情なのかもしれなかったが、それ以上に殉教にともなう快楽の極まりを思わせる。

二番目のデッサンは《火刑》と題されているが、これも薪を積みあげ、その上で魔女たちを生きたまま焼くあの伝統的な図柄ではない。拷問にかけられた少女はまたしてもひざまずいているが、今度は石の床にじかにであって、腿も張りきった鎖でほとんど股裂きになっていて、斜め後ろから見られ、上体は前にかがみ、腕は円柱のほうへ引っぱられ、手首のところでまとめて縛られた両手が、肩の高さにあるそこの鉄の環に固定されている。見る者（画家、感動した恋人、淫蕩《いんとう》で手のこんだ拷問をくわえる男、美術評論家……）の、真正面でそんなふうにさらけだされ、半開きになって強力な腰の反り方でなお引きたった尻の下では、香炉を思わせる大蠟燭のかたちの背の高い三脚台とでもいったものの上に、燃えさかる炭火が赤く輝いていて、ゆっくりと彼女の恥骨部のやわらかな膨らみや股間や会陰部全体を焦がしている。彼女の頭は横にだらりと仰向けになり、彼女を焼きつくそうとする火の堪えがたい進行のために裏返った愛らしい彼女の顔をわれわれのほうへ向けていて、その一方開きかけた彼女の見事な唇のあいだからは、抑揚のついたはなはだ刺激的な苦痛のながい喘ぎが何度も洩れる。

紙の裏面には斜めに鉛筆で走り書きした何行かがあって、モデルへの描き手の献辞かもしれないのだが、多かれ少なかれ猥褻で情熱的な愛の、あるいはたんにいくぶん残酷な響きのこもった情愛だけの言葉か……だがゴシック文字の草体のごつごつした書体が、外国人にとっては、文面を相当不可解なものにしている。私はここかしこである語を判読するが、正確に読んでいると完全には確信することができず、例えば《meine》にしても、どれも似たりよったりの十本の垂直な線をかすかに引かれた斜めの肉細の線で結んだ鋭い連続にすぎない。いずれにしろドイツ語のこの単語は、コンテクストから抜きだしてしまうと、《私が頭のなかに持つ》を意味しようし、《私のもの》《私の所有に属するもの》をも意味しよう。この短い文章（三つか四つのセンテンスしか含まない）は《Wal》という、ファースト・ネームを縮めた名前だけで署名され、《四九年四月》と、はっきり読みとれる年記が添えてある。デッサンそれ自体の下部には逆に、《ヴァルター・フォン・ブリュッケ》というフルネームが記されている。《贖罪》という象徴的なタイトルがついた三枚目の絵では、ジジはT字の形に大まかに刻まれ、下部が逆さV字になっている木の処刑柱に磔《はりつけ》になっている。上部の横木の両端に掌を釘でとめた両手は、腕をほとんど水平に伸ばしているが、それにたいして両脚は下部山型材の二つにわかれた線にそって開かれ、その先で、足が鈍角に張りだした支え材に釘づけされている。野薔薇《のばら》の冠をかぶせられた頭はいくぶん前に傾き、横に傾げられていて、涙に濡れた目と呻く口とを覗かせる。判決の順当な執行を監視したローマの百人隊長は、そのあと少女の性器とその周辺を拷問にかけることに専念し、そこに彼の槍の先端を、やわらかい肉の中深く突き刺す。下腹部や陰門や鼠蹊部《そけいぶ》や腿の上のほうのあまたの傷口から鮮紅色の血がふんだんに湧きだし、アリマタヤのヨゼフ*はそれをシャンペン・グラスに一杯汲みとる。

そのおなじグラスが今では、喜んでモデルを勤めた少女の部屋の化粧台とおぼしきものの上に目だつように置かれていて、かくして彼女は自分自身の拷問の絵のためにポーズしたわけだが、その横にある紙挟みに、私は三枚のカンソン紙を順番どおりにもどしてからそれを閉じた。グラスの中身はすっかり飲みほされたが、クリスタル・ガラスは鮮やかな赤い液体の跡でまだ汚れていて、内壁とか、ことにその窪みの底で乾いている。このグラスの特殊な（細身のフルート・グラスを使わない時に、一般に発泡ワインをつぐあのグラスよりはっきり口の狭い）形は、私にすぐさま、私の部屋の戸口で若い娘が割ったグラスと組になっている、おなじボヘミア・ガラスのセットの一部だろうと認めさせた。(13) この部屋、つまり彼女の部屋は、とんでもない乱雑さで、それもながいテーブルの上で、傾きを変えられる鏡を囲んで、クリームや白粉《おしろい》や香油などと隣り合わせているさまざまな道具だけを言っているのではない。部屋全体に雑多ないろんなもの、シルクハットから旅行用小型トランク、男ものの自転車からロープを大きく束ねたもの、昔風の朝顔スピーカーのついた蓄音機からデザイナー用マネキン、画家のイーゼルから盲人の白い杖にいたるあらゆるものが散らばっており……そしてそうしたすべてがたいていの場合行きあたりばったりに投げだされ、積みあげられ、斜めに置かれたり引っくりかえったりして、まるで戦争か暴風の一過のあとみたいなのだ。衣服やもっと肌に近い下着類、左右不揃いのいろいろなブーツやパンプスなどが家具の上とか床とかそこら中に転がり、ジジが自分の持ち物を扱う時のぞんざいで乱暴なやり方を証言している。たっぷり血を吸った白い小さなショーツが鼈甲《べっこう》まがいの梳《す》き櫛《ぐし》と理髪店の大きな鋏《はさみ》のあいだの板張りの上に横たわっている。真新しいかそれに近い汚れの鮮やかな赤の色は、定期的な生理の血というよりはむしろ突発的な傷に由来するように見える。恐らくはリビドー的下心などなしに、私は巻き添えになりかねない犯罪の痕跡を消すことが目的みたいに、自己保存の本能とでもいったものから、その染みのついたちっぽけな絹の下着をポケットのいちばん深いところに押しこんだ。

原註13――まさしくこの瞬間（HRが子供部屋の床から割れたシャンペン用フルート・グラスの主な破片であるそのクリスタル・ガラスの奇妙な短剣を拾いあげ、すぐさまそれを、彼が監禁されたと信じこんでいる家からの脱出のための威嚇《いかく》用護身の武器として携帯することを思いついたその瞬間）から、精神を病んだわれわれの特殊工作員の話は完全に錯乱してきたのであって、まったく新たに書き直し、たんに細部の若干の点に関して訂正するのではなくて、全体として、もっと客観的な観点からもう一度取り組むことを必要とする。すなわち――

ＨＲは軽い夕べの食事を終えるやいなや、われわれの善良なドクター・ジュアンの訪問を受けたのだが、ドクターは患者のいっそう憂慮すべき容態を確認することしかできなかった。つまり半無意識の（まだ醒めてはいるが、ますます受動的な）中での虚脱状態が、短かいにしろそうでないにしろ、突然のひどい心拍亢進と血圧上昇とに結びついた、過度の心的苛だちの時期と交互にやってくる混合態で、後者にあっては、迫害であるとか、彼の身辺を狙う多様なかたちの陰謀とか、有無を言わさぬ幽閉とかをうんぬんする彼の狂気がまたしても発症し、彼の想像上の敵どもがそんななかで、やたらと彼に催眠剤だの麻薬だのいろんな毒薬を盛るのだと言いだす。フアン・ラミレスはまったく信用できる、有能な臨床医である。とりわけ精神分析医として知られているけれども一般医学も担当し、ただしその中でも性的機能と結びついた脳内錯乱に関心をいだいている。彼をやっかんだ同業たちが言いふらした善意の堕胎医という評判も、まるきり根拠がないとされているわけではない、有難いことに！　実際われわれもしばしばわれわれの小娘モデルたちのために、この領域での彼の手腕に頼っていて、彼女たちはアマチュア画家たちのところでポーズする時だけ服を脱ぐわけではないのである。

彼の患者が預けられている俄か仕立ての寝室からドクターが出ていったかいなかに、今度はジョエル・カストがはいってきて、純粋に思いやりの気持から宿泊を認めてやっているこの恩知らずの旅人が、彼女に想定している腹黒い意図とやらを忘れさせられないかと期待している。この時彼女が使った口実は、洗濯してアイロンをかけた彼の服や靴や下着や毛皮つきコートをもってくることであり、同時にインド産ボダイジュの煎じ薬のカップも持ってきていて、心優しいこの擬似未亡人は、その効能を薬局で売っているあらゆる飲み薬よりもずっとよく効く（鎮静剤としても中枢神経系統の強壮剤としても）と宣伝した。このフランス人が眠ったとみるやすぐに、彼女はどんな足音もドアの音も立てないようにして出ていき、自分も家の反対側の端へ行って床に就いた。

しかしHRはそんなふうに深い眠りに落ちたふりをしただけであった、うわべだけとはいえ、眠りの明白な証拠をひけらかして見せたのだ、体全体がぐったりし、上下の唇が離れ、呼吸がゆっくり規則的になるといったふうに……彼は女主人に十分の時間を与えて、彼女が自室にもどる時間があったことを確信した。そこで彼もまた起きて、手元にもどった身の回り品で服装を整え、姿見つき洋服箪笥の棚から隠しておいたクリスタル・ガラスの短剣を取りだし、静まりかえった広々とした屋敷のなかへと抜き足差し足で忍びこんだ。

たしかにこの瀟洒な屋敷をみて想像するよりももっと複雑な、玄関ホールとか廊下とかのそんな連続のなかで、もちろん、彼にはたいして見覚えのあるものはなかった。わざわざ彼のために間に合わせのマットレスを用意し、床にじかに敷いたもと子供部屋へと運びこまれた時は、男は生きた人形の並ぶサロンで襲われた、急性のエロチックな幻覚の発作のあげくだしぬけに昏倒し、それ以来意識がなかったからである。そしてそのあと彼が、紳士たちが小娘たちの体を洗ってやるのを好む、ピンクの広い浴室まで連れていかれた時、まわりが何も見えない様子だったので、行きも帰りもジジが手をとって案内してやらねばならなかった。HRはそれゆえ、一階へ通じるどれかの階段をさがして、しばらくのあいださまよわねばならなかったはずなのだ。どこもかしこもがらんとしていて、ここかしこに青みがかった常夜燈がついているだけで、明かりはひどく少なかった。

そして突然、狭い通路から中央の廊下へ出て、出会いがしらといったかたちでヴィオレッタの前にいて、ほとんど衝突しそうになったが、彼女も眠っている連中を起こすまいとしてハイヒールを脱いでいた。ヴィオレッタというのは、J・Kの娘の友だちの一人で、J・Kがそもそもこれらうら若い少女たちに住居と、保護と、物質的安楽と、心理的な支援と、資産管理（法律的、医学的、銀行的支援、等々）を保証してやっているのだ。ヴィオレッタは十六の春を迎えた、しなやかな体と赤茶けた髪の可愛い娘で、高級将校たちに大変もて、怖いもの知らずである。しかしこんなふうに、あまりにも乏しい明かりの気味のわるい逆光のなかで、血迷った顔をし、怯えさせるような体軀が、重い毛皮つきコートでなおいっそうどっしりとみえる見知らぬ男と向かいあった驚きが、彼女に恐怖心をいだかせ、彼女は本能的に小さな叫び声をあげた。

ＨＲはその音が家中の人間を駆けつけさせると考えてかっとなり、彼女に黙れと厳しく命じ、クリスタル・ガラスの短剣を腰に構えて彼女のほう、ちょうど嘆かわしいほど短かいスカートがそこで切れているあたりに向け、彼女を威嚇した。娘は事実、《スフィンクス》のきまりである女生徒の制服を着ていたが、ただしその型はジジのほど曖昧ではなく、はるかに公然と挑発的で、ブラウスは前がほとんどウェストのあたりまでホックをはずし、たっぷりと片側にはだけてそちらの裸の肩のまるみをあらわにしているかと思えば、太腿のほうは繻子のすべすべした肌を、スカートの縁かがりとギャザーのはいったガーターのあいだからさらけ出しており、ピンクの絽《ろ》の微小な小花を散らしたそのガーターが、膝の上のところでレースで飾った光沢のある黒のながいストッキングを留めていた。

ヴィオレッタはそんな狂人の犯罪的な企てにさらされていると知って、今度は不安に浸され、少しずつ壁のほうへ後ずさったが、すぐに贋の円柱の隅に追い詰められ、凶漢は近づいてきて間もなく彼女の体に張りつくほどになる。抑止できない相手を前にした時のこれこそ最後の安全策と考え、彼女の魅力の試験ずみの威力を一か八かであてにして、開きなおった少女は胸を前に傾けて優しく彼に体をこすりつけようとしながら、はだけたブラウスから綺麗な裸の片方の乳房をいっそうむきだしにしようとつとめ、おまけにそのものずばり、もし立ったまま彼女をレイプしたいのでしたら、ぐずぐず言わずに彼女の可愛いショーツを脱いでもいいのよとまで囁《ささや》いた……。

しかし男は、彼女には理解できないのだが、ほかのもの、この家から脱出するための鍵を要求したのであり、ところがこの家のどの外ドアも閂《かんぬき》などかけたりしていない。彼女は相変わらず見知らぬ男が構えている危険なガラスの刃が、いまでは恥骨の根元をかすめているということに気がつかなかった。彼女がこの予期せぬ、予見できるはずもなかった客を両腕で抱きしめようと体を動かすと、HRは彼女が身を振りほどこうとしているものと勘違いした。「鍵をよこせ、あばずれ娘め」と押し殺した声で何度も言いながら、彼はだんだんとクリスタルの短剣に力をこめ、針のように尖ったその先端が股間を閉じるやわらかな三角形の中にめりこんでいった。旅人の歪んだ形相がますます恐ろしいものになってくるとともに、彼の餌食は今となっては魅入られ、恐怖に口もきけず、じっと動かずに彼女の暗殺者に向けて目を見開いていて、開いたままの口の前にもっていった両の手は依然として、舞踏用のほっそりとしたパンプスをストラップでぶら下げたままだった。その三角形の甲革を蔽うメタリックなスパンコールのあまたの粒が、かすかな振子運動のなかで、無数の青いきらめきを放って光っていた。

しかしHRは突然、自分がいま何をしているかを意識したように見えた。信じられないとでもいった面もちで、彼は空いたほうの手、つまり左手でおそるおそる、へこみプリーツのついたあられもないミニスカートの裾をもちあげ、たちまち毛皮を詰めた小型クッションの下端とそれを保護するとは名ばかりの白い絹地を目にしたが、刺し貫かれたその絹地にはみるみるうちに鮮やかな赤い染みがひろがって、湧きだしつづける新鮮な血で光っていた。

彼はびっくりして自分の右手を見たが、まるでそれは彼の体から切りはなされ、もはや彼の手ではないかのようだった。ついでぞっとして思わず身を引くようにして麻痺状態からいきなり覚め、彼は小声で次の言葉を口にした。「憐れみたまえ、ああ神よ！　憐れみたまえ！」非物質化したガラスの短刀が、度を越えた引き裂くような勢いで、すでに深くなっている傷口から抜きとられ、ヴィオレッタは至楽とうらはらの痛さにながい呻きを抑えることができなかった。しかし彼女は、そこで拷問執行人のあらわな狼狽《ろうばい》につけこんで、突然ありったけの力で彼を押しのけ、喚きながら廊下の奥へと逃げていき、猛烈な勢いで身を振りほどこうとした仕草のはずみで落としたぴかぴか光る靴をあとに残した。

またしても不意の茫然自失の状態に落ちこみ、反復と回想の迷路に迷いこんだHRは、彼の足元の床に転がっているその靴に見入った。一滴の血が彼の槍の穂先から、左の靴の内側に張ってある白いキッドの裏革の上に落ちて、はねの房べりがまわりについた、丸みをおびた鮮紅色の染みをつくっていた……供犠《くぎ》の悲鳴に飛び起きた家中のあちらこちらで、ドアのばたんと閉まる音とか、廊下をばたばた走る音、警報ベルの甲高い不連続音、いけにえの神経がたかぶった嗚咽《おえつ》、興奮したほかの小娘たちのぴーぴー騒ぐ声などが聞こえてきた……やがてそれは漸進的に大きくなるたいへんな喧噪《けんそう》となり、そのなかで時折新しく到着した連中の怯えた叫び声とか、短かい命令とか、突飛な救いを求める声などが他を圧し、そのあいだにも強烈な照明があちこちで点燈されていった。

彼のほうへ向けられた何基もの強力な投光機の光のもと、四方八方から追手に包囲されたという印象にもかかわらず、HRは正気にもどってヴィオレッタがやってきたと思われる方角に突進し、実際、彼はすぐさま大階段を見つけたのだった。二段跳び三段跳びで急いで降りるために、中太りの木の格子に支えられたニス塗りのどっしりとした手すりにつかまりながら、彼は通りすがりに、壁の目の高さに掛けられた小さな絵だけを認めた。そのロマン派的な風景画は、嵐の夜の塔の廃墟をあらわし、草の中に横たわる二人の男が、きっと雷に打たれたのだろう、今しも塔から落ちたところらしかった。彼自身もこの時急ぎすぎて一段踏みはずし、予測したよりももっと早くいちばん下まで到達した。大股の三歩で、彼はついに表階段に出る玄関口を越えたが、もちろんそこのドアも他のと同様鍵はかかっていなかった。

夜の鮮烈な外気が、彼に少しは落ちついた歩調を取りもどすことを許した。庭のぎしぎしいう鉄柵の門を押して、敷石のでこぼこな河岸に出た時、彼は逆の方向から来たアメリカ軍将校と行きあい、将校はすれちがいざまきちっとした敬礼をしてよこしたが、HRはそれに答えなかった。すると相手は立ちどまり、この礼を欠いたか放心した人物をもっと吟味しようとして、これ見よがしに振りむきさえし、何となく見覚えがあるようだと思った。HRは悠然とした足どりで道をつづけ、程なく右に曲がってラントヴェア運河に沿ってシェーネベルク地区に向かった。彼の毛皮つきコートの左のポケットは、ゆったりとして底も深いというのに、縦長のまったく異常な大きな瘤をつくり、外側に膨らんでいた。彼はそこに手を突っこんで、人魚の青い鱗を散らした舞踏用の靴、彼が逃走する時深くは考えずに拾った靴の片方がはいっているのを確認した。クリスタルの短剣はというと、今では大階段を昇りきったところで塔のようにそそり立っている小型円テーブルの中央に、もとのシャンペン用フルート・グラスの足だった部分を下に直立したままでいて、暗殺者はその大階段を、反復する雷鳴の轟音《ごうおん》に包まれ、背景を照らしだす稲妻の真っ只中で怯えながら、荒れ模様の空のもと駆けずり降りたのだった。

アメリカ軍将校の証言が、フォン・ブリュッケ家のきわめて特殊な館での、遁走するわが病者の行動と振舞いをつぶさに再現することを許す、実質的に連続する系の最後のものである。HRが行きどまりの狭い通りを右へ曲がって姿を消すと、この軍人が今度は庭の鉄柵を越え、といっても逆方向に、ためらうことなく、まるで人形店の常連客のようにはいっていった。実際、彼こそはわれわれ全員にとっても欧米諸国の秘密組織の総体にとってもたやすく特定可能なラルフ・ジョンソン大佐*その人なのであって、サー・ラルフ卿という僭称《せんしょう》のほうがもっとよく知られているものの、これは彼のきわめて英国的な風貌への親しみをこめたほのめかしにすぎない。彼はそのあと、左の手首にはめた大ぶりの腕時計を見ながら、軽快な足どりで表階段の三段を登っていった。

われわれはしたがってこの決定的な瞬間と、HRがふたたびクラブ《スフィンクス》(わが女生徒たちの何人もが働いている) に顔を出した瞬間とのあいだに、八十分が経過したということを正確に知っているわけで、これは少女たちに必要な歩行時間のほとんど倍にあたり、メーリング広場の先で運河に沿っていって、それから運河を渡り、斜めに左のほうへ進んでヨーク通り《シュトラーセ》に至るというのが、彼女たちの習慣的な道筋なのだ。われわれの自称工作員はそんなわけで、どこかで回り道して場合によっては、前もって企まれたものであれあるいは偶然の状況のせい、さらには純粋の偶発事としてであれ殺人を犯すに十分の余裕 (二十五分か三十分) を持っていたわけだ。いずれにしろこの界隈が、すぐ近くのフランス軍地区に頻繁に滞在して以来、彼にとって馴染みのある街区だということは容易に想像がつく。このフランス軍地区というのは、実際は、西側への主要な門戸である動物園《ツオー》駅もあってはなはだ国際的な地域を（名目上はイギリス軍地区にだけ属しているとはいえ）構成するティアガルテンのすぐ反対側なのだ。

　逃亡者はおまけに、明らかに、夜間外出禁止の時間帯でも最良の避難所の見つかりそうな場所を知っていて、クライスト通りやビューロ通りの南のあまり破壊されていないあたりには夜の歓楽の場がふんだんに存在し、連合軍の軍人たちや、夜の何時でも往来することを認める貴重な通行許可証を手に入れた、うさんくさいハイクラスがそこに出没するのである。なにしろ彼は、わりあいに控えめだがそれでもすぐ目につくさまざまな看板のあいだで迷ったこともないようで、だいいちその多くは、《上流社会《ル・グラン・モンド》》、《酒倉《ラ・カーヴ》》、《セギュール伯爵夫人邸《シエ・ラ・コンテス・ド・セギュール》》などとフランス語の店名を掲げていたし、ほかにも《ワンダーランド》、《青い館《デイー・ブラウエ・ヴィラ》》*、《ザ・ドリーム》、《寄宿女子校《ダス・メートヒエンパンズイオナート》》、《地獄《デイ・ヘレ》》などなどがある。

　HRが《スフィンクス》のむやみと混んでいるが気の張らないショー・ルームにはいっていった時、ジジはカウンターの上で黒の短胴着とシルクハット姿で、伝統的なベルリンのナンバーを歌っているところだった。伊達男風の銀の握りのついた白のながいステッキを振りまわしての踊りを中断せずに、彼女は彼にやさしく、いかにも自然そのもののようなちょっとした歓迎の目配せを送り、あたかもこの夜二人がこのクラブで落ちあう約束でもしてあったかのごとくだったが、少女はそれを猛烈な勢いで否定し、それどころかあの病人には、ドクター・ジュアンも確認したように極度に疲れている様子だから部屋でじっとしているよう、ことに家からは出ないように言い聞かせたと明言してみせ、抑止的な意味でどのドアも全部鍵がかかっていたと主張した。いつもの習慣にしたがって、あばずれ少女はだからこの件でも、少なくとも一回は嘘をついたわけである。

すでにかなり盛りあがっていた夕べの楽しみは気だるいような音楽や、《キャメル》の甘ったるい紫煙や、冷房のきいた地獄のおだやかな暑さのなかでつつがなく進行していき、葉巻のしつこい匂いが娘たちのもっと気どった香水と入りまじっていて、彼女たちの大部分は今ではほぼ裸だった。押しの一手や目くばせをきっかけに、幾組かのカップルが出来あがっていた。ほかのカップルは多かれ少なかれつつましやかに部屋を出て取っておきの小部屋に向かっていて、そこは寸法的には狭いが快適で、二階と、もっと特殊な設備のためには地下とに設けられていた。

ルイザという名前のおよそ十三歳のきびきびした少女に給仕された、何杯ものバーボンを飲んだあとで、部屋の暗い片隅で、ＨＲは疲れて眠りこんだ。

ダニー・フォン・ブリュッケ元大佐《オーバーフューラー》の息絶えた死体は明け方軍のパトロール隊によって、

第四日

爆撃のため部分的に穴があき、無人だが修復中で、ヴィクトリア・パークに面している、つまりテンペルホーフ大空港のすぐ間近のビルの中庭で発見された。暗殺犯は、今度は撃ち損じなかった。正面のほとんど至近距離から胸に撃ちこまれ、その場で発見された二発の弾は、三日前に彼の腕を傷つけただけの弾とおなじ口径で、専門家たちによれば、自動拳銃9ミリ《ベレッタ》によるものだった。死体のかたわらには、甲皮にブルーのメタリック剝片をあしらった女もののハイヒールの片方が転がっていた。鮮紅色の一滴の血が内側の裏皮に染みをつけていた。

第五日

ＨＲは夢の中でフォン・ブリュッケのもとの窓のない子供部屋ではっと飛び起きる。彼を想像のなかの眠りから呼び覚ましたガラスの割れる烈しい物音は姿見つきの洋服簞笥からきたようだったが、しかし大きな鏡は無傷のままだ。内側での破損を心配して、彼は立ちあがってその重い戸を開ける。中央の目の高さの棚で、クリスタルの短剣（前にもとのシャンペン・グラスの足を下に突ったたっていた）が、たしかに、人魚の鱗《うろこ》模様のブルーの靴の上に落ちていて、疑いもなく、テンペルホーフを離陸後異常に低空を飛んで（北風をついて）、まるで地震みたいに屋敷中をがたがた言わせた、米軍の四発航空機の轟音で引っくりかえったのだ。いきなり落ちたはずみで、透明な尖った刃が華奢な靴の内側の白のキッドに深い傷をつけていて、靴のほうもいまは横倒しになっている。切り口から多量に出血している。濃厚な鮮紅色の液体が痙攣的に波うちながら下の棚とそこに乱雑に積みあがっているジジのいちばん内密な下着に流れだしている。HRはパニックに襲われて、出血をとめるにはどうしたらいいのかわからない。家中が突然暴動の甲高い叫喚でいっぱいになっただけに、なおのこと彼は逆上する……。

私はそこでいよいよ本気で目を覚ますが、ただしホテル連合軍の三号室でである。二人の若い女従業員が廊下の、ちょうど私のドアのむこうで言い争っていたのだ。私は依然としてパジャマ姿で、汗で湿っている、めくれた羽根布団に横ざまに寝ころがっていた。ピエール・ギャランが出ていって私の朝食が下げられるや、私はすこしベッドで休息をとろうとしたのであり、波瀾に富んだ一夜とそのあとの短かすぎる睡眠による重い疲労から十分立ちなおっていなかったから、すぐにまた眠りに落ちた。そして今はすでに、開かれたままのカーテンのあいだから見える外は、冬の日が傾いていた。女従業員たちはひどい田舎訛りのある方言らしい言語で罵りあっていたが、私には一言も理解できなかった。

やっとの思いで起きあがって、部屋のドアを一気に大きく引き開けた。マリアと若い同僚（まちがいなく新入り）はただちに口論をきりあげた。廊下の床には、白いガラスの水差しが割れて三つになったのが転がり、その中身（赤ワインと思われる）が私の部屋の戸口にまで拡がっていた。マリアは苛々していたが、それでも私に作り笑いを見せ、今度は私のためにいくぶん簡略化されているとはいえ、もっと正統的なドイツ語を使って釈明しようとした。

「このおばかさんが怖がったんです。飛行機がこの家に激突しそうだと思って、それで、お盆を落っことしたんです。

――そうじゃないんです、と、相手の娘は小声で抗弁した。この人があたしを押して、わざとバランスを崩させたんです。

――もういいったら！　下らないことを言ってお客さんを困らせるんじゃないの。ヴァールさん、男の人が二人、一時間前から下でお待ちしてますよ。べつに起こさなくてもいいって言って……時間はあるからって……このホテルにもう一つ出口があるかなんて聞いてました！

――なるほど……実際に、もう一つ出口があるのかい？

――ぜんぜん！……どうしてなんですか？……ご存じの、運河に面したのだけしかありませんよ。キャフェも出入り業者もホテルもみんなあれを使ってます」

マリアはこの出入口の問題を、来客たちの変てこな好奇心のあらわれと見なしているふうだった。それともまた、反対に、この質問が意味するところを十分理解していながら、無邪気さの芝居を演じてたのだろうか？　それどころかもしかしたら、私が遁走を企てるかもしれないという考えに興奮して、わざと廊下でこんな騒ぎを起こして、私が顔を出すよう急《せ》きたてたのかもしれない。私は落ちつきはらって、いま降りていく、ただ着替える余裕だけはくれと答えた。そしてそっけない仕草でドアを閉め、その上いかにも聞こえよがしに鍵をかけ、その音があの《消音装置》とやらを備えた拳銃の一発みたいに、カチッと受け座の中で響いた。

そしてまさにこの時に私は、椅子の上の、昨夜もどった時着ていた借りものの衣裳を置いたその場所に、私自身の旅行着を見つけたのだった。その上部屋の奥の壁の外套掛けには、私の消えた外套までハンガーに掛かっていた……どういう状況のもと、いつ、そんなすり替えが私の気づかないうちに行われたのか？　ピエール・ギャランがそそくさと訪ねてきた時、本来の私の衣服がすでにその場にもどっていたかは思い出せないし、マリアが朝食をもってだしぬけに闖入してきて以来、もしかしたら私がそれに気づかなかっただけということだってあり得る。なにしろ、それらの存在は私にとっていかにも馴染みぶかかったから……しかし、それ以上に私を混乱させたのは、おかげでそれまでの私の彷徨がとにもかくにも客観的な真実であることを証明する、どんな些細な証拠もなくなってしまったということだった。すべてが消え失せたのだった。ツイードの快適な背広上下も、赤と黒の縞のぞっとしないソックスも、ゴシック文字でWと刺繍のはいったシャツやハンカチも、地下道の泥のこびりついた靴も、私の写真（というか少なくとも私の顔とひどく似た顔の写真）を貼ったベルリン市のパスポート《アウスヴァイス》も。写真は貼ってあってもあれは、私の旅行と密接な関係があるとはいえ、私が利用するどの素性ともなんの関係もない、別の人間の素性を証明するものではあったが……。

そこで私は、何故だか知らないがジジの部屋で床から拾いあげた小さなパンティのことを思い出した。あれをベッドにはいる前に、ツイードのズボンのポケットから取りだしはしなかったか？（いずれにしろ私は、私の分身の三枚のエロチックな絵を眺めたあとで、それを手早くズボンのポケットに押しこむ自分の姿が目に浮かび、その際、こんなタイプの生地で三つ揃えの服を仕立てるとは珍らしいと奇妙に思ったものだ）。ここにもどった時、どこへあれを突っこんだのだろうか？……あげくの果て、私はそれを浴室の屑籠《くずかご》の中に発見してほっとした。幸いにして、部屋の掃除はまだされていなかったのだ、私が部屋を空けなかったから。

そのパンティをもっと注意ぶかく点検して、私は赤い染みの中央に、鋭く尖った刃物の先端かなにかで作ったような小さな裂け目があることを確認した。それは私のごく最近の悪夢のなかにも現われたあのガラスの短剣との比較を要求しなかったか？　あの悪夢の内容は、ほとんどいつでも夢の場合に起こるように、前日経験した現実のもろもろの要素から苦もなく説明できたはずだ。すなわち、大ぶりの洋服箪笥のひどくごみごみした棚の上に、割れたシャンペン・グラスをブルーの片方だけの靴のすぐ横にしまいながら、ふとそのやすで、潜水漁法のゲームなどで深海魚を突き刺すのだという考えが、いかにも私の頭をかすめたのであった（おお、アンジェリカ！）*　私は念入りに私の漁の戦利品を洗面台の鏡のうしろの戸棚にしまい、かくしてわが深夜の冒険の検証可能な実在の証拠とし、絹のほつれに引っかかったままのかぼそいガラスのかけらも取りのぞかないよう気をくばった。

階下の客たちに会うために、取りたてて急ぐでもなく服を着おえた私は、外套掛けにかかった私の外套の左のポケットの形を崩して、なにか異常に膨らんだものがあるのに気づいた。用心ぶかく近づいていって、いぶかしげに手を突っこんでみて、私はそこからずしりと重い自動拳銃を取りだし、すぐさまそれがなにかわかった。私がベルリンに着いた時、ジャン・ダルム広場に面したJ・Kのアパルトマンの書き物机の引出しに見つけた、あのベレッタそのものでないとしても、少なくともおなじ型なのだ。ということは、誰かが私を自殺に追いこもうとしているのか？　この問題の検討は後まわしにすることにして、この依怙地《いこじ》な火器をどう始末していいかわからなくて、私はそれを差しあたって、私に服を返す前誰かが滑りこませたその場所にもどすことにし、もちろん外套なしに、階下へ降りた。

一般的に言ってあまりはやっていない《キャフェ連合軍》の店内では、私に面会を求める二人の男は、べつに痺《しび》れをきらした様子ではなかったものの、容易にそれと見分けることができた。ほかに、一人の客もいなかったからだ。外へのドアのすぐ近くのテーブルに陣どって、ほとんど空のビールのグラスを前にした彼らは、私にむかって顔をあげ、その片方が私に（命令的にいういよりは観念した様子で）明らかに私のために用意された椅子を指し示した。私は彼らの服装をみてすぐに、彼らが私服のドイツ人警察官だということを了解し、それに彼らのほうも前置きとして、彼らの職掌と、私から明確で真正でその場逃がれではない返答を求めざるをえない義務とを証明する正式のカードを提示した。口数も少なく、私が着いても椅子から立ちあがるのを有用と認めなかったにもかかわらず、彼らは仕草や態度、それに数少ない言葉においても慇懃に振舞い、もしかしたらある種の好意、少なくともその見せかけすら示したかもしれない。若いほうが明快で正確な、とはいえ余計な凝り方をしないフランス語を喋り、私は警察の私にたいするそんな気配りを光栄に思ったが、そうは言ってもお蔭で、言葉の正確な意味とか明白な含意がわからない振りをして、なにか面倒な質問をかわす重要な手段を失ったことも了解した。

私が彼らの職業証明書に素早い一瞥を投げたかぎりでは、私自身の国語で表現しなかった——知らないためであれ計算ずくであれ——二人のもう一方は、位階制から言って一段上の位を持っていた。そしていくぶん上の空の退屈したような様子をひけらかせていた。もう一方が手短かに状況を説明してくれたところによると、私は彼らが今朝から担当する犯罪事件にいくらかなり（それ以上とまでは言わずとも）関与していると疑がわれているのだった。被害者も被疑者と目される側も、民間人にせよ軍関係者にせよアメリカ側機関に属していないので、この分野での慣例から言って、捜査は——とにかく初期では——西ベルリンの国家警察《シュタットポリツァイ》に委ねられることになったという。というわけで、手はじめに、彼が報告書の私に関する部分を朗読することになった。もし私が申し出たいことがあるなら、それを中断する権利はある。しかし時間を空費しないために、私があまり何度もその自由を行使せず、あるかもしれない異議とか釈明のためのコメントといった私の個人的発言は、例えば彼の予備的な説明のあとにまとめてもらうのが望ましいと思われるというのだった。私が承諾したので、彼はすぐさまぶ厚い鞄から取りだしたタイプ文書の朗読に取りかかった。

「あなたは名前をボリス・ヴァロンといい、一九〇三年十月にブレストで生まれた。白ロシアのブレストではなくてフランス、ブルターニュ地方の軍港ブレストである。あなたは少なくともその身分で、フリードリヒ通り《シュトラーセ》の検問所《チェックポイント》を通過して、わがベルリン市の西欧地区に移動した。とはいえそれより三十時間前、ロバンという別の姓、アンリという別の名前を記載したパスポートを提示して、ベブラの国境詰所を経由して連邦共和国を出国している。それにビッターフェルト駅でのあなたの奇異な行動のために行われた車中での軍の検問の際に提示したのも、やはりこのパスポートだった。いずれも見たところ正式だが、異なった姓名や出生地ないしは職業のもとに作成された複数の旅券を所持しているという事実は、あなたにたいする告発理由とはされない。それはしばしば特命を帯びたフランス人旅行者に認められる事実であるし、われわれの職掌範囲を越える。原則的には、ゲルストゥンゲン＝アイゼナッハでソ連地区にはいってから、東ベルリンを出てわがアメリカ軍占領地区にはいるまでのあなたの足どりも、われわれの関心にはない。

「しかしあなたはその夜（十四日から十五日にかけて）をジャンダルム市場《ジャンダルメン・マルクト》に面したビルの

廃墟の二階、フォン・ブリュッケ大佐なる人物が第一回の犯行の犠牲になった、その荒廃した大きな広場のまさにその地点と向かいあった二階で過ごしたという事実がある。すなわち、問題のそのビルの開いたままの窓のどれかから発射された拳銃の二発は、大佐の腕を傷つけただけにとどまった。イルゼ・バックと名乗る一人の無資産の老女が、電気も水道もないというその建物の非衛生的な状態にもかかわらず、不法にそこに居住していて、提示された何枚かの写真の中から断定的な態度であなたを確認している。弾は彼女とおなじ階の半分破壊され、居住不可能な小アパルトマンから発射されたのだという。彼女はあなたが日の暮れがたそこに到着し、発砲後はじめて外に出たのを目撃している。その供述の過程で、誰が示唆したわけでもないのに、彼女はあなたのぶ厚い毛皮裏つきの外套を話題にし、そんなに立派な身なりの旅行者が、その無宿者の巣窟に泊まりにきたのには驚いたと述べている。

　彼女は翌日あなたが荷物を持ち、ただし前日つけていた太い口髭なしに出立するところも目撃している。この老女は時折ではあるがその言語のうちに明白な精神的薄弱さをうかがわせるとはいえ、彼女が提供したあなたに関する詳細はなお困惑を呼ぶものがあり、あまつさえクロイツベルク地区に到達するやいなや（徒歩でフリードリヒ通《シュトラーセ》りを経て）あなたはカフェ・レストラン《スパルタクス》で若いウェイトレスに道を聞き、彼女があなたの捜していたそのフェルトメッサー通《シュトラーセ》りを教え、あなたはすぐさまそこのホテル——まさにこのホテル——あなたの被害者と想定されている人物の法律上の住所、現在では彼のもとフランス人配偶者ジョエル・カスタニエーヴィカの住所から数歩のこのホテルに投宿している。あなたの足どりは偶然以外のなにかに導かれているからには、この暗合はもちろん疑わしいと見えかねない。

ところがそのおなじナチ国防軍《ヴェアマハト》の特務機関の将校ダニー・フォン・ブリュッケが昨夜、午前一時四十五分に（今度という今度はほんとに）暗殺された。9ミリ自動拳銃で至近距離から胸に二発撃ちこまれたが、専門家の鑑定によれば、それは二日前、彼に深刻でない傷を負わせたのと同型の拳銃だという。二度の狙撃に使われた弾は毎回現場で、つまり二度目についていえばヴィクトリア・パークに面した再建工事の工事現場、したがって急がなくてもここから三十五分のところで発見されている。事件の発生時刻は、銃声を聞いてすぐ腕時計を見たある夜間警備員によって、正確に報告されている。成功したこの反復殺人のはじき出された二個の薬莢《やっきょう》は、死体のすぐ間近の埃のなかに転がっていた。東ベルリンでの失敗に終わった一回目の薬莢はといえば、バック夫人の指定したアパルトマンの縁枠もなくなった窓の前で発見されていて、彼女はあなたがその窓から発砲したと言いきっている。この老女がなかば気違いで、そこらじゅうにサディスト犯罪者や変装したイスラエルのスパイを見る弊があるとしても、われわれはここで、彼女の妄想じみた話がわれわれの科学的でぬかりのない捜査のいくつかの本質的なポイントと重なることを認めざるを得ない……」

言うなれば自らにむけたこれらお世辞めいた言葉を読みおえて、警官は私にむかって顔をあげ、まっすぐ目を見て、喰い入るように私を凝視した。私はどぎまぎもせず、まるでそんな讃辞に私も与《くみ》するみたいに、というか少なくともやんわりとそれを冷やかすために、彼にほほえみかけた。実を言えば、時どき彼がタイプ文書を読みあげはするものの、その実何度も反復して好き勝手に即興を織りまぜたにちがいない（例えば最後の一文など私には個人的な付け足しと思えたが）彼の物語はさして私を驚かせはしなかった。むしろ、誰かがその犯罪の責任を私に負わせようとしているのだという、私の疑いを追認してくれた。だが、それはいったい誰なのか？　ピエール・ギャランか？　イオか？　ヴァルター・フォン・ブリュッケか？……そんなわけで私は率直に答えるつもりだったが、それでもだんだん内実がわからなくなり徐々に私自身犠牲になりつつある、特命なるものに関して、私がどこまでベルリン警察に開示する権限があるかとなるとためらわれた。

しかし私が発言しようと覚悟をきめる前に、私の相手は突然、この時立ちあがった彼の上司のほうに視線を移した。私自身もこの長身の人物を見あげたが、彼の顔はだしぬけに表情を変えていて、けだるさを滲ませた無関心とは打ってかわって、鋭い、ほとんど苦悶に近い注意ぶかさで、私の背後の二階へあがる階段のあたりを凝視しているのだった。フランス語を喋る部下のほうもすばやい動作で直立し、じっと動かずにおなじ方向を、警戒態勢の猟犬みたいな、意表をつくだけにはっきりそれとわかる熱烈さで見つめていた。

椅子からは離れず少しもあわてたそぶりを見せないで、私も彼らの突然の興奮の対象を見ようと振りむいた。まだ降りきらないまま彼らと正面から向きあい、ある程度の薄暗がりの中で最後の一段の上に突ったったマリアがいて、その横の制服を着た保安警官《シューポ》が両手で、相当な大きさの平たい小型トランクを胸の前にかかえ、まるで大変な価値のある品物ででもあるかのごとくに、恭《うやうや》しい用心ぶかさでそれを水平に捧げていた。そしてあでやかな給仕女の口の動きから、きっとドイツ語だろうか、丁寧に区切りをいれて、私の告発者たちに向けた無言のメッセージのいくつかの言葉が読みとれた。無邪気なそぶりのこの娘もやはり、地区の情報機関の一員だったわけで、そもそもベルリンのホテルやペンションの使用人たちは大部分そうなのだ。私が彼女に目を向けるや、マリアはもちろんその黙劇を中断し、それはすぐさま私に向けた汚れのない微笑にすり変わった。主任刑事は彼らに近づくよう合図し、彼らはいそいそとその通りにした。

マリアがほとんど空の二つのグラスを横にやると、刑事はその貴重な品をテーブルの上に置いて、中を開け、蓋を倒したが、それでもなお芸術的な品物にたいするような用心ぶかい手つきは忘れなかった。中にはそれぞれきちんと並べ、あいだに薄紙を大きく丸めたのを挟んで、透明なプラスチックの七個の小袋がはいっていた。どれもがフランス人には読みにくい草書体のゴシック文字を書きこんだラベル付きの紐で閉じてあった。しかし私は苦もなく、これらの収集品の中から、甲皮にブルーのスパンコールをちりばめ、白いキッドの裏皮にしっかり赤い染みのついている舞踏用のハイヒールの片方と、9ミリベレッタの自動拳銃と、どうやらこの火器によって発出された四個の薬莢、両腕をもぎとった、肌色のセルロイド製の裸の人形、私が洗面台の戸棚にしまいこんで人目につくまいと思っていた、ギャザーのはいったレースの裾飾りのついた繻子のパンティ、螺子《ねじ》つき栓と一体となった小型点滴管《ピペット》が漬かっている無色の液体の残りのはいった白いガラスの小瓶、尖った先端にべっとりと血糊のついたままの、割れたシャンペン・グラスの危険な筒状かけらを見分けた。

私に捜査報告書を読んで聞かせた刑事が、しばしの沈黙のあと、これらの物に見覚えがあるかと私に聞いた。そこで私はいっそう入念にそれらを調べて、うろたえもせずに答えた。「これとおなじ靴は、私がジョエル・カストと一緒に眠った部屋のクローゼットの棚にあったけれど血の染みがついていなかったし、右足のものでした。ところが、ここにあるのは左足です。ピストルは、思うに、二階の私の身の回り品から見つけたんでしょうが、私が眠っているあいだに、私の外套のポケットに入れられたものです。私自身、目を覚ました時に、そんなものがあると知って不審に思いました。

——以前にこれを、一度も見たことはないですか？　例えば、ジャン・ダルム広場の廃墟と化したアパルトマンで？

——たしかにテーブルの引出しに自動拳銃がありました。でも、私の記憶が正しければ、もっと口径の小さい型式《かたしき》のものでしたね。空の薬莢は、いったいどこから来たのかまったく知りません……その反対に、傷めつけられた人形は子供時代の夢からまっすぐ出てきたものです。

——あなたの見た夢ですか？

——私の見た夢だし、数限りない幼い少年たちも見た夢ですよ！　クリスタルの短剣は、ジョエルの娘のジジの部屋で見た、緋色のペイントのはいった発泡性ワイン用のグラスのかけらと思いますが、あそこにはまた恐るべき乱雑さの真っ只中に、生理の血で汚れた絹の小さなショーツも転がっていました。とはいえそれと、ここに証拠物件として出された下着とを一緒くたにすることはできませんね。あれにはレースのひらひらなど全然ついていなかったし、女生徒用のそのごくあっさりした生地には、陰裂にあたる箇所に穴などあいていませんでした。

——だとすると、ここのあなたの浴室で発見された、短剣で穴をあけたこの下着をどこで手に入れたか、伺いたい。

——どこにしろ、それを手に入れてなんかいませんよ。ベレッタの場合とおなじで、唯一の説明は誰かが、その正体は私にはわかりませんが、私の生活のなかにいかさま物件を紛れこませて、おそらくは私にもよくわかならい犯罪の責任をおっつけようと目論《もくろ》んだんでしょう。

――ではあなたのあまり信用できないそのシナリオによれば、点滴管《ピペット》にまだ半分液がはいったままのこの小瓶は何を意味するんですか？　そこにはいっているのはどんな種類の液体ですか？」

それが正直のところ、トランクの雑多な中身のなかで、唯一私に心あたりのない品物なのだ。もう一度よく調べてみると、どことなく薬局用を思わせる瓶の本体は、一定の角度に傾けるとつや消し文字の列が浮かびあがり、そこにとりわけ象の影絵が含まれていて、その上に不思議なことにキリル文字の大文字でこの哺乳類のギリシア名が（したがってローマ字のCの形をしたロシア語の《C《エス》》が語尾のΣ《シグマ》の代わりに）書かれ、その下にもっと小さく《Radierflüssigkeit《ラディアフリュシヒカイト》》〔液体腐蝕剤〕というドイツ語が続いているのだが、その意味は私にはむしろ謎めいてみえる……だが不意に、ヴァルター・フォン・ブリュッケの芸術活動に照らしあわせて、ある考えが私にひらめく。《Radierung《ラディールング》》というのは腐蝕銅版画を意味する……それでも差しあたっては、私のライバルのあまりにも危ないエロチックなデッサンには触れまいとして、私はもっとその場逃がれ的な性格のべつの返答を選ぶ。

「もしかしたらこれは、何日も前から私が飲むすべてのもの、コーヒーとかビールとかワインとかコカコーラ……それどころか洗面所の水にまで誰かが、一滴ずつしたたらせた麻酔薬かなにか、理性を破壊する毒物かもしれない。

——ええ、もちろん……いろんな麻薬を使ってあなたにたいして仕組まれた陰謀とかいう、あなたの強迫観念というかアリバイにしたって、われわれの書類の訴追理由でも触れています。あなたがはっきり誰かを疑っておられるなら、その名前を言ってもらったほうが身のためでしょうね」

テーブルの上に開けっぱなしのトランクに依然としてかがみこみながら、ふと目を明かりのとぼしい部屋の奥のほうに向けると（たまたまだったか、それともそっちのほうの一際大きなひそひそ声のせいかもしれないが）、マリアと刑事の年かさのほうが、彼の同僚が坐ってそちらに背を向けているのにたいして、私自身突ったっていたのと同様カウンターにもたれて立ったままで、声を大きくしないよう努めながらも熱心に喋っていた。二人ともすっかり寛ろぎ、ずいぶん前からの知り合いらしい様子でいて、私も最初は彼らの真面目くさった顔つきから、それも純粋に職業的な付きあいだろうと考えた。しかし男のとても優しげな突然のある仕草が、そのあと、二人のあいだのはるかにもっと親密な結びつき、それも少なくとも暗黙の強力な性的コノテーションを含むものと結論させた……もしそうでないとしたら、私を話題にしているにちがいないと彼らの私語が私の注意を惹いたと気づき、私の目をごまかそうとしただけか……。

「いずれにしろあなたの、と、私の尋問者は言葉をつぐ、そんな仮説を即座に破壊する事実がありますよ。一方でこれは、ドイツ語ではあるけれど瓶にはっきり書いてあるとおり、毒薬なんかじゃなくて修正液ですよ（それにこの消去用バルサムは、断っておきますが、まったく注目すべき効能をもっていて、どんな破けやすい紙の表面も変質させません）。他方、あなたの指紋がガラスに、くっきりとたくさん、およそ間違いの余地のないくらい検出されてましてね」

そう言いおわると警官は立ちあがって、中身が私を打ちひしぐ——と彼が信じている——そのトランクを閉めた。蓋の二重の錠前が、われわれの会談を閉じるかのように、過《あや》またない機械装置のぱちんぱちんという音を響かせた。

「自分の犯行を、と、そこで私は言う、私におっかぶせようとする男は、ヴァルター・フォン・ブリュッケと言い、当の被害者の息子です。

——残念ながら、その息子とやらは四五年の夏に、メックレンブルク*の最後の戦いで戦死してますね。

——陰謀の加担者はみんなそう言ってますよ。しかし彼らは嘘をついているのであって、私はその証拠を提出できます。そしてこの予謀された集団的嘘こそ、かえって殺人犯の素性をばらすのです。

——そうだとしたら、動機は何ですか？

──あからさまにオイディプス的*な性格の呵責のないライバル競争でしょう。呪われたこの一家は、まさにテーベの王国ですよ！」

刑事は考えこむふうに見える。彼はようやくゆっくりと、夢みがちで、はるか彼方から響くような、どことなくにこやかな声で、彼の見地からすれば私の推定する下手人の無実を立証する根拠を口にする。

「いずれにしろですね、そのような根拠をもとに誰かを告発するには、あなたは不利な立場にいますね……おまけに、そんなに何もかもご存じなら、事実目に重大な傷を負ったにもかかわらず一命をとりとめた問題のその子息が、今ではまさしくその過去のせい、それとベルリンではびこっているさまざまないかがわしい取引とか、多かれ少なかれ非合法的な組織とか、あらゆる種類の抗争とかとの現在の彼のつながりのせいで、われわれのいちばん無視できない手先の一人だということぐらい、知っておられるべきでしょうね。おまけに、最後に付けたすと、われわれの大事なWB《ヴェーベー》は（そう彼のことを呼んでいるんですが）運のいいことに、父親が殺害されたまさにその時刻に、彼の住居のすぐ近辺で、米軍憲兵が行なった定例の検問に引っかかっているんですね。ヴィクトリア・パークに面した工事現場の番人が確認した発砲の時刻と、そこから二キロ離れたところで、ヴェーベーが米軍のMPに彼のパスポート《アウスヴァイス》を提示したのは、完全に同時刻でしてね」

私が私自身の時系列上の行動と警察による最新情報とをつきあわせ、またしても深刻な物思いと悩ましい回想に浸っていると、満足した公務員はトランクをつかんで、入口のドアのそばで張り番に立っている部下の治安警官《シューポ》のほうへ向かう。とはいえその途中で、彼は私のほうを振りかえって、人なっこい口調は変えずに私に補足的な一撃を加えようとする。「われわれはあなたの姓名や出生地が巧妙にすり替えられた古いフランスの身分証明書も確保してましてね。ベルリン＝クロイツベルク地区がブレスト市サンピエールにすり替えられ、マルクス・フォン・ブリュッケの代わりにマティアス・V・フランク*と記入されたやつ。ただ、一九〇三年十月六日という出生月日だけがそのままでね。

——ヴァルターの双子の弟のそのマルクスは、幼い頃死んだということを知らないわけないでしょう。

——もちろん承知してますよ。だけどこのとんでもない一家では復活というのも遺伝的な習慣のようですね……あなたの供述になにか付けたしたいことがあるなら、その旨申し出てください。私の名前はローレンツで、《地方時》の天啓的な考案者で相対性理論のもとになる方程式を考え出したあのローレンツ*と一緒です……ローレンツ警部です、宜しく」

そして私の返事を待たずに、彼はただちに通りへ出、彼がパンドラの箱みたいな測り知れない価値のトランクを返した制服の警官があとにつづいた。キャフェの反対側の端で、いまは黄色っぽい電気に照らされているカウンターにもたれていた彼の同僚とマリアも、やはりいなくなっていた。なにしろほかに——断言されたとおり——外に面した出入口がない以上、二人はホテルの内部にはいったにちがいなかった。私はしばらくのあいだ、誰もいない、ますます暗くなる店内にひとりきりでいて、二重に嘘の書いてあるとかいうその身分証明の話に困惑していたが、それも私の敵どものばかげたでっちあげにすぎず、彼らの冷笑を浮かべた群れがいよいよ危険なくらい接近していたわけである。

外はほとんど日が暮れていて、地面が不揃いででこぼこした河岸は、どちら側の岸でもがらんとしているようだった。継ぎ目がずれた敷石がほのかに光り、黄昏の靄に濡れていっそうその凹凸を際だたせていた。澱んだ運河の端まで行くと、私の正面に幼時の思い出が相変わらず控えていて、じっと動かず頑強に居すわり、脅迫的とさえ言っていいかもしれないが、それともただ絶望的なだけだったか。ちょうど真上にともっている街燈が、見事に計算された演劇的な光輪に包まれて、漂いはじめた霧で青くなった光芒を投げ、難破の真っ只中で永遠に凝固した、幽霊みたいな帆船の木も腐った骸骨を照らしていた。

ママがそこに青緑色の水を前にして彫像みたいに棒だちになり、黙って、もはや身動き一つしなくなっていた。そして私は生気のない彼女の手にぶらさがり、これからわれわれはどうするのだろうと考えこんでいた……私は彼女の目を覚まさせるために、さらにもう少し腕を引っぱった。精根尽きはてた諦めとでもいった表情で、彼女は言った。「おいで、マルコ、出かけましょ……だって、家は閉まってるもの。遅くともあと一時間しないうちに、北駅に行ってなくちゃね。でもまず最初にかあさんの荷物を取りにいかなくちゃ……」。だがわれわれをはじき出すそんな恐ろしくかつ荒涼とした一帯を離れるために、なにかの仕草を試みるかわりに、彼女は静かに、声も立てずに泣きはじめた。私には何故だかわからなかったが、しかし私も動くのを遠慮した。まるでわれわれの気づかないうちに、二人とも死んでいたかのごとくだった。

言うまでもなく、われわれは列車に乗り遅れた。疲労困憊して、あげくのはてどこか名もないあまり安心もできない場所、きっと駅の近くの質素なホテルの一室かなにかにしけこんだ。ベッドの上には、ひどく暗い絵の機械複製らしい、多色の大きな絵画が額にはいっていて、戦場の場面を描いていた。民間人の服装をした二人の死んだ男が石塀ぞいに横たわり、一方は草の中に仰向けに、他方はうつ伏せになって、どちらの手足もグロテスクな恰好にねじれていた。明らかに、銃殺されたばかりなのだ。四人の兵士が旧式のムスクトン銃を引きずり、やりおえた労働の（あるいは恥ずかしさの）重みにうなだれて、石ころだらけの道を左のほうへと遠ざかっていく。最後尾の兵士が大きなカンテラをさげていて、闇を照らしだすその赤っぽい光が影に非現実的で陰惨なバレエを踊らせていた。その夜は、私は母と一緒に寝た。

ほのかな微風が吹いてきて、今では私の真下で、目に見えないが、石の側壁を打つ水のぴしゃぴしゃという音が聞こえた。私は矛盾する新たな不安や苦悶のとりこになって、私の三号室へあがっていった。はっきり説明できる理由もないのに私は人目をしのんで部屋にもどり、無限の用心ぶかさでドアのノブをまわし、部屋の住人を起こしてしまわないかと恐れる泥棒みたいに抜き足差し足半暗闇のなかを進んでいった。というわけで、部屋は薄暗かったのである。蛍光燈がついたままの浴室からくるおぼろな明かりのおかげで、苦労せずに動くことができた。私はすぐに壁の外套掛けのところへ行った。もちろん私の予期したとおり、そのハンガーにかけた外套のポケットにピストルはなくなっていた。しかしそのあと、光があたらないのでほとんど黒くなっているゴヤの粗悪な複製のかかっている壁にそって進んでいくと、今度はすっかり明るいあたりで、血糊のついた愛らしいひらひらのある小さなパンティが、依然として洗面台の上のその隠れ家の奥、つまり歯ブラシなどの棚のために壁につくった凹みを隠す可動鏡のうしろにあることを確認できた。下の棚には、私のものではないたくさんの小瓶やチューブが並んでいた。色つきガラスの二つの小瓶のあいだの空いたスペースが、取りだした小瓶の跡を沈み彫りに浮きださせていた。

寝室にもどって、私はそれでも最後に天井燈の大きな電球をつけるスイッチを操作し、その突然の明るさに目がくらんで、あっと驚きの叫びを抑えることができなかった。一人の男が私のベッドで寝ていたからである。彼自身も深い眠りからぱっと飛び起きて、すぐさま上体を起こした。そして私は、それまでずっといちばん恐れていたものを見た。その男こそハレの駅で停車中に、私の座席を横取りしたあの旅人だったのだ。冷笑（驚きの、恐怖の、それとも抗議の）がすでに左右対称でない彼の顔をゆがめていたが、それでも私はためらうことなく彼を認めた。われわれはじっと動かず、黙りこくって、真っ正面から見つめあった。もしかしら私も、私の分身とぴったりおなじ顰《しか》めっ面をしていただろうと思う……こいつは、どんな悪夢から、あるいはどんな天国から、私の落ち度でいきなり飛び出したのか？

彼のほうが最初に気を取りなおして、小声の、いくぶんしゃがれた——そのことを確かめて私もほっとしたのだが——私の声ではなくてその下手な模倣とでもいった声で……少なくとも自分自身を的確に判断できるかぎりでの話だが、ドイツ語で喋った。彼は言うのだった。「おれの部屋で何してるんだ？　誰なんだ？　いつからそこにいるんだ？　どうやってはいってきた？」

彼の口調はあまりにも自然だったので、私は不意をつかれそそっかしい間違いだって大いにやりかねないと自覚していたから、ほとんど詫びを言うところだった。錠前に鍵がかかっていなかったし、閂《かんぬき》もかけてなかったから、ドアを間違えたにちがいない、部屋はどれもみなおなじ設計で作られていて、似すぎているもんだから、と……だが相手は私に弁解する余裕など与えず、意地のわるい微笑とでもいったものが彼の疑いぶかい顔に浮かぶとともに、今度はフランス語で彼は吐きすてる。

「わかったぞ、お前はマルクスじゃないか！　そこで何してるんだ？

――あなたはほんとにヴァルター・フォン・ブリュッケですか？　このホテルに住んでるんですか？

――知ってるはずじゃないか、ここへおれを捜しにきたんだから！」

彼は笑いだしたが、およそ不愉快で陽気さのかけらもなく、軽蔑というか、とげとげしさというか、不意によみがえった太古からの古い憎しみとでもいったものがこもっていた。「マルクスよ！　あの呪われたマルクス、おれたちの母親の秘蔵っ子よ、彼女はいそいそとこのおれを捨てて、お前と一緒に故郷の前史的なブルターニュへ帰ったんだぜ！……やっぱりお前は死んでなかったんだな、幼い時にブルターニュの海の藻屑と消えて？　それともただの亡霊だというのか？……そうとも、おれはしょっちゅうここに来て、この三号室に泊まっている、今度も四日前から……いや五日前だったか。ホテルの宿帳を見りゃいいだろ！……」

私はもはや、哀れな頭のなかでただ一つのことしか考えていなかった。何が何でもこの闖入者をきっぱり排除すること。ここから追い出すだけでは十分じゃない、永久に彼を消さなくちゃならない。われわれのどちらか一方がこの物語のなかでは余計なのだ。私は決然とした四歩で、相変わらずニス塗りの帽子掛けにかかったままの外套に歩みよる。だがそこで、両方の脇ポケットが空だということを知る。ピストルがはいっていない……いったい、どこへしまったのか？　私は顔に手をあて、自分がいまどこにいるのか、自分が誰なのか、今がいつなのか、何故なのかさえわからなくなる……。

私が目を開けると、Wは羽根布団を脚の上にめくって相変わらずベッドに起きあがっていたが、見ると落ちつきはらってベレッタを、映画のなかでみたいに両手を組みあわせ、こわばった腕を前に突きだし、銃口を私の胸の当たりに向けてしっかり握っている。きっと私が来るのを予測して枕の下に拳銃を隠していたにちがいない。そしてもしかしたら、狸寝入りしていたのかもしれない。

彼は一語一語はっきり離して言う。「そうさ、おれはヴァルターさ、そしてお前がアイゼナッハを出発する際列車に乗りこんで以来、ずっと影みたいにお前に貼りつき、光の来る方向しだいでお前の跡をつけたり先を越したりしてきたのさ……お前の仲間のピエール・ギャランはここで、とりわけて重要ないくつかの仕事のためおれを必要としている、絶対にな。それと交換で、お前とのこの出会いをお膳立てしてくれたのさ、通称アシェール、通称ボリス・ヴァロン、通称マティアス・フランクであるマルクスよ……呪われた者よ！（彼の声は突然もっと威嚇的になる）百倍も呪われた者よ！　お前は父親を殺した！　お前は彼の若妻とセックスした、いまは彼女がおれのものだということすら知らずに。そしてお前は、まだ子供である彼女の娘にまで劣情をいだいた……だがおれは今日お前を始末する、お前はこれで役目を終えたのだからな」

私は彼の指がかすかながら引き金の上で動くのを見る。私の胸ではじけるずしんと重い炸裂音を聞く……それも私に痛みを感じさせず、ただ荒廃の無気味な印象だけが残る。だが私には、もはや腕もなく、脚もなく、体がない。そして深い水の流れが私を押し流し、私を沈め、血の味とともに口のなかへはいって来て、しだいに体ごと宙に浮く(14)……。

原註14――これで決着がついた。

私は正当防衛だったのだ。彼が壁にかかった外套のポケットから自動拳銃を取りだすや、私は跳ね起きて彼に飛びかかり、彼もそんな素早い防衛反応を予期していなかった。私はさほど苦労せずに拳銃をもぎとり、そしてさっと後ろに下がった……だがそれでも、彼が安全装置をはずすだけの暇はあったのだった……弾丸はひとりでに発射された……誰もが、もちろん私を信じてくれるだろう。真新しい彼の指紋が青い鋼のいたるところに残っている。それにベルリン警察はいやでも私の協力を必要としている。私はさらに、武装した侵入者に立ちむかった私の危険な状況の補足的証拠として、その男にわれわれの短い格闘のあいだに無器用な一発目を発砲させたとすることさえできよう……その弾が例えば私のうしろの壁か、それともドアにあたったことにして……。

ちょうどその時廊下に面したその出入口を振りかえると、疑いもなくマルクスがやってきて入室のあと閉め忘れたにちがいないのだが、扉がたっぷり半開きになっているのが目にはいる……すべての常夜燈を消してある廊下の暗がりに少し引っこんで、じっと動かず表情もないマーラー兄弟のおなじ二つの顔が浮きだしていて、蠟人形のように凝固し、彼らの堂々たる体軀には狭すぎるその垂直な隙間からめいめいが中の様子を覗けるよう、前後にかすかにずれながら互いにくっついて見える。ベッドの頭がおなじその内壁にくっついているので、私のいたところからはドアは見えなかったのだ……残念ながら、今となってはこの二人の思いがけない目撃者を抹殺することなどまず不可能だ……。

私が統御能力を失ってしまっているそんな布置に、事態の緊急さが要求するかぎりすばやく考えをめぐらし、いずれも実行不可能ないくつかの解決策を大急ぎで検討しているうちに、私はふと、双子の二つの顔が、それとわからないかすかな後退運動にしたがって、ぼやけつつあることに気がつく。右側はすでに、どうにか推測できる程度で、もう一方の顔のうっすらとしてわずかに後ろに位置する、おぼろな反映にすぎなくなっている……一分たつかたたぬかに、フランツとヨーゼフのマーラー兄弟の姿は闇に溶けるみたいにかき消えた。少なくとも急ぐでもなく廊下を遠ざかり、ついで共用サロンへ降りる階段を一段一段踏みしめる彼らの重い足音が聞こえてこなかったら、私はほとんど幻覚と思うことだってできたろう。

　彼らは正確には何を見たのだろうか？　彼らの二重のシルエットを見つけた時、私はすでに拳銃をシーツの上に放りだしていた。そしてベッドはかなりの高さがあったから、息絶えたマルコの体が転がり落ちた床のその部分を彼らから隠したはずだ。とはいえ、彼らに駆けつけさせたのは私の発砲音ではないらしいという、ほとんど確信のようなものが私に残っていた。その音が何かを確かめるために、そんなにすばやくあがってくることはできなかたろうからである。だから彼らは間違いなく、息をひそめて殺人に立ち会ったのだ。

　不意に私は明白な事実にはっとした。つまり、ほかでもないピエール・ギャランが私を裏切ったという事実。彼は双子の兄弟が今夜ずっと夜遅くまで、ソ連地区でのＮＫＧＢ*の調査委員会に出席していて留守だと言っていた。明らかに二人にはそんな予定など組まれていなくて、彼は逆に二人に、私の決定的な介入の場所と時間、つまりホテル連合軍で、ベルリン市警が立ち去った直後だということを、同時に二人に伝えていたからだ。不幸にして私は、アメリカのＣＩＡのためにもパートで働き、したがってあらゆる可能な保護を受けているこのダブル二重スパイをどうすることもできなかった……麗しのイオはというと、この込みいった策謀のなかでどんな役割を果たしたのだろう？　そう考えると、あらゆる疑惑も可能と思えてくる……。

　私がそんな気がかりな推測のその段階まできた時、アメリカン・ホスピタルの二人の看護兵が、毅然としたすばやい足どりで部屋にはいってきた。まるで生きた人間がそこには誰もいないかのごとくに、彼らは私に一瞥すら投げず言葉もかけないで、てきぱきとした動作で、手足がまだ死体特有のあの厄介な硬直に達するほど時間のたっていない被害者を、折畳み式の担架に載せた。その二分後には私はふたたび一人になって、もはやどうしていいかもからず、まるで私の問題を解く鍵がどれかの洋服掛けにかかっているか、それとも床に偶然落ちているのが見つかるかのごとくに、身のまわりのいろいろなものを見まわすのだった。すべてが正常で、無関心であるかに見えた。どんな血痕も床を汚していなかった。白い翼をつけた無言の大天使たちが、こと切れた獲物とともに立ち去った時、開け放っていったドアを閉めた……依然としてパジャマ姿だったので、私はいちばんいいのはベッドに少し横になって、出来事の結果あるいは突然の霊感を待つこと、そしてもしかしたらさらにまた眠りにつくことだと考えた。

＊

静寂と、灰色と……そしてきっと、程なくやってくる名づけえぬもの……返し波は、たしかに皆無だった。そうはいっても、予告されたような暗闇でもない。不在が、忘却が、待機が、やがて訪れる曙に先だつ半透明の靄のように、何はともあれかなり明るい灰色の風景のなかにおだやかに浸っている。そして孤独感も、やはりまやかしにちがいない……事実、誰かがいるはずで、それは同時におなじ人間であるとともに別人で、秩序の破壊者でもあり番人でもあり、

第五日

物語る現存でもあり旅人でもあり……ここで、今、誰が語るのか、という永遠に決着のつかない問題への洒落た解答だ。つねにすでに口にされた古い言葉が繰り返され、つねにおなじ古い物語が世紀から世紀へと語られ、またしても反復され、そしてつねに新しい物語となる……。

エピローグ

マルクス・フォン・ブリュッケ、またの名マルコ、またの名《アシェール》を名乗る灰に蔽われた灰色の男は、いまは火の消えた彼自身の火刑台から這いだして、近代的な病院の一室の凹凸のない白い風景のなかで目覚める。彼は仰向けに寝ていて、どちらかといえば硬い枕を重ねたものが頭と肩を持ちあげている。いろいろの術後装置につながれたガラス製あるいは透明なゴム製の管が、彼の胴体や手足からその動性の相当な部分を奪っている。何もかもが痺れて、疼痛《とうつう》さえ覚えるが、ほんとに痛いわけでもない。ジジがベッドのそばに突ったっていて、彼がまだ見たことのない優しい微笑を浮かべて彼を見守っている。彼女は言う。

「何もかもうまくいったよ、ミスター・ファウ・ベー*。心配しないで！

——ここはどこ？　そもそも何故？

——シュテーグリッツのアメリカン・ホスピタルよ。特例的な待遇を受けてるんだよ」

マルコは自分が置かれている状況のもう一つのポジティヴな側面を意識する。つまり、彼は声こそきっと異常に緩慢でもつれているのだろうが、それほど苦労もせずに喋れるのだ。

「で、そんな特別扱いは何故だい？

——いつもぬかりのないあのマーラー兄弟がね……すばやさ、効率のよさ、冷静さ、口の堅さでね！

——そもそも、おれはどうしたんだい？

——胸郭の上のほうに九ミリ口径の弾二発。でも上すぎたし右に寄りすぎてたてね。バネが利きすぎるベッドに起きあがってたという、撃ち手の不安定な姿勢が、昔の戦傷のせいで視力を失ってたのに輪をかけたんだ。ヴァルターのあのばかときたら、ほんとに役立たずなんだから！その上自信過剰ときてるから、被害者がまたまた、ダニーが最初の晩ジャン・ダルム広場ですでにやったのとおなじフェイントをくらわせたなんて、想像もしないいんだもの……それにしても、あんた運がよかったたよ。一方の弾はふんわりと左の肩に収まってたし、もう一方は鎖骨の下。ここにいるナンバー・ワンの外科医たちにとっては、子供だましだったんだ。関節はほとんど無傷だってよ。

——そんな詳しいことを誰に聞いたんだ？

——お医者にきまってるじゃん！……わが懐かしの《スフィンクス》の常連で、おまけにいかしてて、手先がすごく器用なんだよ……あの悪辣なドクター・ジュアンと大違いで、ドクター・ジュアンならあんたをあっさり殺したよ……。

——差しさわりがなければ聞きたいんだが、誰がほんとに殺したんだい、君がダニーと呼んでいるその人物を？

——まさかパパなんて呼べないもん！……もちろんヴァルターよ、あのご老人をあの世へ送りこんだのは。なんてことないの、今度は至近距離だったもん。あれくらいで、優秀射撃手の免許なんかもらえないね。

——二度も殺人やったんだから、たぶん、逮捕されたんだろうな？

——ヴァルテールが？　とんでもないって……どうしてよ？　あれでもいろんな目に遇ってきてるんだよ、わかる？……それに、家族のもめごとは内輪で片づけるのさ、そのほうが確実でしょ」

最後の一言は、対話のはじめから少女がひけらかすおなじさばけた口調では発声されなかった。それらの語は喰いしばった歯のあいだからしゅーしゅーと洩れるかのようで、気味のわるいきらめきが緑色の彼女の目をよぎった。この時になってはじめて私は、今日この娘がまとっている衣服に気がつく。つまり、ウェストのところでぴったり締まった白い看護婦服で、丈が短いので太腿の上のほうからだぶだぶのソックスまで、申し分なく日焼けした脚のすべすべした肌を鑑賞することができるのだ。彼女が私の視線の行方に気がつかないはずはなく、ジジはたちまちもとのなかば思いやりがあり、なかば挑発的な微笑にもどって、あまりもっともらしくない理由をあげて見舞客にしては異様なそんな服装の言い訳をする。「ここではいろんな科を自由に行ったり来たりするには、看護婦の服装が義務的なのよ……。気に入った？（彼女はそれを口実に、ふっくらとした腰や臀部をあでやかにひねりながら、その場で百八十度回転してみせる）言っとくけどこの衣裳って、下に何もつけないと、兵隊の癒しのためのいくつかのナイトクラブでもすごく人気があるんだよ。乞食の少女とか、クリスチャンの女奴隷とか、近東風のハレムの女とか、チュチュをはいた若いバレリーナなんかとおんなじくらい。だいいちこの病院にしたって、心療内科じゃ、情感乙女療法《パルテノテラピー》っていう部門もあるんだよ、思春期前の女の子たちとの交歓で精神の安定を取りもどさせるっていう……」

明らかに彼女は、いつもの臆面のなさで嘘をついている。私は話題を変える。

「で、ピエール・ギャランはそんなごたごたの中でどうしてる？

――行先も言わずに消えちゃったよ。あんまりいろいろな人を一遍に裏切ったんだもん。きっとマーラー兄弟がどっかにかくまったのね。頼りになる人たちなんだ、仁義を守って、献身的に尽くしてくれて、綿密で……手数料と梱包こみってとこ。

――ヴァルテールは今は彼を怖がってるんだ？

――ヴァルテールは虚勢張ってるけど、ほんとはみんなを怖がってるよ。ピエール・ギャランを怖がってる、マーラー兄弟、ひとまとめにフランソワ＝ジョゼフなんて呼ばれているけどあの二人を怖がってる、ローレンツ警部を怖がってる、ラルフ卿を怖がってる、イオを怖がってる、自分の影まで怖がってる……それどころかあたしのことだって怖がってると思うんだ。

――正確にいうと、君たち二人はどういう関係なのさ？

――簡単よ、あたしの父親違いの兄よ、知ってるじゃん……でも彼はあたしの実の父親だと言いはってるの……おまけに、あたしの彼氏とくるんだから……だからあたし、彼のことを憎んでる《ジュ・ル・エ》！　あたし、彼のこと憎んでる《ジュ・ル・エ》よ！　あたし、彼のこと憎んでる《ジュ・ル・エ》！……」

彼女の話ぶりのだしぬけの激越さが、逆説的なことにダンスのステップを伴ない、蓮っ葉で魅惑的な表情で彼女の繰りかえす三語のリズムに乗って、ワルツが踊られるのであって、そうこうしながら彼女は近づいてきて、私の額にちょこんと接吻する。

「おやすみ、ファウ・ベーさん、マルコ・ファウ・ベーというあんたの新しい名前を忘れちゃだめよ、それがV・Bのドイツ語的発音なんだから。おとなしくして、休息をとって。この潜水ダイバーみたいな管も全部はずしてくれるよ、もう必要ないっていうから」。彼女はすでにドアまで半分のところにいたが、急にブロンドのしなやかな髪をひるがえす急旋回で振りむいて付けたす。「ああ、大事なこと忘れてた、ヘンドリック・ローレンツ警部がまだいくつか聴取したいことがあるんで、これから来るって言いにきたんだ。彼に愛想よくして。細かいことにはうるさいけど、礼儀正しいし、あとあと役に立つかもしれないよ。あたしはただあんたが答えられる状態かどうか彼に言うため、偵察にきただけなの。せいぜい彼が尋ねることを正確に思い出すように頑張って。なにか細かいこととか、場面全体とかをでっち上げなくちゃならなくても、ほかのこととあまりはっきり矛盾するようなことは言わないで。それに、構文の間違いもだめ。ヘンドリックちゃんはフランス語でもドイツ語でも、あたしの文法ミスを直すんだから！……じゃあね！　もうこれ以上いられないんだ、ほかの科にも挨拶しなきゃならない人たちがいるから」

そんな滔々《とうとう》たる言葉の波が私をいくぶん茫然とさせる。しかし彼女が戸口から出るやいなや、扉がまだ閉まりもしないうちに、もう一人の看護婦が（廊下で待っていたのかもしれないが）彼女と入れ代わり、あらゆる観点からみてはるかに看護婦らしい看護婦だったが、ほとんどふくら脛の下まで垂れる昔ながらの上っ張りを着、首までぴっちりボタンをはめ、頭巾が髪をおさえ、仕草はそっけなくて必要最小限にとどめ、職業的な冷たい微笑を浮かべている。無色の液体の残量とか、血圧計の針とか、私の左腕を支える革紐の正しい位置とか点検を済ませると、私の臍《へそ》の緒みたいな管の大部分をはずして、私に静脈注射をほどこす。その全体が三分とかからなかった。

するとこの機敏な看護婦が立ち去ったその一秒後に飛びこんできて、ローレンツがまた少しお邪魔せざるを得ないと言い訳しながら、私の枕元の白いラッカー塗りの椅子に腰をおろし、いきなりピエール・ギャランに最後に会ったのはいつかと尋ねる。私はながいあいだ考えこんでから（私の頭は、体のほかの部分同様、まだかなり麻痺していたので）、多少のためらいや気遣いもないではなかったが、やっと答える。

「ホテル連合軍の三号室で、私が目を覚ました直後です。

——何日ですか？　何時ごろ？

——おそらく昨日でしょうね……絶対的な確実さでそれを保証するのはむずかしいんですが……私はジョエル・カストとすごしたながい夜に完全にくたくたになってもどったのでした。彼女に飲まされたいろんな媚薬や麻薬が、ひっきりなしに繰りかえされた彼女の愛欲の猛《たけ》りと重なって、明け方には私を朦朧《もうろう》状態におとしいれて、昏睡ぎりぎりといった眠気をおぼえたのでした。いったいどれだけの時間眠ったかもわかりません。おまけに何度もはっと驚いて目を覚ましたりして……超低空を飛ぶ大型機とか、部屋を間違えたべつの客とか、とりたてて言うこともないのにやってきたピエール・ギャランとか、妙な時刻に朝食をもってきた気のいいマリアとか、マーラー兄弟の愛想のいい片方が私の極度の疲労を気づかってくれたとか……いずれにしろ、実を言えばピエール・ギャランの件はむしろ一昨日のことになりそうですよ……彼が姿を消したそうですね？

——誰がそんなことを言いました？

——覚えてないんです。たぶんジジです。

——これは驚いた！　とにかく今日、また現われましたよ、運河にぷかりぷかり浮かんで。彼の死体をもとの跳ね橋の橋脚まで引き揚げましたよ、あなたの部屋に面している澱んだ枝川の入り口のところ。死亡時刻ははや何時間も前で、事故による溺死であるはずがない。背中のあちこちに刃物による深い傷がついていて、橋の欄干から落ちる前のものです。

——カスト嬢が知ってると思いますか？

——思うどころじゃないですね。彼女自身が家の真ん前の水中に、死体が浮かんでることを通報したんでね……あなたの平穏を乱して申し訳ないが、あらたな疑惑がそんなわけで、最後に生きているのを見たあなたにかかってましてね。

——私は部屋を出てませんし、彼が出ていってすぐぐっすり眠ってしまいましたからね。

——少なくともそう主張なさる。

——ええ、それもきっぱりとね！

——記憶が漠然としていて、正確に何日かも思い出せない方にしては不思議な自信ですな……。

――それにまた、私に関するあなたの疑念に関して言えば、マーラー兄弟が私自身の主張を擁護するような証言をしているじゃないですか？　われわれは今やヴァルター・フォン・ブリュッケが情け容赦もない人殺しだという証拠を握ってるんですよ。精神医学的に言っても、彼が父親を殺した犯人であり、そしてたぶん昨夜《ゆうべ》、気の毒なピエール・ギャランも殺したろうあらゆる条件が揃ってる。

――親愛なるV・B《ファウ・ベー》さん、それはちょっと飛躍しすぎですな！　フランツとヨーゼフは元大佐の処刑に関してなにも触れていませんよ。だからこの事件であなたを容疑者とする証拠はいささかも崩れていません。その上、われわれはあなたがヴィオレッタという、《スフィンクス》で働く可愛い少女娼婦の一人で、カスト夫人の広い館に寄宿している娘の体への性犯罪の未遂行為の下手人だということも見落としてはいない。

――どんな行為ですか？　どこで？　いつ？　そんな娘さんとは会ったこともありません！

――いいや、少なくとも二回、それもまさにジョエル・カストの家でね。一度目は一階のサロンで、あなたの求めに応じて女主人が、何人かの可愛らしい生き人形をはなはだ裸に近い装束であなたに顔見せさせた時にね。二度目はその次の夜（つまり十七日から十八日にかけての夜）その娘を（きっと前の日に選んでおいて）襲った時でしてね、私室とかショートの紳士たち用に取ってある部屋に行く二階の歩廊の曲がり角でね。おおよそ夜中の一時半ごろでしょうね。彼女の話では、あなたは酔っぱらっていたか薬をやってたみたいで、気違いじみた顔だったとか。鍵をよこせと言われたが、鍵というのは周知のとおり性的なシンボルで、そのあいだもあなたは脅迫するみたいな手つきでもう一つのシンボル、つまりわれわれの証拠物件にあるあのクリスタルの刃物を振りまわしておられた。それを使って被害者の下腹部をえぐったあとであなたは遁走し、血のついた彼女のハイヒールの片方を持ち去った。小庭の鉄柵の外に出た時、ラルフ・ジョンソン大佐があなたとすれちがい、あなたの惑乱したような挙措《きよそ》に気がついた。十五分後、あなたはヴィクトリア・パークにいた。ヴィオレッタも米軍将校もあなたの顔や毛裏つきのぼってりした外套について、加害者が誰か疑いの余地のない描写をしてくれました。

――あなたもよくご存じじゃないですか、警部どの、ヴァルター・フォン・ブリュッケが私と瓜二つだということ、それに私が妖女イオともみあっているあいだに、苦もなく私の外套をくすねたかもしれないってことも。

――本ものの双子の特徴である有無を言わせぬ相似について、そんなに強調なさらんほうがいいですな。逆にそれが、あなたの兄弟になる人物にあなたが押しつけようとする、父親殺しの動機をあなたに想定させることになるし、おまけにあなたの場合は、いやというほど愛のしるしを見せてくれる義理の母親との近親相姦的関係がその動機とやらを補強している……他方また、あの分別のある男ヴァルターが、彼自身の企業の中にあって鮮やかな手並みで売春している素敵な娘の大事な宝ものに、なぜすさまじい傷を負わせたりするんです？

——体罰というのも業界では日常茶飯事じゃないですか？

——私だってあなた同様しきたりぐらい知ってますよ、憚《はばか》りながら。だから警察としてもまさに、未成年娼婦たちに加えられる虐待には大変つよい関心をもっています。しかしその種の儀式を予測し、したがって見事な設備の整ったトルコ風なりゴシック風なりの拷問室がいくつも館の地階部分に用意されているというのに、あなたの言われるような行事がこそこそ廊下で行なわれたりはしないでしょう。それにまた、そこで愛らしい寄宿生たちが受ける性的折檻がたいていは長時間の残酷なものであっても、施行細則に一覧表にしてある相当の報酬を条件に、いつでも彼女らのはっきりした同意のもとに行なわれる。そこからすぐに言えることは、なんらかの落ち度のために要請される懲罰とやらも、犯人と目された娘の訊問や刑の宣告が先行するしないにかかわらず、多くの紳士たちが彼らのお気に入りの快楽に特別の味わいを添えるスパイスとして要求する楽しい口実にすぎません。とにかくそういう時、囚われの少女はお金持ちの愛好家の欲望いかんによって、場合によっては何日ものあいだ独房で鎖につながれねばならず、一般的にその愛好家がみずから宣告文に細かく書きこまれた辱めと残虐な仕打ちの数々（秘めたあちこちの懐かしい箇所を葉巻で火傷させるとか、いろいろな鞭や棒で肉の柔らかいところを血が出るまで打擲《ちょうちゃく》するとか、鋼《はがね》の針を敏感な箇所にゆっくり刺しこむとか、うぶな膣の入口にエーテルとかアルコールとかで湿《しめ》した熱いタンポンを押しこむ、等々）を執り行なうものですが、そんなエロチックな拷問も　絶対にあとまで残る傷とかどんな些細な障害とかも残してはなりません。

先のよく見えるイオの家では、例えば誠実なドクター・ジュアンが常駐して、並々でないリスクをはらむ異例の酔狂《すいきよう》も無害となるよう保証している。実際、われわれ特別取締班もよほど稀な場合にしか介入せず、真面目な斡旋業者たちもあまりに露骨な暴走は彼らの施設の即時の閉鎖をまねくということを承知しているのです。ベルリン封鎖のころのある時など、われわれは三名のユーゴスラヴィア人の営業を停止させざるを得なかったが、それというのも彼らは可愛い無邪気な小娘たちや保護者のいないうら若い女たちを拷問にかけ、そのやり方があまりにも度を越えていたので、とうとう彼女たちが読みもしないで契約書に署名してしまったのだったが、それが質のわるい拷問執行人たちにそのあともっと残忍なかたちで、いっさいの抑制を越えるがそれでも完全な合法性をもって彼女たちを苦しめてもよいと規定する代物だったからで、彼女たちはぞっとするような恐ろしい機械にさらされたあでやかな肢体を目玉の飛びでる金額で売ったとはいうものの、やがて機械が彼女たちの体を少しずつ引き伸ばし、仰向けに折り曲げ、きっと関節もはずさせたにちがいなく、突然告知された運命を前にして彼女たちはうっとりするような怯え方を見せ、がむしゃらに哀願し、魅力的にあれこれ約束し、官能的な接吻の雨を降らせ、涙を流してもむだで、程なくいぼいぼのついたファロスで野蛮に貫通されたり、灼熱した鉄ややっとこの痛みに激痛の悲鳴をあげたりし、真紅の泉となって血がほとばしり、女ならではの繊細な魅力をたたえた部分がつぎつぎにむしりとられ、ついでながい引きつりと痙攣的なふるえが連続する波となっていけにえになった彼女たちの体全体にひろがり、そのあといつも早すぎて残念なのだが、末期の吐息が洩れたものです。彼女たちの肉体の最良の部分はそのあと、《野性雌鹿の串焼》と称してティアガルテンのげてものレストランなどで食されたのです。

まあご安心頂きたいですな、友よ、そんなインチキ商売はながつづきしなかった。なにしろわれわれも厳正に職務を執行してますからな。といっても理解はあるつもりで、エロスというのはもともと欲求不満と犯罪的妄想と激越さの特権的領域ですからな。断っておきますが、予定された多彩な拷問やいよいよの時の強姦が円滑に行なわれるよう、念入りに調整された結び目のかたい細紐とかぴんと張った鎖とか革のベルトと腕輪とかを使って、あなたたちがフランス語でいう《適切かつあられもない》恰好で十字架か架台にしばりつけられた、悩ましいいけにえを意のままにできるとわかるや供犠の興奮に酔った耽美家は愛の情熱を許された範囲内にとどめることに少々困難をおぼえるもので、ましてや誘惑的な囚われの娘が本気で断念と自己犠牲と恍惚の芝居を演じたりするとなおさらです。とどのつまり、罰すべき暴発が何はともあれそれほど頻繁でないのも、本ものの目利きはとりわけ、拷問にかけられたこれら気のいい娘たちが緊縛されたまま懸命になって優雅に身をよじり、刑の執行人のさまざまな道具に責めたてられて感動的な呻き声をあげるさまを評価するからで、彼女たちは腰を反りかえらせて打ち震え、ますます早まる喘ぎにつれて胸が波うち、程なく頭と首が突然ひと思いに止《とど》めを刺してほしいと快楽とともに後ろにたわみ、他方ふくれあがった唇はますます耳に心地よいぜいぜいという音をたてて開かれていき、かっと見開いた目がうっとりとなるような失神のうちに裏がえる……あなたがなかば腹を裂いたヴィオレッタはわれわれの演者のなかでもいちばん知られた一人でしてね。夢のような曲線美を見せる彼女の体が八つ裂きの刑にあい、彼女の真珠色の肌に一筋の血が流れ、天使のような顔が気を失うさまを見るために遠くからくる客もいた。いかにも熱を入れて演じるので、多少手ごころを加えれば、とても見せかけとは思えない苦痛の絶頂と絶頂のあいだを狙ってながながと彼女をオルガスムに導けましてね……」

一見分別のありそうに見えるこの男は完全に狂っているのだろうか？　それとも私に罠をかけているのか？　疑惑のなかでもっと詳しいことを知ろうとして、明らかに非専門家たちさえ聞きあきたろう紋切型の形容詞で目もあてられない彼の縄張りに、私は慎重に足を踏み入れることにした。「要するに私は、あなたたちのいちばん可愛い子供だましの玩具の一つを、悪意をもって台なしにしたと非難されてるんですね？

——てっとり早く言えばね……しかし、われわれはほかにもたくさん替えを持ってますからな。それに希望者もふんだんにいるから、補充については全然気をもんでませんね。例えばあなたが可愛がっているジジにしたって、年こそ若いし経験不足は明らかだけど、それにそれも魅力の一つだけど、すでに少々特殊なこの領域でおどろくべき早熟の天賦をそなえてますからね。ただ不幸にして性格が気むずかしくて、気まぐれで、なにをやらかすか予測できない。われわれのベッドの奴隷のための学校のどれかで、技術研修を受けるべきでしょうな。彼女にそう言っても、笑って断るだけだけど。見習娼婦たちの技術的かつ感情面での教育こそ、彼女たちの職業を復権させるつもりなら、風紀警察に課せられた本質的課題なのですな」

過激にエロチックなわれわれの警部は節度のある声で喋り、しばしば夢見がちになるものの本気なようで、いよいよますます捜査からそれて彼自身の霊魂の霧のなかに迷いこむ。エロスはまた永遠の反芻と、いつでも再浮上しようと構える正体不明の反復の特権的な場でもあるのか？　私はあまりにも個人的なやり方で仕事にのめりこんでしまったこの公務員を正道にもどすべきなのか？

「もしも本気で私が殺人犯で、おまけに自分のサド的な欲動を抑えきれない気違いと考えておられるのなら、どうしてとやかく言わずに私の逮捕に踏みきらないんですか？」

ロレンツは椅子に坐ったまま上体を起こし、まるで不意に私が目の前にいることに気がつきでもしたかのようにびっくりして私を見つめ、彼の錯乱から浮上して地上の私と対面したかのようにみえたが、それでも親しげな会話の調子は変えなかった。

「親愛なるマルコさん、それはお勧めしませんな。われわれの刑務所は古いし、とくに冬など、劇的に快適さを欠いていますからね。少なくとも春までお待ちなさい……それに、いろいろと尽くしてくれる麗わしのイオの機嫌を損ねたくはありませんよ。

――あなたも彼女の商売に一枚噛んでるんですか？

――Doceo puellas grammaticam《ドケオ・プエルラス・グラマティカム》.〔娘たちに文法を教えてます〕*」と、警部は共犯者めいた微笑を浮かべて答える。わが向学心に富んだ若者たちの二重対格の法則よ！　統辞法と適切な語彙から教えることが、娘たちの教育のいちばんいい方法という気がするんですな、とりわけ多少は文化への関心をもった客層相手にはたらくつもりならね。

――間違った語法や構文の罰には、肉の折檻の助けを借り？

――もちろん！　笞刑《ちけい》がギリシア＝ローマ時代の教育では根本的な役割を果してましたからな。考えてもください、咎《とが》めが二重なら罰だって二重になりますよ、ハッハッハ！　言説の中での言い間違いはいつでも、官能の涵養《かんよう》の中での行動のあやまちと対になってるものでね。だからよくしなう鞭でこしらえた肉色のくっきりした縞模様には、彼女たちが選んだ仕事の可塑的な制約に処罰対象の女生徒たちを慣れさせるために、係留用の環とか好都合な鎖とかをそなえた円柱かなにかに縛るとか、先のとがったいぼ付きの架台に寝かせるとかして、思いきり淫らな姿勢をとらせるという刺激を同時に添えるのが妥当なのですよ……淫らなというのはもちろん主人にとってであって、女生徒にとっては感じやすい姿勢ですよね？」

正しく運用される警察機構においてはしばしば見られるとおり、ローレンツは本当に、彼が汲々《きゆうきゆう》として監視の目を光らせている分野の多少とも罪すべき活動と見事に符牒《ふちよう》をあわせて生きているかのごとくなのである。おまけに認めざるを得ないのは、最初キャフェ連合軍の店内で私が思った以上にはるかに含蓄のあるフランス語を喋るということで、なにしろ言語ゲームにもチャレンジするし、ラテン語まで引用する……新たな問題がふとひらめいたが、今度はそれは私自身が一翼をになっている、というか少なくとも《になっていた》組織に関するものなのだ。

「伺いますが、警部どの、カスト夫人やカスト嬢とどうやら大変親しいらしいピエール・ギャランもその放縦な組織の一員だったのですか？

——いずれにしろ、ピエール・ギャランはここ西ベルリンではどこにでも顔を出し、あらゆる悪徳、背徳的な密売や腐敗した取引のかなめの回転盤でしたね。まさにそのことがわれわれの友人の命取りとなった。彼はあまりにも大勢の人間を同時に裏切ったのです。その点に関しては、まだ説明できないがある奇妙な出来事をお話ししてもいい。われわれはすでに二日前からピエール・ギャランの死体を確保していたというのに、彼はその午後、完全な健康体であなたに会いにきている。われわれはともかく、運河の澱んだ枝川の下を通って、カスト屋敷から対岸に出られるながい地下道のいちばん低い地点の水溜まりで発見された、顔かたちも損なわれた死体がほんとうはあなたの気の毒な同僚のものではないということをいち早く了解しましてね、たとえ上着の内ポケットに、カンザス州ウィチタ生まれのゲイリー・P・スターン名義のフランスのパスポートが見つかり、それが彼の数ある偽名のなかでもいちばん普通に使われていたものだったとしてもね。われわれが唯一納得でき、たしかにいちばん理にかなった仮説として立てたのが、彼が行方をくらまそうとしたのだという説です。きっと身の危険を察知し、どういう動機からかは知らないが彼を追求している殺し屋たちから逃れるいちばんいい手は、すでに死んだものと思わせることだと考えたにちがいない。その三十時間だか四十時間後に、誰かが背後から彼を短剣で刺し、彼の体を運河に突き落としたのです、やはりあなたのホテルのごく間近かで。

――で、それが私だと信じておられる？

――とんでもない、断じてちがいます！　私はそんな仮定を行きあたりばったり提出してみて、あなたの反応次第で、まだほんの荒削りで、まったく物語の動性の渦中にある主題に関して何か教えてもらえることがあるか見たかっただけです……われわれにとっては興味津々たる間合いでしてね。

――ホシの見当はついてるんですか？

――もちろん。それも何通りもね。事態は急スピードで、いろんな方向へ進展していきます。

――で、フォン・ブリュッケ老人の暗殺のほうは？

――そいつはまた別です。ピエール・ギャランもヴァルターも、すぐさま犯人としてあなたの名前をあげました。ヴァルターは父親の死の報復のためにあなたを撃ったとさえ、明言してます。

――彼の言葉を鵜呑みにされるんですか？

――彼の話は何から何まで大変一貫してるんですね。日時とか往復の所要時間とか付随的な種々の証言とか、さらに付け加えるなら、あなたを父親殺しに走らせたまったく説得的な理由とか。私だって、あなたの立場ならおなじことをしたでしょうな。

――私があの元大佐《オーバーフューラー》の息子でないということを除けばね。彼がナチスの党員だったとか、ユダヤ人との混血だというのでうら若い妻を捨てたとか、ウクライナで忠勤を励みすぎたとかいうことは、家族であろうと私には何の関係もない。

――出口なしのそういう方向にこだわるのは、失礼ながら、身のためじゃないですな。とりわけあなたの曖昧な過去とか、父親が誰かわからないとか、フィニステール県とプロシアのあいだを行ったり来たりした幼年時代とか、すっきりしない記憶力とか考えると……

——それにくらべてヴァルテールのほうは明快そのもの、何の問題もなく、およそ疑惑のかけようがないとか！　彼のサド的でポルノ的な絵やデッサンをご存じですか？

——もちろん！　誰だって知ってますよ。その素敵な石版の複製だって動物園駅《ツオー・バーンホーフ》の専門店で売ってますよ。大敗北の混乱のさ中では、生きてくのに手段を選べないし、今では彼は芸術家の地位を確立してますね」

ちょうどこの時糊のきいた白衣姿の例のいかつい看護婦が、ドアをノックもせずにふたたび病室にはいってきて、透明なプラスチックの小さな袋を私に差しだし、平明でそっけないドイツ語で告げるには、その中には外科医が摘出した二発の弾がはいっていて、記念に私にくれるというのだった。ローレンツは私よりも先に手を出してその袋をつかみ、びっくりしたような目つきでそれに見入った。彼の判定は待つまでもなかった。

「これは九ミリじゃなくて七ミリ六五だ。話が全然ちがってくる！」

椅子からあわてて立ちあがるや、彼は私に挨拶もせずに、問題の弾を持って看護婦といっしょに出ていった。だから私には、彼のいう大転換というのが私に関係があるのかどうかはわからなかった。私はそのあと味もそっけもない食事にありついたものの、およそ気の晴れる飲み物などついていなかった。外ははや日が暮れ、大変濃い霧のせいで朦朧として青白くみえた。それでも戸外でも屋内でもまだ電燈はついていなかった……静寂と、灰色と……私は間もなくまた眠りこんだ。

何時間もたったあと（何時間かはわからない）、ジジがまたやってきた。もしかしたら彼女がそこにいるかすかな音で目覚めたのかもしれないが、私が目をあけると、彼女は私のベッドの前に突ったっていた。なにか異常に昂揚した気分が子供っぽい彼女の顔や仕草から読みとれた。しかしそれは浮き浮きした興奮でもなければはじけそうな活気でもなくて、むしろある種の毒を持った植物が発散するような幻覚まじりの苛だちとでもいったものだった。彼女は私の毛布の上に固くて光る長方形の小さなものを投げだし、私はそれを手に取らずともすぐに何かがわかった。それはヴァルターの旅券《アウスヴァイス》で、私が地下室を通って人形店から離れ、陰気なトンネルを出た時に思いがけない幸運で役に立ったあの代物だ。彼女は陽気さの影もない一種の冷笑を浮かべながら早口で言った。

「ほら！　こいつを持ってきてあげたよ。予備の旅券ってのも、あんたの商売じゃいつだって役に立つでしょ。この写真も。ほんとにあんたみたい……ヴァルテールはもう要らなくなったものね。死んだよ！

——彼も殺されたのかい？

——そう。毒を盛られて。

──誰がやったかわかってるの？

──あたしはね、とにかく。確かなところから聞いたよ。

──それで？

──どうやら、あたしだよ」

そのあと彼女が切りだした話はあまりに込みいって、テンポが早くて、ところどころ漠としていたから、ここでは余計な繰り言や脱線ははぶき、とりわけ正しい順序にもどして、おおよその内容だけを記しておくことにする。というわけで続けて、要約するとこうだ。ヴァルターは《スフィンクス》の近くのみだらなナイトクラブの一軒《吸血鬼《ヴァンピール》》という店へしばしばその店特製のカクテルを引っかけに行っていたが、それはふわふわした短い半袖ブラウスを気をそそるように引きちぎった恰好で紳士方に飲み物を給仕する若い餌食女給の新鮮な血でつくるカクテルでね。ジジがその晩彼のために──といっても内輪で──彼がその店でそれほど買っていた役を演じて、彼女自身の血でそこの儀式を再現してもいいと提案した。もちろん彼は夢中で承諾した。ドクター・ジュアンが手ずから供物の採血を行ない、良好な状態でしまってあった珍しいクリスタルのシャンペン・グラスに血を入れた。つよいアルコールと赤唐辛子のほかに、化粧室で一人きりだったジジはその混ぜものにかなりたっぷり青酸を加え、それが全体に疑いようのない杏仁水《きょうにんすい》の香りをかもしたので、ヴァルターは警戒しなかった。そもそも舌の先で舐めてみて、うまいとさえ感じて、愛の媚薬を一気に飲みほしたのだった。彼は数秒間で死んだ。フアンはびくともせずに落ちつきはらっていた。彼は用心ぶかく、グラスの内側についた緋色の液体の残り滓を嗅いでみた。それから何も言わずに、娘の顔をじっと見守った。彼女は目を伏せなかった。そこでドクターは、「心肺停止だな。君のために自然死という診断書を書いてあげよう」と、診断結果を宣告した。ジジは、「悲しいわねえ!」と答えたとか。

アメリカン・ホスピタルを退院すると、私は彼女といっしょに彼女の言うあたしたちのハネムーンのため、リューゲン島へ向かった。とはいえ、互いの合意にもとづいて、もどる早々行なわれる私の法的結婚の相手は彼女の悩ましい母親ということになっていた。ジジはこの解決のほうが慎重だし、彼女自身の性質にも合っていると考えていた。彼女は疑いもなく隷従を好んでいたが、ただしエロチックなゲームとしてであって、反対に何が何でも自由であることにこだわっていた。そのことを実際に証明してみせたばかりではなかったか?

彼女にたいする愛情と所有の熱意はだいいち私の傷によって、まだいくぶんブレーキがかかっていた。左肩はある種の動きを避けねばならなかったし、腕は用心のために三角巾で吊られていた。われわれは半月前に私が降りたベルリン=リヒテンベルク駅でまたおなじ列車に乗り、おなじ方角、つまり北へと向かった。駅のホームは混雑していた。われわれの前にはどちらかと言えば長身で、大変痩せていて、体にぴったり合ったながい黒の外套を着、鍔の広いやはり黒のソフトをかぶった男たちの密集した一団が動かずにいて、ハレ、ワイマール、アイゼナッハから来た列車はすでにだいぶ前から入構しているというのに、なんだか知らないが何かを待っていた。この葬式だか宗教的行事だかの集団のむこうに、私はピエール・ギャランの姿を見たような気がした。とはいえ、その顔はいくぶん変わっていた。少なくとも一週間はたったと思われる生えかけの顎髯が、頬と顎を漠とした影のマスクのようなもので蔽っていた。そして黒眼鏡が目を隠していた。目立たない顔の動かし方で、私が私の可愛い許嫁にその幽霊を指し示すと、彼女はそっちにちらと一瞥を投げたあとで、たしかに彼だと、かすかな感動の印すら見せずに私に確認し、さらにつけ加えて、彼が羽織っている着心地のよさそうな外套はヴァルテールのものだと言った。ジョエルがピエール・ギャランに、故人の衣裳のなかから気に入ったものを選べと言ったのだという。

それはまるで私自身の衣裳を盗まれたかのような変な感覚を惹き起こした。私は自由なほうの手を上着のポケットに入れたが、固い身分証明書はちゃんとそこにあった。ドクター・ジュアンがわれわれの求めに応じて、マルコ・フォン・ブリュッケ名の死亡診断書を書いてくれたのだ。ローレンツもむずかしいことは言わずに了承してくれた。私は新しい人生がはじまるという考えが気に入り、その多くの側面が手袋みたいに私にしっくり来た。左目に一瞬感じた痛みが東部戦線での戦闘を思い出させたが、それには身代わりをとおしてしか参加していないのだ。ザスニッツに着いたら早速、白くきらきら光る絶壁に射す冬の太陽から傷ついた目を守るため、サングラスを買わねばなるまいと考えた。

訳註

＊一二頁　**ジャン**　フランス人は通常の姓名とは別に、戸籍上はいくつものファースト・ネームを持つ。

＊一四頁　**ノール・フィニステール郡**　ブルターニュ半島西端のフィニステール県の中でも英仏海峡と大西洋の境に突出した郡。中心地が作者の生地でもある軍港ブレスト。《終わり（fin）＋陸地（terre）》、つまり地の果てというイメージがある。

＊一五頁　**魔神**　アラブ神話で、アッラーが火から作った鬼神 Djinn。ロブ＝グリエは『ジン——ずれた舗石のあいだの赤い穴』（一九八一）で、これをそのままタイトルに使い、フランス人ならジャン Jean という男性名が、アメリカ人ならジーンと発音する女性名であることを、作品のばねとして活用している。

＊二〇頁　**ヘロポリスとか、テーベとか、コリントス**　ヘロポリスは聖書に出てくるピトムに相当する古代エジプトの都市のギリシア名。テーベとコリントスは古代ギリシアの都市国家。

フリードリヒ二世（一七一二—八六）フリードリヒ大王とも呼ばれたプロイセン（プロシア）の国王。少年時代からフランス風の文芸や音楽を愛し、フランス語で多量の著作を残している。はじめ開明的な国王たろうとしたが、オーストリアの王権継承問題に異議をとなえてシュレジェン地方を占領するなど権謀術数を弄する独裁君主となり、重商主義的政策で国力の充実をはかった。その半面、信教の自由を認め教育改革を行なうなど、啓蒙的施策も実施し、またベルリン郊外ポツダムに築いたロココ式宮殿《サン・スーシ》で機知に富んだ社交生活も送り、フランスの反体制思想家ヴォルテールを三年間賓客として遇したことでも知られている。報復をはかるオーストリアのマリア・テレジアの機先を制して《七年戦争》に突入し、一時は全ヨーロッパを敵に回して窮地に陥ったが、不屈の精神力と見事な軍事能力で劣勢をくつがえして、大国プロイセンの地位を不動のものにした。

＊二三頁　**ヴィルヘルム・フォン・フンボルトやハインリヒ・ハイネやヴォルテール**　フンボルト（一七六七―一八三五）はドイツの政治家、言語学者。ハイネ（一七九七―一八五六）は詩人。ヴォルテール（一六九四―一七七八）はフランスの作家。

＊二五頁　**ジャコブ・カプランとか**　ヨハネス・ケプラー（一五七一―一六三〇）はドイツの天文学者。コペルニクスの太陽中心説を支持し、惑星は太陽を一焦点とした楕円運動を描くとした《ケプラーの法則》で知られる。ジョゼフ・ケッセル（一八九八―一九七九）は現代フランスの小説家。アルゼンチン生まれのユダヤ系ロシア人だが、飛行家、旅行家、冒険家としての経験を生かしたダイナミックな小説で知られる。ジョン・キーツ（一七九五―一八二一）はイギリスのロマン派を代表する詩人の一人。ジョリス・カルルはたぶん、ジョリス゠カルル・ユイスマンス（一八四八―一九〇七）。ゾラ流の自然主義から転じて『さかしま』の神秘的象徴主義に転じた。ジャコブ・カプラン（一八九五―一九九四）は一九五五年以来フランスのユダヤ教会大長老（ラバン）を勤めた。いずれもJ・Kという頭文字から恣意的に羅列したに過ぎない。

＊三一頁　**ダニー・フォン・ブリュッケ**　ダニーは後出のようにダニエルでもあり、フォンはフランス語の《de》、ブリュッケは《pont 橋》を意味するから、この人物の名前はいやでもロブ゠グリエの『消しゴム』で射殺されるダニエル・デュポンを想起させる。

＊三四頁　**アンリ伯爵**　三巻からなるロブ゠グリエの回想録に登場するアンリ・ド・コラント伯爵。ただし、総題『ロマネスク』が暗示するように、事実と虚構をないまぜにしたこの《回想録》で活躍するコラント伯爵は架空の人物である。彼の名がここで挙げられるという事実は、当然の反作用を持つ。

＊三七頁　**アンリ・ロバン**　ロブ゠グリエの映画『嘘をつく男』（一九六八）の主人公はジャン・ロバン。**《反復》**　ロブ゠グリエはデンマークの哲学者キルケゴールの『反復』（一八四三）からこの作品の着想を得ていて、同書はレギーネ・オルセンへの婚約破棄と関係の再開への希望のあいだで揺れ動く中で書かれている。訳者あとがき参照。
シャスール通り　つまり、イェーガー通りを指す。本文三〇頁参照。《シャスール》はフランス語で、

＊四〇頁　《イェーガー》はドイツ語で、《猟人》を意味する。

アシェール　フランス語では、HRはアシェールと発音する。《H（アシュ）＋R（エール）》＝アシェールという言葉遊びが隠されている。それで、最初はH．R．と離して書かれていたのが、この章ではHRとのみ記されている。同一人物が別の名を持つ典型的な例。

＊四五頁　**アンリ・ヴァロン**　フランスの歴史家、政治家（一八一二―一九〇四）。

＊四六頁　**カール・リープクネヒト**（一八七一―一九一九）ドイツの革命運動家。弁護士であったが、一九〇〇年革命家であった父の死とともに社会民主党に入党。市議、州議会議員、帝国議会議員となって、反戦の象徴的存在となる。《スパルタクス》グループの非合法活動に従事し、一六年反戦デモを敢行して投獄されたが、一八年出獄すると活動を再開した。ドイツ共産党の創立者の一人となったが、一九年反革命暴力団に暗殺される。

ローザ・ルクセンブルク（一八七〇―一九一九）。ポーランド、ドイツの革命運動家、マルクス主義理論家。ポーランドの高校時代から社会主義に目覚め、スイスの大学で学んだのち社会民主主義左派の闘士として活躍。『資本蓄積論』（一九一三）などの論陣を張って大きな影響を与えた。一四年反戦運動のため投獄されたが、出獄後一六年にカルル・リープクネヒトと《スパルタクス》、さらにドイツ共産党で活躍。一九年空前の大規模なデモの渦中、反革命暴力団によって暗殺された。

フランツ・メーリング　ドイツのマルクス主義論客（一八四六―一九一九）。最初はブルジョワ左派だったが、一八九一年ドイツ社会民主党に入党後は、『マルクス、エンゲルス、ラサール遺稿集』を編集し、左派の論客として活躍した。第一次世界大戦中は《スパルタクス》グループに属した。

＊四八頁　**水たまりを湛えていて**　作者ロブ＝グリエの小説『ジン――ずれた舗石のあいだの赤い穴』（一九八一）で、活用された小主題の一つ。

＊四九頁　**古い帆掛け船**　運河そのものの風景と同様、作者ロブ＝グリエのデビュー作『消しゴム』（一九五三）からの再出。訳者あとがき参照。

＊五〇頁　**トラキアのあの輝やかしい反逆者**　トラキアはバルカン半島の東側、ほぼ現在のブルガリアにあたる地方の古名。この地方出身のスパルタクス（？―前七一）がローマ人によって剣闘士とされながら脱

走して、農業奴隷、牧人奴隷などを糾合し、大規模な叛乱を起こした史実を指す。前出のドイツの反戦運動団体が《スパルタクス》と命名されたのも、この故事にちなんでいる。

*五一頁　**連合軍**　やはり『消しゴム』のキャフェの再出。《赤い水たまり》《帆掛け船》同様、異なった作品（小説時空）で機能する対象が同じ名前をもつ例。訳者あとがき参照。

*五八頁　**リセ・ビュフォン**　作者ロブ＝グリエが少年時代に通ったパリの高等中学の一つ。

*六三頁　**ポメラニア**　バルト海に面したポーランドの地方。

*六四頁　**人魚**　作者の処女作長篇『弑逆者』にも登場する。

*六五頁　**ハイヒール**　映画『快楽の漸進的横滑り』（一九七一）などの作者の作品に頻繁に登場する小主題的対象（オブジェ）。

*六八頁　**Püppchen**　とりわけ小さい人形を表わす。

銃眼型を……　ロブ＝グリエの『迷路のなかで』（一九五九）冒頭の街路上の雪の中の足跡の描写と呼応している。

カニュおじいさん　作者の祖父ポール・カニュ。擬似回想録第一巻『戻ってきた鏡』（一九八五）冒頭に登場する。

*六九頁　**乱雑に散らばっている**　テーブルの上に書きかけの原稿が散らばっているというのも、『迷路のなかで』（一九五九）や『快楽の館』（一九六五）以来のロブ＝グリエ愛用のイメージ。

惨劇　実際に一九九九年のクリスマスにノルマンディー地方に強風が吹き荒れ、作者の住むカルヴァドス県ルメニル＝オ＝グランの館の庭園もここに記されているような大被害をこうむった。

映画のための執筆　シネ＝ロマン『グラディーヴァが呼んでいる』（二〇〇二）の執筆を指す。訳者あとがき参照。

*七〇頁　**戻ってきた鏡**　擬似回想録第一巻『戻ってきた鏡』（一九八五）参照。白馬にまたがるアンリ・ド・コラントが、岸辺に打ち寄せる波に漂う鏡を発見する。

*七五頁　**イオ**　ギリシア神話で、ゼウスの妃ヘラの女神官。ゼウスに愛されて身を任せ、ゼウスはヘラの嫉妬を避けるため彼女を白い牝牛に変える。しかしヘラはなおも疑いをかけ、夫から牝牛をもらい受けて

百眼の怪物アルゴスに監視させ、アルゴスがゼウスに殺害されても、虻を送って彼女を苦しめる。イオは狂乱のうちにヨーロッパからアジアまでさまよう。最後にエジプトに着き、ゼウスに人間の姿にもどされて、やがてエジプト王となる。

＊七七頁　**クラーゲンフルト**　オーストリアのケルンテン州の州都。

＊八一頁　**スロヴェニア**　ユーゴスラヴィアの北西部の地方。

＊八二頁　**SAD**　前出の実在しない組織《隠密行動本部》Service Action Discrète の略。五九頁参照。

Djidji　GGのドイツ語読みがゲゲ、フランス語読みがジジ（綴音としてはジェージェーだが）、英語読みとしてはジージー。

＊八四頁　**レオン地方**　ブルターニュ半島最先端のフィニステール県でも、とくに英仏海峡に面した沿岸地方。

＊八六頁　**シュトゥーカ**　第二次世界大戦中のドイツの急降下爆撃機ユンカース87の別名。

＊八九頁　**グルーズの『こわれた壺』**　ジャン・バチスト・グルーズ（一七二五―一八〇五）はフランスの風俗画家で、とくに『こわれた壺』で知られている。

エドゥアール・マヌレの『誘惑』　エドゥアール・マヌレは、作者の長篇『快楽の館』（一九六五）で、アメリカ人ラルフ・ジョンソンに殺される老人である。虚構の人物であり、画家ではない。

フェルナン・コルモンの『鎖につながれた囚われ女』　コルモン（一八四五―一九二四）はフランスの保守的な画家。

アリス・リデル　『不思議の国のアリス』のモデルとなった少女。ドジソンは作者ルイス・キャロルの本名。数学教師であったが、牧師の家に生まれた。

聖女アガタ　二五〇年頃、シチリア島カタニア市で乳房を切りとられて殉教したと伝えられる聖女。ティントレット、ヴェロネーゼ、ティエポロ、ヴァン・ダイクをはじめ多くの画家たちが彼女を描いている。

＊九一頁　**『誘惑者の日記』**　『反復』と同様セーレン・キルケゴールの作品。審美主義批判から出発しながら、美的生活の多彩な描写が光彩を放つ『あれかこれか』（一八四三）に収録されている長めのエッセー。桝田啓三郎氏によれば、「もっとも洗練された美的生活をみごとな筆致で描いたもので、近代芸術の

原理を予見して書かれた一つの規範であるとともに、そのたどるべき運命を予示して」いるという。

＊九三頁　**蠟受けをあらわしていた**　この壁紙の描写は、あきらかに作者の長篇『迷路のなかで』の冒頭の壁紙を受けている。

＊九九頁　**ジェリコー**　フランスの画家（一七九一―一八二四）擬古典主義の画壇に反逆して、ロマン派絵画の先駆となった。

＊一〇三頁　**ヴァルテール**　ドイツ人名 Walther（ヴァルター）を、フランス人は通常ヴァルテールと発音する。

＊一〇四頁　**嘘をついているのである**　この一節は明らかに、『ジン――ずれた舗石のあいだの赤い穴』で、嘘をつく勉強をしている少女マリーを連想させる。

＊一〇九頁　**ロヴィス・コリント**（一八五八―一九二五）ドイツの画家。ミュンヘンでライブルらの写実主義の影響を受けたのち、ベルリンに移ってベルリン分離派に加わり、ドイツ印象主義の重鎮として活躍。初期の写実から次第に奔放な色彩と筆致に移行し、とくに晩年は表現主義的な画風を見せた。

カスパー・ダーフィート・フリードリヒ　ドレスデンを拠点に活躍したドイツ・ロマン派の代表的な画家（一七七四―一八四〇）。内面感情を自然に託した、海や山や森、廃墟の緻密で暗い描写で風景画史に新生面を切り開いた。神へのあこがれ、死と再生、あるいは復活への予感などを主テーマとした。

ダヴィッド・ダンジェ　フランスの彫刻家（一七八八―一八五六）。著名人の胸像などで知られる。

＊一一〇頁　**アルモリカ**　ブルターニュ地方の古名。

農学研究者　国立農業技術専門学校を卒業したあと、五年間ほどフランスやアフリカで農業技術者として働いた作者自身を指す。

ヘルシニア　地質学用語で、後期古生代の褶曲が浸食され、今日のブルターニュ地方のアルモリック山脈、オーベルニュ地方の中央山塊、アルデンヌ山脈、ヴォージュ山脈、ドイツの《黒い森》、ボヘミヤ山塊などを形成している地層を指す。

ブロセリアンド　ブルターニュの伝説的な森。《アーサー王伝説》の妖精ヴィヴィアーヌと魔法使いマーリンが住んだとされる。

ヴァルプルギスの夜　ドイツの民間伝承で、五月祭（五月一日）の前夜を言う。この夜魔女たちの集会《サバト》がハルツ山塊の最高峰ブロッケン山で開かれ、魔王を囲んでの乱痴気騒ぎが繰りひろげられるとされる。とくにゲーテの『ファウスト』第一部「ヴァルプルギスの夜」「ヴァルプルギスの夜の夢」、第二部「古典的ヴァルプルギスの夜」の描写で有名である。

GG　ジジの名前に関する記述。八二頁参照。

クリングゾル　ワグナー最後の楽劇『パルジファル』（一八八二初演）に登場する魔法使。敬神の念の厚いクントリーを催眠術にかけて手足のごとく使い、また、聖杯の寺院付近の荒野を美女にあふれた花園に変えて、多くの聖杯の騎士たちを誘惑し、堕落させる。

＊一一一頁　**ヨー**　ジョエルの愛称 Jo のドイツ語読み。

トランシルヴァニア　ルーマニア中央部の肥沃な地方。

＊一一三頁　**グレヴァン美術館**　アルフレッド・グレヴァンによって一八八二年に設立された蠟人形館。パリのモンマルトル通りにあり、歴史上有名な人物などの極端に写実的な蠟人形を飾っている。

ゴルゴン　ギリシア神話。頭髪が蛇から成り、その目を見る者は石に変えられるという三人姉妹の怪物。

＊一一四頁　**NKVD**　旧ソヴィエト・ロシアの内務人民委員部。

＊一一五頁　**ナロードヌイ・コミサリアート**　旧ソヴィエト・ロシアの人民委員部。秘密警察的な強力な権力を握った。NKと略される。

＊一一七頁　**義人ヨブ**　旧約聖書の「ヨブ記」の主人公。信仰心を試すために、ありとあらゆる苦難を嘗めさせられるが、なおあえて神の意志を讃え、もっとも信仰の厚い人物とされる。

＊一一八頁　**デンマークのあの哲学者**　キルケゴールを指す。

＊一一九頁　**タイタン巨人**　ギリシア神話で、天神ウラノスと地神ガイアの間に生まれた、いずれも巨人の六人の男神と六人の女神のうちの長男ティタネス。

＊一二一頁　**カール・アブラハム**　ドイツの精神分析学者（一八七七―一九二五）。フロイトの学説をドイツに普及させた。一九六五―六六年にフランスで、彼の著作集が出版された。

メラニー・クライン　オーストリアの女性精神分析学者（一八八二―一九六〇）。ベルリン、ついでロンドンで研究をつづけた。ことに、児童の精神分析に関心をもった。

＊一二二頁　**ワルキューレ**　北欧神話オーディンに仕える武装した乙女たちで、オーディンの命で馬を駆っては戦場に倒れた勇士たちを天上の宮殿バルハラに導き、世界の終末の巨人族との決戦にそなえて武事にはげむ勇士たちをもてなす。ワーグナーの楽劇『ニーベルングの指輪』の第一夜「ワルキューレ」、第三幕第一場「ワルキューレの騎行」で有名。

＊一四二頁　**夕刻の接吻**　言うまでもなくプルーストの『スワン家の方へ』の冒頭で、幼い主人公が就眠前に母親の接吻を受ける場面を指す。

＊一五八頁　**アリマタヤのヨゼフ**　キリストの処刑後ピラトからその死体を貰いうけ、亜麻布に包んで手厚く葬ったとされる聖人。アリマタヤ出身の善良な金持で、復活したイエスの最初の目撃者と言われる。のちに聖杯伝説やアーサー王伝説にも登場するようになる。

＊一六八頁　**ラルフ・ジョンソン大佐**　『快楽の館』（一九六五）にもラルフ・ジョンソンが登場して、やはり《ラルフ卿》と綽名されるが、彼は植民地から香港へきたいかがわしい自称アメリカ人で軍人ではない。

＊一六九頁　**《青い館》**　香港を舞台とした『快楽の館』で重要な役割を演じるのも、《青い館（ヴィラ・ブルー）》という名のいかがわしいクラブである。

＊一七六頁　**おお、アンジェリカ**　ロブ＝グリエの擬似回想録第二巻『アンジェリック、もしくは蠱惑』（一九八八）に登場し、怪しげな魅力で語り手《私》を悩ますアンジェリックを指す。

＊一八八頁　**メックレンブルク**　エルベ河とオーデル河の間にはさまれた北ドイツ地方の古名。

＊一八九頁　**オイディプス**　西暦紀元前十六―十四世紀にギリシアで栄えたテーベの王ライオスと妃イオカステの子。誕生直後、「もし男児を生めばその子は父殺しになろう」という神託を受けたライオスに踵をピンで刺し抜かれ、山中に捨てられたが、牧人に拾われ、コリントス王の子オイディプスとして育てられる。成人後両親に似ていないとからかわれ、デルフォイに赴いて神託を乞うと、父を殺し母を妻とするだろうというお告げを聞く。そのまま放浪の旅に出たものの、たまたまライオスと出会って実父と知らないまま殺してしまう。その後スフィンクス退治の功でテーベの王となり、それと知らないま

ま実母を妃とする。そして二男二女の父となるが、やがて真実を知るにおよんでわれとわが目をつぶし、娘のアンティゴーネに手を引かれて諸国を放浪する。この物語はソフォクレスの二篇の悲劇以後今日まで、数多くの文学作品の主題として取りあげられてきたし、フロイトの《エディプス・コンプレックス》の概念もこの物語に基づいている。本作もその系譜につらなるものとみなすことができるが、アメリカのブリュース・モリセット（『ロブ＝グリエの小説』一九六三）はいち早く、ロブ＝グリエの『消しゴム』（一九五一）もすでにおなじ主題を隠していることを指摘した。

＊一九〇頁 **マティアス・V・フランク** ロブ＝グリエの『覗くひと』（一九五五）の主人公はマチアスであり、『嫉妬』（一九五七）の隣人のバナナ園主は一字違いのフランクである。なお、マチアスは他の箇所ではマチューを名乗るが、これはサルトルの『自由への道』第一巻『分別盛り』（一九四五）の主人公の名を借りている。一ヶ所だけMatthieuとtが一つ多いのは新約聖書の「マタイ伝」を念頭においたとのこと。

＊一九九頁 **ローレンツ** オランダの物理学者ヘンドリック・アントゥーン・ローレンツ（一八五三―一九二八）。彼の電磁気理論がアインシュタインの相対性理論の基礎となった。

NKGB 旧ソヴィエト・ロシアの国家保安委員部。

＊二〇〇頁 **たしかに皆無だった** 作者の盟友ともいうべきロベール・パンジェの中篇『パッサカリア』（一九六九）は「静寂。灰色。返し波は皆無」という章句ではじまっていて、一三〇ページほどのこの小説のなかで、繰り返し八回にわたって反復されている。他の章句もしばしば反復され、ロブ＝グリエのこの一節にも似た文体による《反復》という音楽的構成で成り立つ作品となっている。当時来日したロブ＝グリエは、ある時彼がもっとも評価する同時代作家として、パンジェの名をあげ、この一節を暗誦して聞かせた。《エピローグ》冒頭の二行参照。なお「名づけえぬもの」はサミュエル・ベケットの同題の作品を念頭においた言葉だという。

＊二〇二頁 **ミスター・ファウ・ベー** フォン・ブリュッケの頭文字はV（ファウ）とB（ベー）。

＊二一七頁 **二重対格** フランス語では《教える》の類の動詞は《…に》（間接目的補語）と《…を》（直接目的補語）をとるが、ラテン語ではどちらも対格（＝直接目的）の形をとる。

訳者あとがき

本書はAlain Robbe-Grillet：*La Reprise*（2001）の全訳である。作者ロブ＝グリエの人と作品については、『迷路のなかで』（拙訳、講談社文芸文庫）を参照いただきたい。元来、小説に註や解説は不要であるから、通常の小説とちがう書き方に多少戸惑うとしても、まずは以下の解説も抜きに一気に読んでいただきたい。ただ、作者自身の手になる《原註》が対等の資格で本文中に組みこまれているので、その順序どおりに読まれねばならないことは言うまでもない。興味を持って、さらに再読を試みる読者のみを意識した《訳註》は＊を付して巻末にまとめ、そのほか、さらに簡単な註は本文中の〔　〕内に収めてある。

1　B級エンタテインメントとしての推理小説のパロディ

《ヌーヴォー・ロマン》神話の中心人物であるアラン・ロブ＝グリエが来日した際、訳者はテレビでインタビューする機会を与えられて、彼にこう言ったものだった。「あなたは観光地として有名で、大勢がツアーを組んでそのまわりを周遊するけれども、誰も上陸しない島みたいなものですね。そのくせ帰ってくると、《ロブ＝グリエ島？　うん、行って来たよ。しかし、あれはダメだよ、不毛だよ》とか、《ヌーヴォー・ロマン、ああ、あれはもう古いよ》といかにも自信たっぷりに言うわけです。上陸すれば実は宝島だとわかったのにね」。すると彼はいくぶん不満げな様子で、「どうして上陸しないのかね」と聞き返してきた。最近は、すこし状況が変わってきたかもしれないが、おなじヌーヴォー・ロマンでも、クロード・シモンは認めるが、ロブ＝グリエはどうもね、と申し訳なさそうな顔をする作家や批評家や大学教授は依然として跡を絶たないようである。

なぜ上陸しないのか。なぜ読まないのか。それは初期の評論集『新しい小説のために』や小説『嫉妬』を真に受けすぎたからではないかと思う。前者に収められた「未来の小説への道」とか「自然・ヒューマニズム・悲劇」といった有名な評論のなかで、彼は一定の性格を与えられた主人公を中心とした、首尾一貫した筋に沿って時間イコール因果関係という擬制のなかで展開される伝統的小説作法を痛烈に批判し、世界はそのような人間中心主義的な構造を持ってはいない、「人間は世界を見つめるが、世界は人間に視線を返しはしない」として、あるがままの世界を見つめるために、作家は視覚描写をもっと重視しなければならないと主張した。その主張はある程度認められたが、この主張を文字通りに実践したかに見える、『嫉妬』冒頭のいかにも無機的で幾何学的なバナナ園の描写がスキャンダルに火をつけたのだった。かりに彼の理論が一理あるとしても、小説はそのような理詰めの図式にしたがって書くものではない。だいいち、彼の小説には《人間》がいないじゃないか。小説というのは、人間を書くものではないか。――といったところが、今なおロブ＝グリエにつきまとう誤解なのである。

『嫉妬』を最後まで通読すれば、一見人間不在と思われる冒頭のバナナ園のそっけない描写も、ログハウスのベランダからそれを凝視することで、妻の貞操への拭いがたい疑惑から気を逸《そ》らそうとする男の懊《おう》悩《のう》の反射像だということが、いやでも推測されるはずであり、これは男自身が《私》として登場していないけれど、純粋に《私》の視点から行なわれた一人称描写なのだということを認めざるを得なくなるはずなのだ。つまり、作者がしかけた手のこんだトリックにはまっただけなのだった。『新しい小説のために』に収められた評論もまた、ことさら論争をかきたてるための挑発的なポーズが、くそ真面目な読者をたぶらかしただけだとわかってくる。例えば、その中でロブ゠グリエはサルトルやカミュやポンジュが使う隠喩《いんゆ》にもとづく《悲劇的感情》を、世界にたいする《人間中心主義的》な痴話喧嘩《ちわげんか》だとこき下ろしているが、そういう彼自身、《嫉妬》と《ブラインド》を同時に意味する la jalousie という言葉を平気で小説のタイトルに掲げているではないか。その後、とくに『快楽の館』以降、そうした遊戯的装置をフルに稼動させて、軽快でユーモラスで、人を喰ったような非現実的な挿話がこれでもかこれでもかと自己増殖するかのような作品を書きつづけている。その軽さは、まさにB級の娯楽読物に近い。今回のこの『反復』はその極致とさえ言っていいかもしれない。

第二次世界大戦直後の混乱したベルリンへの特殊工作員の潜入あり、謎の殺人事件あり、煽情的なうら若い少女売春あり、網をはりめぐらした秘密組織や警察と風俗業者の癒着があり、サドマゾ的な拷問があり、裏切りや処刑があり、最後も連鎖的な殺人と偽装で終わる。多かれ少なかれ、ロブ゠グリエの小説や映画には推理小説的構成が見られるが、そのなかでもこの『反復』はB級エンタテインメント的な軽快さとばかばかしさが充満していて、アメリカ文学で言う《パルプ・フィクション》と受け取る読者もいるかもしれない。ただ、多くのロブ゠グリエの作品が推理小説のパロディであるといっても、謎が謎のまま終わる、解決のない推理小説であるという構造も、この『反復』ではいっそう徹底している。たしかにダニー・フォン・ブリュッケ老人もその息子のヴァルターも殺されるが、前者の殺人犯は不明のままだし、後者の名前は双子の弟マルコに乗っ取られる。それよりも何よりも、この《物語》の語り手、さらに《原註》の中で彼の言動を批判する語り手は誰なのか。《私》は何度も出てくるが、それがおなじ人物とかぎらず、それどころか時に突然作者その人にすり代わる。彼のノルマンディの館が猛烈な突風の被害を受けて嘆く場面がそうだが、そのあと直ちに、彼もまた工作員になってベルリンにもどるといった始末なのである。推理小説の大前提である語り手の自己同一性が放棄され、そればかりでなくその混乱は他の作中人物たちにも及ぶ。冒頭で、《私》が出会う分身、sosie（そっくりさん）、彼が《旅人》と呼ぶ人物が最後に殺されるヴァルター・フォン・ブリュッケ、つまり、《私》マルコ、またの名マルクス・フォン・ブリュッケの双子の兄弟であれば、この擬似推理小説にも《解決》が生じるのだが、話の途中でその《私》がアンリ・ロバンとなり、HRとなり、アシェールとなり、そして《私》に戻るかと思えば《旅人》とも呼ばれるとなると、話はそう簡単にはいかない。もともと特殊工作員である《私》は異なる名義の三通のパスポートを所持しており、《プロローグ》の列車内の検問ではロバン名義のを憲兵に見せるが、《第一日》ではそれをトランクの二重底にしまい、ボリス・ヴァロン名義のパスポートを取り出す。ところが、運河に面したわびしいホテル《連合軍》に投宿するにあたって、これまた双子の経営者のヨーゼフからその日の朝チェックアウトしたばかりの《ヴァールさん》と勘違いされ、愛想よくもてなされる。そこからWallon → Wall → Waltherという W系列の変換の連鎖が始まるのだが、途中で彼もまた《旅人》とも呼ばれるのである。そう呼ばれるのは誰か、そう呼ぶのは誰かと疑うのは、作中人物のアイデンティティが一定であるという伝統的習慣に慣らされ、それが骨がらみわれわれの感性に染みこんでいるための反応であるが、作者はまさにそれを混乱させるために、集中砲火を浴びせるのである。したがって、むやみと変転する人物たちの名前をリストアップすることで、隠された筋の一貫性を捕捉しようとすることは、まさに作者の挑発に引っかかって、彼の微笑とあわれみと嘆きを誘うだけだと断わっておこう。

作者は同時に、彼の愛読者にたいしては、なじみの名前を次から次へと繰り出すことで、こっそり友情のこもったウィンクを投げる。ヴァルターは映画『囚われの美女』、ロバンは映画『嘘をつく男』に登場する人物の名前であるし、画家として名前を挙げているエドゥアール・マヌレもアメリカ軍将校のラルフ・ジョンソンも、職業こそ違え、『快楽の館』での殺人の被害者であり、加害者である。そのように挙げていけばきりがないが、中でも重要なのは『反復』で二度射殺されるダニー・フォン・ブリュッケの名である。ダニーはダンともダニエルとも呼ばれるが、ブリュッケはドイツ語では《橋》を意味する。フランス語で《橋》はポンである。フォンに相当するのは、貴族であることを示す《ド de》である。つまり、ダニエル・フォン・ブリュッケというドイツ人名は、ロブ＝グリエの愛読者にはいやでも『消しゴム』の教授ダニエル・デュポン（デュ du は、de と《橋 pont》の定冠詞 le が合体したもの）を思い出させずにはおかない。ロブ＝グリエのこのデビュー作で、ダニエル・デュポンは一度殺害され、ひそかにその事件の捜査に派遣された刑事ワラスによってもう一度、誤ってとはいえ射殺される。つまり、ロブ＝グリエは五十年かけて一周して、またもとの出発点に回帰したわけである。

2　オイディプス神話と《反復＝再開》

『反復』は小説としては、『ジン――ずれた舗石のあいだの赤い穴』（一九八一、拙訳、集英社ギャラリー「世界の文学」第九巻フランスⅣ所収）以来二十年ぶりということになるが、その間にも、ロブ＝グリエは三巻からなる自伝《ロマネスク》（第一巻『戻ってきた鏡』一九八五、第二巻『アンジェリック、もしくは蠱惑《こわく》』一九八八、第三巻『コラント伯爵の最後』一九九四）を発表している。《ロマネスク》（＝小説的）という総題が示唆しているように、実は《反回想録》anti-mémoires であって、彼の生い立ちや家族、作家となった経緯や出版社とか他の作家たちとの交流、頻繁な外国旅行など、通常の自伝にみられる伝記的事実がふんだんに盛りこまれてはいるものの、孤独な謎の大物貴族ともいうべき神話的風貌をたたえたアンリ・ド・コラント伯爵という虚構の人物が舞台の前面に出てきて活躍するなど、八〇年代しきりに取り沙汰された《私》への回帰という風潮への皮肉な挑戦なのであった。そのあとの一九九六年に来日した際、「もう小説を書くかどうかはわからない」と訳者に洩らしたことがあったが、そうは問屋がおろさなかったらしい。

本書ばかりでなく、彼はほとんど同時に、アフリカを舞台とし、ドラクロアの絵画を起点とした『グラディーヴァが呼んでいる』*C'est Gradiva qui vous appelle*（二〇〇二）というこれまた肉感的な躍動に満ちたシネ＝ロマンと、過去五十年間の評論・インタビュー・対談を集めた浩瀚《こうかん》な『旅人——テクスト・対談・インタビュー』*Le Voyageur——textes, causeries, entretiens 1947-2001*（二〇〇一）を刊行している。ここで、その双方を紹介する余裕はないが、一九二二年八月生まれだから現在八十一歳になる彼が、生涯の集大成的な意味で、この三冊をまとめたろうことは容易に推測できよう。この『反復』にもその特徴があらわである。なぜならば、右にも述べたように、『反復』で二度息子に射殺されるダニー・フォン・ブリュッケが、『消しゴム』のダニエル・デュポンの再来であり、また同じキャフェ・ホテル《連合軍》が重要な舞台の一つであることからも推察されるように、作品の構造そのものが『消しゴム』のリメイクと言ってもいいからである。アメリカのブリュース・モリセット教授が一九六三年にいちはやく『ロブ＝グリエの小説』という研究書を出版して、その中で『消しゴム』が父親殺しのオイディプス伝説を下敷きにしていることを指摘し、むしろそのような《深層の神話》を拒否するかのような表層のみにとどまる『消しゴム』の解釈としては、深読みがすぎるのではないかと疑問視されたものであった。だが、デュポンと異名にして同名であるフォン・ブリュッケが『反復』でやはり二度息子に殺されることによって、間接的にモリセットの解釈があたっていたことが逆証明されたと言っていい。オイディプスはテーベの王ライオスと妃イオカステの子として生まれながら、父親殺しとなるという予言を受けて山に捨てられ、偶然の導きによって、コリントスの王の子オイディプスとして育てられる。しかし、成長するにおよんでふたたび「父を殺し、母を娶《めと》るだろう」という神託を受け、懊悩のすえ放浪の旅に出るのだが、たまたまライオスと出会い、父親と知らずに殺してしまう。その後有名な謎をかけては旅人を殺《あや》める怪物スフィンクスを退治するという功績でテーベの王となり、母親と知らずにイオカステを妻として子をもうける。その後、真実を知って驚愕《きょうがく》し、みずから目をえぐって、娘のアンティゴーネに手を引かれながらふたたび放浪の旅に出たというのである。これがギリシア神話の中のオイディプス伝説であるが、『反復』には実際、神話の中のイオカステも登場する。

ロブ＝グリエの小説や映画に頻繁に登場するロリータ的な少女ジジの若い母親で、夢だか現《うつつ》だかで《話者》（?.）を犯すイオは、ダニエル・フォン・ブリュッケの離婚した妻だがベルリンに住むフランス人で、本名をジョエル・カスタニェーヴィカと言い、スロヴェニア地方の小さな町の名からとった姓だとある。だが、原文中一ヶ所だけコスタニェーヴィカとなっている。これは誤植ではないかと作者に直接ただしたところ、いやそうではない、スロヴェニアに実在するのはコスタニェーヴィカのほうだが、イオカステに近づけるために、わざとそれをカスタニェーヴィカに変形したのだとか。フランス語読みではジョカストとなる。ジョエル・カスタニェーヴィカ→ジョカスト→イオカステとなるのである。おまけに娘のジジはクラブ《スフィンクス》で少女娼婦の真似ごとをしているとくるではないか。なぜロブ＝グリエという作家がそこまでオイディプス伝説にこだわるのかは、第三者には知る由もないが、それ以上に見落としてならないのは、五十年の歳月を経ておなじ主題に回帰するという《反復》の様相そのものである。ついでに言えば、殺人が二度繰り返されるのも『消しゴム』や『反復』だけでなく、むしろロブ＝グリエのほとんどの作品で繰り返される十八番《おはこ》のような設定で、『快楽の館』ではラルフ・ジョンソンが借金を断わられてエドゥアール・マヌレを殺すが、そのため香港を脱出せざるをえず、その資金を無心に行って断わられ、もう一度同じマヌレを殺すし、それ以前の『弑逆者』でもボリスは国王ジャンを二度暗殺しようとする。ルイス・キャロルをどことなく連想させる『ジン』のいとけないお転婆娘のマリーにいたっては、彼女の兄弟とおぼしいジャン少年が《しょっちゅう》死ぬと言う。そう考えてくると、問題になってくるのは生死の問いではなくて、まさにこの作品の題名にもなっている《反復》とはなにを意味するかという問いとなる。

『弑逆者』が発表されたのは『黄金の三角形の思い出』とおなじ一九七八年であるが、処女作とされる『消しゴム』に先立つ一九四九年に脱稿した作者二十七歳のときの作品で、その中でもすでにキルケゴールの影響があると、ロブ＝グリエは前記『旅人』の巻末のエッセーでも認めていて、まだ実存主義文学の全盛時代に、その思潮の先駆とも言えるデンマークの哲学者に親しんだことは不思議でもなんでもないが、とりわけロブ＝グリエが影響を受けたのは、本書のエピグラフにも引用され、《第一日》冒頭にも記されているように、キルケゴールが一八四三年にベルリンで書いたまさに『反復』なのだった。著者は一八四〇年にレギーネ・オルセンと婚約しながら、一年後に突如指輪を返して婚約を解消し、ベルリンに逃げたのだったが、この二度目の滞在の間に書こうとしたのは、彼が彼女を愛しているにもかかわらずその愛し方を恥じ、彼の本心を披瀝《ひれき》することでふたたび結ばれることが可能かどうか、破約の理由をはっきり伝え、それによって愛の反復が実現できるかどうかという試みだったのである。つまり、回想が後ろ向きであるのにたいして反復は未来を目指しているという、エピグラフに引かれた一文の意味は、そこにあって、ロブ＝グリエの生涯の作品をその角度から振り返ると、キルケゴールのその点での影響が、いかに決定的か、今まで謎とされてきた一面が一挙に白日のもとに明らかにされるのである。

同書が最初フランスに紹介されたときの表題は、『繰り返し』*La Répétition* であったが、その後の新訳では『反復』*La Reprise* とされ、ロブ＝グリエのこの作品と同題である。《繰り返し》は同一のものの時間軸上での行列にすぎないのにたいして、《反復》は繰り返されたものが同一であっても、繰り返されるまさにその行為によって違ったものともなり、したがって未来への展望を開くことになる。もともと、ロブ＝グリエに反復が多いことはよく知られているが、彼がしばしば利用する reprendre（ふたたび取り組む）という動詞には、そうした前望的な含みがあるから、本書を《再開》というもっとポジティヴな表題に訳しても誤訳ではなかったろう。小説を書くことはすでに前もって記され、今後も記されるであろう同じ物語をあらためて語ることであり、畢竟《ラ・メーム・シャンソン（同じ歌）》を歌う結果になることは避けられない。だがそれは、同じ歌であるとともに新しい歌でもあるのである。

「不変のコースがすすめられる。計算された動作をともなって。完全に調節された機械装置は、ほんのわずかな不意打ちも許さない。一字一句まちがえないように暗誦しながら、テクストに従っていくだけだ。そうすれば予言は実現され、ラザロは包帯に包まれたまま、墓からよみがえるであろう……」

（『消しゴム』中村真一郎訳）

「最初の場面はきわめて迅速に展開される。それはすでに何度も繰り返されたものであることが、感じられる。誰もが自分の役柄をそらんじているからである。言葉や動作がいまではしなやかに、連続的に継起し、油の十分利いた機械仕掛の必要不可欠な部品みたいに、なんのひっかかりもなく相互に連繋する。

ついで空白、からっぽの間、長さの不定な休止の時間があり、その間は何も、これから起ることにたいする期待すら起らない。

それから出し抜けに、なんの予告もなしに、筋の運びが再開し、そしてふたたび、同じ場面がもう一度展開される……だがどんな場面か？　私は外へ出た後でドアを閉めているところで、一枚板のその重いドアには（以下略）」

（『ニューヨーク革命計画』拙訳）

前者はまず第一回目にダニエル・デュポンが撃たれる直前、ガリナッティが彼の書斎に忍びこむ場面であり、後者は『ニューヨーク革命計画』の書き出しであって、いずれも事件の進行にはまったく関係がなく見えるから、読者の注意を惹くことはまずない。だが、これらの作品が連綿とつづき、反復されながらもまたあらたに繰り出される物語の《再開》であることが、そこに開示されているわけである。これは、「あらゆる作品は先行する文学のパロディ的変形である」という説を、古今東西の作品にあたって実証しようとした、ジェラール・ジュネットの膨大な『パランプセスト』とも通じる考え方と言っていい。

3　開かれた構造と自同律の錯乱

ロブ＝グリエの世界観の端的な表現でもあるこうした一節が、ほとんど誰の注意も惹かなかったというのも、それまでの彼の作品が近代小説の伝統に沿って、というかさらにそれ以上に厳密に、作者自身の私的な情報をカットし、もっぱら言語的連想や表層の呼応のみからなるかにみえる作風に幻惑されてきたからであろうが、それにたいして『反復』は、第二次世界大戦直後の混乱したベルリンを舞台にし、ライオスまたの名ダニエル・デュポンまたの名ダニー・フォン・ブリュッケとイオカステまたの名ジョエル・カストをめぐるオイディプス伝説ばかりでなく、作者自身の幼少時代からきたらしいノルマンディ海岸の風景や『消しゴム』にもそのまま描かれている運河や帆掛け舟まで再登場させて、共時的な空間軸上の展開だけでなく、個人史と社会の歴史という時間軸上の通時的な発展もふくんだ、新たな小説形態の実験となっているのだが、実はそれも人類の精神史のなかに、たえず試みられ、たえずまた新たに試みられる物語の一環なのだという、断念でもあり希望でもある思考が垣間見えると言いたいのである。

この新たな方向への転換は、実は『戻ってきた鏡』ほか三巻の刊行がきっかけとなったもので、その中でロブ＝グリエは、「私はつねに私のことしか語って来なかった。ただ、いつも間接的だったので気づかれなかったのだ」と書いてあっと言わせたものだった。それまでは個人的なことをいっさい捨象したような書き方だったとはいえ、すべての小説は広い意味での私小説でもあるという、逆説的だがそれなりに妥当な考え方からすれば、べつに驚くことはないのだが、それは同時に《私》を登場させ、《私》についてだけ語ることが、《私》を描く最善の方法ではないという含意をともなっていることも忘れてはならないのであって、事実彼は、一九八〇年代に澎湃《ほうはい》として起った自伝や回想録による《私》への回帰現象にあえてみずからも参入したわけだが、その結果、前述のようにあえて虚構の人物を登場させただけでなく、新たなエクリチュールをも獲得したのだった。それがどんなものであるかを説明しようとして、彼は類似のエクリチュールが試みられているのは、プルーストの『サント＝ブーヴに反論する』（ファロワ版）だけだと、これまた意表を衝くような発言をした。その心は、同時に私的な回想であり、フィクションでもあり、文学論でもあるようなエクリチュールという意味なのである。『反復』はまさにその延長線上にある作品であるから、当然のこととしてこれはいわゆる《小説》ではなく、いわゆる《自伝》でもなく、ましてや《文学論》でもない。それでいて、これがなぜか面白く読めるのは、《同時的に》そのいずれでもあるからで、その上《推理小説のB級パロディ》的エクリチュールの体裁を帯びているので、従来からのファンばかりでなく、これまで彼にたいして消極的な評価しか下してこなかった読者からも熱い支持を得るにいたったというわけである。

とはいえ、はじめてこの作品でロブ゠グリエに出会う読者のうちには、《理解》しようとする熱意のあまりかえって息切れし、収拾のつかない混乱に陥って作者を呪いたくなる向きもあるだろうことは容易に想像でき、たぶん彼らの躓《つまず》きの石は犯人や探偵だけでなく、語り手そのものの素性が曖昧で、可変的であることにあろうと予想できる。本文と（原）註が対等の資格で本文中に並列されるという特異な組み方は、現実にわれわれが脚註や傍註や割註のある本を読むとき、本文↓註↓本文↓註といった順序で読み進むとすれば、本文と註の間に主従の階級差をつけるのはおかしいという考えによるものだろうが、『反復』の独創は、さらに最初は秘密組織の上司をよそおう書き手が工作員《私》の報告書とやらを客観的立場に立って批判する姿勢をとっているものの、付随的な地位から徐々に主体性を拡大していって、しだいに行動主体としての地位すら獲得し、しまいには本文と正反対の事件の経緯を記して本文の地位を脅かそうとさえする点にある。これもラスキンの『胡麻と百合』などの訳者としてのプルーストが翻訳者でありながら、やがては脚註の中で、原著者に批判の矢を向けるにいたるという態度に学んだと言えそうだ。それはさておくとしても、本文の冒頭から登場する《私》は誰なのか。終わりまで読むと、彼がマルクス・フォン・

ブリュッケ、彼の《そっくりさん》である《旅人》が彼の双子の兄のヴァルター・フォン・ブリュッケであってもおかしくなさそうだが、それにしては《私》が《旅人》になることもあるし、《われわれ》に眺められる《われわれの工作員》になるかと思えば、ヴァルターが《私》になる場合もある。あえて言えば、それらの全体を統括して、「私のことしか書かない」作者ロブ゠グリエの《私》がいるから、記述がいきなりノルマンディを襲った嵐のことにも移動するわけで、その《私》がまた工作員の《私》にもどって、平然とベルリンでの任務に復帰したりする。

誰が究極の書き手なのかを問うには、ダニー・フォン・ブリュッケ老人暗殺の下手人が誰かがわかればよさそうなものだが、《第一日》では傍観者である《私》が《第五日》ではさまざまな物証のもとに犯人であると判定され、ところが《エピローグ》では、物証の中でも決定的なはずの拳銃の口径がちがうことが判明し、ローレンツ警部を狼狽させる。それと似たケースとして先任の工作員ピエール・ギャランの場合を考えることも出来る。彼も反復的な暗殺の被害者として、まず地下道の水溜りの中で、ついで運河の水面に浮かぶ死体として発見されるが、退院したマルコがジジをともなってリューゲン島へと旅立つ最終場面でのベルリン゠リヒテンベルク駅の人ごみの中にもまだ生きた彼の姿が見受けられるのである。つまり、反復によって同一のものが差異を生む典型的なケースだが、その角度から観察すると、『反復』という作品全体がこの《同一と差異》の弁証法という、現代哲学のもっとも重要なテーマの一つの稀に見る華々しい展開だということがわかる。《同じ même》とか《同一の identique》とかいう形容詞の異常な繁殖はすでに『迷路のなかで』でも目を惹いたが、『反復』で際立っているのはまさに同一のものが同一のまま異なるものであるという双子性（分身、そっくりさん、ヴァルターとマルクス、ヨーゼフとフランク、口径の異なるベレッタ式自動拳銃）、同一のものが異なる名称をもつという重複名義（偽造パスポート、コードネーム、ヴァロンとヴァールの取り違え）だけでなく、同一の名称すら異なった名をもちうるという可変名義（ダニー、ダン、ダニエル／ジジ、ジネット、ゲゲ、ゲーゲンエッケ／ジョエル・カスタニェーヴィカ、ジョー、ヨー、J・K等々）といった具合に、原則的に一人の人物、一つの物は一つの名前をもつという近代小説の大前提を根底からくつがえす装置がフルに稼動しているのである。そして、『嫉妬』の頃にくらべると、さらにその装置が社会の歴史的変遷や自分史の蓄積から動力を供給され、『消しゴム』のホテル《連合軍》や運河や帆掛け舟と同時に、《ダニエル・デュポン》が流入して《ダニー・フォン・ブリュッケ》となり、過去の他の作品からもエドゥアール・マヌレやラルフ・ジョンソン（『快楽の館』）やマチアス（『覗くひと』）やフランク（『嫉妬』）などの名前が吸い寄せられてくる。マヌレは『快楽の館』では、「わしはボリス王だ」と訳のわからないことを言うが、ボリスはロブ＝グリエの作品の中でもいちばん頻繁に出てくる名前（人物ではなく）であり、ボリス王とはプーシキン原作、ムソルグスキー作曲のオペラ『ボリス・ゴドゥノフ』の主役をつとめる僭王のことで、真の現実を贋の現実とすり替える小説家の象徴である。舞台がベルリンであって主な登場人物がフランス人でフランス語を喋るということもあって、ヴァルターがヴァルテール、スペイン系の医師フアンがジュアンとも発音されるなど、ヨーロッパならではの国際色も加味されて、人物そのものではなくて、単純に名前だけなのだが、バルザックが多くの作品の中に同一人物を再登場させることで『人間喜劇』を巨大なモビルたらしめたように、《再出人名》の氾濫で『反復』にモビル的な動性を溢れさせるにいたる。そこではもちろん作者自身のブルターニュでの幼年時代やパリのリセでの思い出も浮かびあがるとともに、その度に彼と《双子》である分身が登場する。と同時に、時代の文化史と個人としての精神史の波紋として、サルトルやプルーストやユイスマンスやバタイユ（色ガラスの《でっかい眼球》、八九頁）やパンジェ、ベケット（《名づけえぬもの》、二〇〇頁）やカフカやキルケゴールやワグナーやゲーテの《名》、ないしはそれに等しいものも登場し、結果として前述のような回想でもあり、同時にフィクションでも文学論でもあるような、それでいて従来の回想ともフィクションとも文学論ともちがうという、新型のエクリチュールの達成となったのである。読むにあたっては、そんな七面倒くさいことを考える必要はなく、ただ出任せにこんな雑駁な書き方をしているわけではないのだということだけ知っておいてもらえばいい。そこから《グローバル》時代の文学は英語一辺倒になるだろうかといった、愚劣な問いをかけてみるなどもまた一興であろう。

以上のような作風であるためもあって、翻訳にあたっては、ドイツ語として耳に入る発音の異国性を際立たせるためにルビを多用したし、日本の読者にはなじみのない事項についてはあらずもがなの訳註を施すことになった。その過程で、作者自身のほか、いちいちお名前を挙げないがドイツ語、ロシア語、ラテン語その他で多くの方から懇切な教示を得た。また、企画以降のさまざまな段階で白水社の和久田頼男、鈴木美登里の両氏に大変お世話になった。ここに、まとめて厚くお礼を申し上げたい。

二〇〇四年一月

訳　者

装丁　緒方修一
イラストレーション　Jacques de Loustal/primalinea

訳者略歴
平岡篤頼（ひらおか・とくよし）
1929－2005
1952年早稲田大学文学部卒
フランス文学専攻
早稲田大学名誉教授
主要著書：『消えた煙突』『赤い罌粟の花』（創作）、『迷路の小説論』『文学の動機』『記号の霙』（評論）他
主要訳書：ロブ＝グリエ『迷路のなかで』『新しい小説のために』『弑逆者』、シモン『フランドルへの道』『三枚つづきの絵』『アカシア』『路面電車』、サロート『マルトロー』『黄金の果実』『生と死の間』、デュラス『木立の中の日々』『ロル・V・シュタインの歓喜』他

本書は2004年に小社より刊行された。

反復［新装版］

2018年11月5日 印刷
2018年11月20日 発行

著　者　アラン・ロブ＝グリエ
訳　者　平　岡　篤　頼

発行者　及　川　直　志
印刷所　株式会社　理想社

発行所　株式会社　白水社
〒101-0052 東京都千代田区神田小川町3の24
電話 03-3291-7811（営業部），7821（編集部）
www.hakusuisha.co.jp
乱丁・落丁本は，送料小社負担にてお取り替えいたします.

振替　00190-5-33228　　株式会社松岳社

ISBN978-4-560-09672-7
Printed in Japan

愛蔵版

大胯びらき（愛蔵版）

ジャン・コクトオ 著

複数の芸術ジャンルを横断した稀代の才人による一九二三年刊の半自伝的青春小説。翻訳家・澁澤龍彥の記念すべきデビュー作にして名訳。

超男性（愛蔵版）

アルフレッド・ジャリ 著

壮絶な自転車レースと性交ゲームの果てに待ち受けるものとは……自らも自転車愛に憑かれた奇才による一九〇二年刊の「現代小説」。

城の中のイギリス人（愛蔵版）

アンドレ・ピエール・ド・マンディアルグ 著

できるだけ残酷で破廉恥で……悪の原理に対する和解の接吻の物語。一九七九年刊の新版に基づく、シュルレアリスム小説の奇書にして名訳。

新訳 ベケット戯曲全集　全4巻

【監修】岡室美奈子　長島確

【訳】岡室美奈子　小野正嗣
木内久美子　久米宗隆
鈴木哲平　長島確
西村和泉

既刊

1 ゴドーを待ちながら／エンドゲーム

2 ハッピーデイズ――実験演劇集

続刊

3 フィルム――ラジオ・映画・テレビ作品集

4 エレウテリア

（2018年10月現在）